LES QUATRE LIEUX

I. LES TERRES EXILÉES

Laura BETTINI

Illustrations : Alice « Poudlice » Leclerc

Independently published – Imprimé à la demande
par Amazon

ISBN : 978-2-9574090-0-6
Dépôt légal : octobre 2020
« loi n°49-956 du 16 juillet 1949 sur les publications
destinées à la jeunesse : octobre 2020 »

À mes parents qui m'ont tout donné et toujours soutenu.
À l'homme qui partage ma vie.
À mes meilleures amies et leurs conseils justes.
Finalement, à tous ceux qui ont aidé à la réalisation de ce livre mais également, à celui d'un rêve d'enfant...

PROLOGUE

L'une après l'autre, les armures de métal se colorèrent d'un rouge incendiaire. Les cages thoraciques se rétractèrent dans d'affreux bruits de craquements et des hurlements de douleur coururent sur des centaines de mètres.

Au noyau de la guerre, des gerbes de sang s'élevaient sans répit tandis que la majorité des élémentalistes livraient combats aux Mulhans. Les flammes répondaient en écho aux pics de glace, deux éléments distincts qui se télescopaient à une cadence infernale. Plus loin, les déflagrations sonores projetées d'une gorge déployée, entraînèrent d'abominables éclatements de tympans.

Les flèches crissaient, les haches se levaient, les jeunes élémentalistes ripostaient avec la même ferveur et pourtant…

Lina, face à ce spectacle macabre, tenait son épée à bout de bras, le souffle lent, la fatigue à l'extrême. Ses amis à quelques mètres de là, combattaient sans se rendre compte que tout allait finir bien plus tôt que prévu. Des lumières d'un blanc irréel glissèrent autour de ses mains, montèrent le long de ses poignets et encerclèrent ses membres jusqu'à son buste. Les larmes roulèrent sur ses joues noircies de crasse alors que le maléfice s'étendait progressivement. Elle ferma les yeux et se laissa consumer.

Lina savait qu'elle allait mourir. Pour protéger son monde, ses amis et bien plus encore : les Quatre Lieux.

Elle avança d'un pas. Tout allait se terminer aujourd'hui…

1.

— Comprenez-moi bien, Mademoiselle Aurier. Je considère que nous avons fait beaucoup d'efforts pour vous intégrer dans notre école. Vos notes sont remarquables mais votre attitude est navrante ! J'ai informé votre mère du différend que vous avez eu avec votre camarade. Un énième accident similaire et je devrai vous renvoyer.

— Dites-moi, combien Wendy a payé pour que je sois la seule à être devant vous aujourd'hui ?

Lina redressa son regard noisette vers le directeur de son nouvel établissement scolaire. Si elle avait cru pendant longtemps faire amende honorable, il s'avérait qu'il lui était bien trop facile aux yeux de tous de compromettre ses chances d'accéder à des études supérieures. Quelques heures plus tôt, Wendy, l'atypique grande blonde écervelée qui semblait détenir dans ses mains le pouvoir sur toute son école, avait décidé de jeter une nouvelle fois ses sbires aux trousses de la jeune nouvelle. Pour toute réponse et comme à son habitude, la belle brune avait planté un regard défiant dans celui de la jeune femme et avait répliqué. S'en était suivi une bagarre affreusement pitoyable qui s'était soldée par un rendez-vous immédiat dans le bureau du principal. Après seulement quelques secondes, Wendy avait pu repartir. Seule Lina dorénavant, se trouvait face à l'homme de pouvoir et tentait de garder dans sa poche la verve dont elle avait toujours fait preuve. C'était raté.

La poitrine de l'homme se gonfla et malgré les longs cils papillonnant de Lina, elle savait qu'elle avait pris la mauvaise décision en ouvrant la bouche.

— Je suis désolée, ça ne se reproduira plus, ajouta-t-elle face aux couleurs pivoines qui s'emparaient des joues du directeur.

— Lina, sache que je comprends les difficultés de certains étudiants. Tu es d'une remarquable intelligence et tu détiens une véritable créativité qui te permettrait d'aller très loin si tu t'en donnais les moyens. Tu as déjà été renvoyée de deux établissements scolaires. Un de plus et les portes d'un bel avenir se refermeront sur toi.

L'homme au regard bleu foncé laissa ses mots s'imprégner dans l'esprit de la jeune femme. Il fronça ses sourcils broussailleux et passa une main sur son cuir chevelu apparent. Lina avait l'impression d'avoir affaire à un petit gobelin à la forme de ses oreilles pointues et à son nez aquilin.

L'étudiante glissa son index le long des grains de beauté sur le côté droit de son cou. Elle suivit le tracé un instant, arpentant d'abord les premiers points espacés pour suivre finalement le dessin qui devenait plus dense en son centre, emporté dans un mouvement circulaire telle une galaxie d'étoiles.

Elle n'était arrivée que depuis quelques mois et ne connaissait pas encore la réputation admirable du doyen scolaire. Elle fut donc surprise par le ton doux, presque rassurant de celui qui préférait aider que punir.

Malheureusement pour lui, Lina savait déjà qu'elle finirait par de nouveau faire faux bond à ce semblant de confiance qu'il lui octroyait.

Avant même qu'elle ne puisse ajouter un mot, la porte du bureau s'ouvrit à la volée et le visage de sa mère se découpa dans l'entrée. Un visage affligé se déposa sur sa fille puis finalement navré, lorsqu'il se tourna vers le doyen.

— Bonjour, je suis Moëra Aurier, la mère de Lina. Je suis désolée pour cette bagarre, ça ne se reproduira plus, jeta-t-elle en s'avançant dans l'espace, sa main tendue vers le directeur qui venait de se dresser face à son intrusion soudaine.

— Maman arrête, gémit Lina en se décomposant sur place.

Si Moëra Aurier avait prévu de faire une entrée peu remarquée, c'était compter sans le long manteau de fourrure qui emmitouflait sa maigre silhouette. Elle avait peint ses lèvres d'un rouge carmin et avait tiré ses cheveux d'un blond cendré sur le haut de sa tête. Ses iris gris-bleus lui donnaient un air sévère et intransigeant. Une poignée de main plus tard et elle lorgna de nouveau la silhouette de sa fille qui aurait pu néanmoins être adoptée au vu de leur physique particulièrement disparate.

– Ne vous en faites pas madame Aurier, je suis sûr que Lina saura prendre les bonnes décisions à présent.

La femme d'une quarantaine d'années hocha la tête. Elle tourna les talons pour se diriger vers la sortie sans même attendre sa fille. Lina leva les yeux au ciel, attrapa son sac et courut derrière sa génitrice dont les longues jambes avalaient les mètres d'une rapidité hors norme.

Moëra passa l'entrée de l'école Hellier, descendit les quelques marches menant à la rue principale et s'arrêta net. Ce ne fut pas pour attendre sa fille à quelques pas de là. Une voiture d'un noir de jais s'arrêta le long du trottoir. Les élèves encore présents s'agitèrent à la vue de la limousine. Ils semblaient envieux si non, moqueurs.

– Pourquoi tu demandes à Joe de venir nous chercher en limousine devant mon école alors qu'on a déjà une voiture ?! C'est embarrassant ! s'écria Lina.

— Lina, je me fiche totalement de savoir si tu te sens mal à l'aise. À l'heure actuelle, les établissements cotés dans lesquels je t'avais placée ne veulent plus de toi. Alors ne m'en veux pas de ne pas changer mes habitudes parce que tu as hérité de la dernière place en établissement… public, ajouta-t-elle après une longue pause, le dégoût défigurant son visage.

Lina passa une main affligée dans sa longue chevelure brune et monta à la suite de sa mère dans l'habitacle du véhicule. Elle se mua dans le silence.

Le centre-ville laissa place aux rangées d'arbres centenaires puis à une longue route pentue menant au quartier résidentiel le plus sélectif. Celui qu'elle habitait depuis toujours. Ici, les grosses maisons rivalisaient avec les voitures tapageuses et hors de prix.

— J'aurais dû écouter ton père à l'époque. Tu es une hyperactive, c'est certain ! Je vais appeler le médecin, il te donnera sûrement des médicaments.

— Je ne suis pas hyperactive maman ! C'est cette Wendy. Depuis que je suis arrivée, elle ne cesse de me chercher. Elle a monté l'école contre moi après la soirée chez les Martin. Je ne lui ai rien fait pourtant et…

— Lina, dans la vie tu vas connaître de nombreux désagréments. Fais avec, dit-elle d'un ton glacial, et s'il te plaît, fais un effort pour arrêter de chercher les ennuis.

La jeune fille acquiesça silencieusement pendant que la voiture s'arrêtait devant un massif portail en chêne. Il s'ouvrit rapidement et la voiture fila dans l'allée centrale pour s'arrêter devant la superbe villa des Aurier. Elle ne détonait pas des demeures du voisinage : style victorien et larges tourelles rendaient son architecture spectaculaire. Mais Lina avait toujours eu en horreur sa démesure.

Sa mère franchit la porte d'entrée d'une démarche robotique mais Lina ne put la suivre. Elle s'arrêta brusquement sur le perron composé de trois marches. Elle grimaça. Les paupières closes, la jeune femme plaqua sa main contre sa tempe et fit rouler sa peau au contact de son doigt.

Les voix invisibles étaient revenues et troublaient ses pensées aussi aisément que l'aurait fait une chaîne de radio saturée. Trois semaines déjà que ces insupportables grésillements s'amplifiaient au fond de sa boîte crânienne telle une défaillance qu'elle ne pouvait ni contrôler ni faire disparaître. Les élucubrations qui la hantaient n'étaient pas audibles par ceux qui l'entouraient et elle avait appris à vivre avec ce bruit de fond perpétuel. Ce jour-là pourtant, les voix s'intensifièrent.

Une légère brise s'étendit dans le parc qui environnait la villa Aurier. Un silence de mort cristallisa les allées bordées d'arbres en cage.

Amoureuse de la nature, amie des bêtes depuis toujours, Lina ne concevait pas l'idée d'emprisonner un tel écosystème derrière des grilles d'acier. Mais à cet instant, ce ne fut pas cette vision qui lui souleva le cœur.

La lumière du jour s'estompa lentement et une brume mystique s'immisça autour d'elle. Ses muscles se raidirent, un frisson courut le long de son échine et elle eut le souffle coupé.

Deux grands yeux verts avaient jailli de la pénombre surnaturelle. Leurs regards se défièrent, l'un confiant, l'autre apeuré.

Lina voulut hurler mais rien ne vint. Au lieu de ça, elle fit un pas en arrière, trébucha sur la première marche du perron et s'écrasa de tout son long. Rapidement, elle se campa sur ses jambes, le palpitant en pleine crise.

La brume, cette présence, ce regard d'un vert émeraude si terrifiant… avaient tout simplement disparu aussi rapidement que ses certitudes…

2.

Lina enroula ses doigts le long de ses cheveux châtains. Ses iris noisette bordés d'épais cils noirs opéraient des va-et-vient au travers de l'enclos bordélique de sa chambre. Adolescente de dix-sept ans qui respectait les tendances, elle avait une sainte horreur de l'ordre et la rigueur. Si la veille, la vision effroyable d'un regard vert devant sa propre maison l'avait plongée dans l'incompréhension, elle s'était vite ressaisie après que les voix pourfendant son crâne, se soient tues de nouveau.

Lina relâcha un râle dépaysant, empli de déception. Aujourd'hui, le départ de son frère était la seule idée qui venait briser ses rêveries. Lui qui avait toujours été un pilier dans sa vie, qui avait su lui apporter un soutien imparable, partait en Angleterre pour débuter une carrière dans le football. Si elle était particulièrement fière des prouesses de son frère, elle n'en gardait pas moins l'idée désagréable qu'elle vivrait seule avec sa mère et ses crises existentielles.

Affalée dans son lit, Lina sortit de sa torpeur pour descendre à reculons les marches immaculées qui trônaient au centre du salon. Les tapis de plumes étaient recouverts par d'imposantes tables de marbre. Les canapés de velours pourpre étaient assaillis par de multiples coussins brodés de dorures et de dentelle. Les rares photos de famille des Aurier étaient éparpillées sur le dessus d'une large cheminée.

Elle se rendit dans la cuisine américaine surplombée d'un grand comptoir de bois clair pour se servir un thé glacé.

Dans la seconde partie de la maison s'étendaient des étagères croulant sous le poids de nombreux livres. D'un air absent et détaché, Lina fit courir ses prunelles aveline sur la reliure des aventures qu'elle avait nombre de fois dévorées jusqu'à tomber sur son grand frère Jeremy. Ses cheveux bruns étaient ébouriffés et il avait revêtu une jolie chemise bien repassée. Ses grands yeux bleus la fixaient, déstabilisants.

– J'ai appris ce qui s'est passé hier, débuta-t-il, prévenant.

— Et tu es arrivé à la conclusion qu'il fallait que j'aille dans un centre de rééducation toi aussi ?

— Non... Je me demandais seulement qui avait collé le plus de gifles et si tu avais réussi à lui arracher des cheveux au passage, fit-il en retenant un rire moqueur.

— Parce que tu crois que des filles ne peuvent pas se battre normalement ?! Merci les préjugés !

Du haut de son mètre quatre-vingts, Jeremy ne put s'empêcher de rire comme un enfant.

— Je dois aller en cours, reprit Lina, c'est ici que nos chemins se séparent. Tu vas m'abandonner avec maman. Tu devrais avoir honte !

— Arrête Lina, tu sais qu'elle fait tout ça pour ton bien. Elle est juste... déboussolée depuis le divorce et a du mal à relever la tête. Tu ne l'aides pas non plus à vrai dire !

— Parce que tu crois vraiment que gérer le deuil d'un mari absent passe par lui voler tout son fric et se pavaner avec de nouvelles fringues tous les deux jours ?

— C'est une thérapie qui convient à beaucoup de gens. Soit heureuse qu'elle ne soit pas tombée en dépression.

— Peu importe. Papa nous a abandonnés, maman est là sans l'être vraiment et toi tu pars dans un autre pays. Désolée de ne pas vraiment apprécier la situation !

— Lina, crois-moi, je reviendrai pour les vacances de Noël. J'ai juste besoin que tu me promettes que tu ne feras plus de vagues. Elle a autant besoin de nous que nous avons besoin d'elle mais ça, tu ne le comprendras que plus tard.

– Ok très bien, j'ai compris, maugréa-t-elle.

Il lui accorda un doux sourire et se détourna. Elle le suivit dans le salon. Là, leur mère poirotait, un pied impatient tapant sur le parquet ciré.

– Enfin, vous voilà ! Jeremy, grimpe dans la voiture, l'avion n'attendra pas !

Moëra Aurier fila d'un pas autoritaire vers le perron. Pendant qu'elle chargeait la berline avec empressement, Lina se tourna vers son frère qui la dépassait de vingt centimètres. Sans un mot, il la prit dans ses bras et embrassa sa joue.

– N'oublie pas Lina, le lycée n'est qu'une affreuse blague, le temps avance et te fait vite oublier l'adolescence. J'ai toujours été là pour toi et je le serai tant qu'il le faudra. Un seul coup de fil et j'accourrai si on te cherche au lycée.

– Merci mais ne t'inquiète pas, je n'ai plus besoin de mon grand frère depuis mes cinq ans pour me défendre ! J'ai Emy pour ça.

Il lui offrit un sourire aimant, loin d'exprimer tout l'amour qu'ils se portaient. Si les fratries se chamaillaient régulièrement, Lina et Jeremy avaient toujours été comme des meilleurs amis.

Son frère se détourna à regret de sa jeune sœur.

Le moteur de la voiture familiale gronda. Elle fila sur les pavés rosés de l'allée centrale puis disparut sur l'asphalte.

3.

Lina descendit du bus scolaire pour retrouver son lycée et les écrits des bons vieux manuels scolaires. Elle passa sous l'arche de pierre délimitant l'entrée du lycée Hellier et laissa un instant ses doigts le long des grains de beauté qui parsemaient son cou.

Elle scruta l'assemblée des élèves présents et décela sur les grandes marches de l'école la présence d'Emy et Luke, ses deux seuls amis.

— Alors comment vas-tu ? demanda Luke, ses deux pupilles d'un noir charbonneux braquées sur elle.

— Tout va pour le mieux : Jer est parti, il va falloir vivre avec.

— Je ne parle pas de ton frère mais de cette pétasse de Wendy !

— Laisse tomber Lina, Wendy était folle de rage lorsqu'elle a vu que le capitaine de l'équipe de football t'a parlé toute la soirée chez les Martins, ajouta Emy.

— Et je ne comprends pas sa jalousie. Ce mec était d'un ennui mortel ! lança Lina.

— Tu ne comprends pas ? T'es une menace pour Wendy. Une nouvelle fille aussi belle que toi qui débarque de nulle part, ce n'était clairement pas dans ses plans, lâcha Luke.

Lina fronça les sourcils. Elle n'était visiblement pas habituée à de telles remarques et ses joues rosirent à la suite du compliment.

— Ça ne va pas forcément te ravir mais... on débute par le cours de sport alors remets-toi vite, débita d'une voix maussade Emy, grande rousse au corps de mante religieuse.

— Les filles, si vous voulez un jour impressionner un homme comme moi, il vaudrait mieux s'y mettre avec sourire et volonté, ricana Luke.

— Il vaut mieux finir seule avec ses chats si c'est ça le prix final, se moqua Emy en levant les yeux au ciel.

Lina émit un rire moqueur. Depuis son arrivée dans cette nouvelle école, Emy et elle étaient inséparables. Elle avait été la première à lui adresser la parole et lui avait alors présenté Luke, son meilleur ami, garçon turbulent qui avait depuis toujours un faible pour la grande rousse. Lina était persuadée que sa présence était la raison principale de l'ignorance de cette affection par son amie. C'est pourquoi elle se sentait régulièrement comme la troisième roue du carrosse.

Une sonnerie stridente retentit et les amis se levèrent pour pénétrer dans l'enceinte de l'établissement. Les casiers orange étaient dispersés le long des couloirs et fracassaient les oreilles des passants à chaque déambulation d'élèves entre deux cours.

Lina et Emy se dirigèrent toutes deux vers le gymnase, peu enclines à la prochaine activité. Si elles avaient une horreur commune pour le sport, elles redoutaient plus encore les vestiaires, lieux d'insanités et de vulgarités où les batailles de clans se livraient à outrance dans l'intimité d'un changement de tenue. Furtives et en toute discrétion, elles se laissèrent dériver vers un banc libre. Leurs habits de sport enfilés, elles se précipitèrent vers la sortie au moment même où la vipère toutes catégories de leur lycée leur barrait la route.

D'un réflexe inné et sûrement à l'aide de son mètre soixante-dix, Emy se plaça devant Lina. Ses longs cheveux roux faisaient ressortir ses yeux d'un bleu électrique.

— Laisse-nous passer !

— Que c'est mignon, tu caches ta protégée maintenant ? ricana l'adolescente.

Wendy représentait le stéréotype même de toutes les divas des lycées alentours.

– Je crois que ce qu'elle essayait de te dire c'est que quand tu sais que tu n'arrives pas à passer la porte, tu te décales, ça évitera que tu te ridiculises, cracha Lina.

– La ferme ! Parce que tu n'es qu'une gosse de riche tu te crois infaillible ?

La grande blonde éclata de rire et fut vite imitée par ses acolytes de la journée. Lina tenta de se soustraire à l'étreinte d'Emy mais celle-ci la retint fermement.

– Laisse tomber, tu sais très bien qu'elle essaie d'intimider tout le monde ici. Oublie.

À regret, Lina suivit Emy dans le gymnase qui sentait l'humidité et la sueur.

La classe s'était réunie autour de leur professeur. Une longue corde était accrochée au plafond et l'exercice consistait à grimper le maximum d'échelons de couleurs. Lina faiblit soudain. Son cerveau tourna à mille à l'heure pour trouver une excuse et éviter ainsi des cabrioles ridicules. M. Bennet, leur professeur, un grand moustachu dont les muscles s'étaient flétris avec les années, observa avec attention l'assistance.

– Lina, tu commences s'il te plaît.

L'intéressée ferma les yeux de dépit. Elle passa une main dans ses cheveux pour éviter la gêne qui lui montait aux joues et s'avança sur le tapis de réception, le regard fuyant devant l'adversité. Cette grosse corde qui se dodelinait à son anneau avait tout à coup l'allure d'un boa qui sifflait perfide, avant de planter ses deux crochets dans la peau. L'épreuve de la mort subite.

L'adolescente y posa ses mains et sauta, usant des muscles de ses bras pour ne pas retomber mollement sur le sol. Accrochée avec ses jambes, elle se hissa difficilement, ses bras souffrant déjà de l'effort physique. Raide comme un manche à balai, elle relâcha la pression et retomba sur le tapis. Un rire moqueur se communiqua dans l'assemblée, sûrement provoqué par l'insolence de Wendy.

Les élèves se succédèrent ensuite à l'exercice jusqu'au moment où la grande blonde s'avança d'une aisance remarquable.

Lina pria. Peu religieuse, ayant abandonnée les cours de catéchisme très tôt, elle se permit pourtant d'invoquer l'étincelle du miracle, la machination de l'entité suprême pour humilier Wendy et cette assurance surfaite.

Soudain ce fut le vide, un coup de poing en plein estomac, l'essoufflement de ses sens… ou le décuplement ? Son ouïe diminua, sa vue se rétrécit sur sa rivale et elle se sentit hors de son corps comme prisonnière d'un voltigeur translucide. Son esprit flotta au-dessus de l'assemblée jusqu'à son ennemie jurée. Lina ne pouvait bouger mais elle voyait au travers de son enveloppe corporelle. Ses membres faits de béton, elle ne pouvait qu'assister impuissante, à cette part d'elle-même qui se soustrayait à sa propre volonté. Son esprit traversa l'espace, se cabra devant le visage de Wendy et pénétra violemment sa tête.

La jeune femme poussa un cri de surprise et s'écroula au sol à l'instant même où l'étau invisible disparaissait. Lina retrouva le contrôle de son corps tandis que les autres élèves se précipitaient vers l'étudiante mal en point.

Lina tressaillit. Les grésillements dans sa tête, eux, reprirent avec une violence extrême.

*

— Il est grand temps de parfaire votre connaissance de la littérature française et de vous familiariser avec les grandes citations qui ont bercé notre civilisation au fil des siècles. Je vous préserve d'une feuille et d'un crayon néanmoins je propose une interrogation orale qui, sans nul doute, développera vos capacités de mémorisation !

Après le cours de sport, Lina avait dû retrouver ses esprits rapidement. Toujours obnubilée par l'idée que quelque chose clochait chez elle, elle se concentra sur son professeur de français. C'était une femme enveloppée et très petite. Celle-ci observa la salle et redressa ses lunettes sur son nez voûté.

— Je dirais pour commencer… Luke ? lança-t-elle vers son auditoire.

Le garçon brun s'affaissa sur sa chaise. Lina rigola silencieusement dans le creux de sa main pendant que son ami semblait se lever pour aller au pilori. Debout sur l'estrade, il attendit l'inéluctable.

— Si je te dis… « Plus une femme est jolie, plus…» ? C'est une phrase de Jostein Gaarder ! Termine-la s'il te plaît !

Lina regarda son ami se mordre la peau autour de ses ongles inexistants. Elle se rappelait tout particulièrement de cette citation étudiée le semestre dernier. La réponse s'imposa dans son esprit, lumineuse, presque trop bruyante.

Soudain, son corps sembla se dédoubler comme lors du précédent cours. Son esprit vagabonda au gré des tables jusqu'à s'immerger dans la tête de son ami. Le visage du garçon s'illumina.

— « Plus une femme est jolie, plus elle a du mal à savoir qui elle est ! ».

Lina ouvrit de grands yeux ronds. Elle avait eu la très nette impression que son esprit avait dérivé dans la pièce. Elle ne put se questionner davantage car son professeur reprit après un toussotement :

— Lina, à ton tour !

La chance l'avait abandonnée et elle avait l'impression qu'une vive alliance avait été orchestrée pour lui faire passer la pire journée de son existence. Elle se positionna à l'endroit même où Luke s'était tenu tout en espérant se découvrir de nouveaux talents…

— « Bénie soit la Providence qui a donné à chacun un joujou : la poupée à l'enfant, l'enfant à la femme, la femme à l'homme, et l'homme au diable… ». De quel poète est tirée cette citation ?

La réponse s'échappa de ses pensées. Sa langue tenta de se délier pour débuter un semblant de réponse. Aussitôt, son ouïe cessa de fonctionner. Un bourdonnement étrange fit place au silence et une voix vive et claire s'éleva dans sa tête.

— *Victor Hugo…*

— Victor Hugo ? répéta Lina en fronçant les sourcils.

— Bonne réponse ! Vous êtes brillants ce matin !

Les sons réapparurent à l'instant, comme si l'on avait enlevé le mode muet d'une télévision. Lina revint s'asseoir à sa place, troublée. Hésitante, elle fixa son professeur. La jeune lycéenne avait entendu sa voix sans qu'elle n'ait ouvert la bouche. Cette pensée la hanta toute la journée…

Incapable de comprendre les sons inintelligibles et surtout, inatteignables qui vivaient dans sa tête, Lina avait accepté de suivre ses amis dans leur dernière tanière attitrée après que le cours se soit fini sans qu'elle ne le remarque.

Dans le café qui pullulait d'étudiants en fin de journée, Lina écouta d'une oreille distraite leur discussion pendant que son attention se perdait dans ce nouveau décor sonore.

Les jeux d'arcade sifflaient. Ils émettaient comme des tintements saccadés et suraigus. Le tumulte grondait derrière les vitres teintées du Glaz Coffee pendant que ses amis sirotaient leur boisson sans même faire attention au vacarme des machines.

— Oh Lina, tu es avec nous ? l'interpella Luke en passant une main songeuse dans ses cheveux bruns.

— Hum hum, fit la jeune femme en frôlant ses grains de beauté de son index.

— C'est décidé, pour ton anniversaire je t'achète un billet aller-simple pour la lune.

Lina n'eut pas le temps de répliquer. Les voix réapparurent, violentes et douloureuses. Elle avait l'impression que son sang frappait contre ses veines pour s'échapper des filaments violets. Les sons autour d'elle avaient été multipliés par dix. La chaleur monta au creux de son corps et se répandit comme un brasier au centre de ses neurones. Le front entre les mains, elle entendit un enfant brailler comme s'il était à ses côtés tandis qu'un autre tapait sur une machine. Ce punching-ball de fils et d'acier était son crâne en proie aux coups qu'il lui infligeait. Ses oreilles bourdonnèrent et son sang gronda à ses tympans.

— Silence ! hurla-t-elle avec une force qu'elle n'aurait pas soupçonnée.

Le silence s'installa brutalement à sa demande. Ses amis interloqués, la dévisagèrent. Même le barman avait arrêté d'essuyer les verres posés sur l'évier pour la toiser tel un parasite étrange et menaçant.

Lina sauta de son siège en attrapant ses affaires.

— Je suis désolée, j'ai un mal de crâne horrible. Je vais rentrer.

Sans attendre leur réponse, Lina fila vers la sortie et s'échappa dans la rue pour inhaler un grand bol d'air frais. Elle se frotta la tempe d'une main et contacta Joe, son chauffeur qui devait venir la chercher au bar une heure plus tard.

Si Selina, la chatte blanche de la maison se lova entre ses jambes à son apparition, c'est avec dépit qu'elle vit Lina s'effondrer sur le canapé du salon pour plonger aussitôt dans un profond sommeil…

4.

Dans son coma narcotique, les voix réapparurent et firent vibrer ses rêves. Elles chuchotaient à ses oreilles, se jouaient de son incompréhension, s'amplifiaient et se taisaient l'instant d'après.

Lina se réveilla en sursaut, nauséeuse. La sueur perlait à son front, ses mains moites et chaudes tremblaient. Elle repoussa sa couverture sur le bord de son lit et posa ses pieds nus sur le sol. La pénombre avait pris possession de la maison.

Elle passa le pas de la porte, descendit les marches qui lui semblaient à ce moment-là interminables, et se retrouva au centre du salon. Quelques mètres supplémentaires et elle pénétra dans la cuisine emmitouflée d'un manteau d'ombres et de lumières entre la nuit et les différents petits gadgets qui indiquaient l'heure en clignotant à intervalles réguliers. La jolie brune se servit un thé glacé et brusquement se retourna.

Un mauvais pressentiment émettait de nouveau un signal d'alerte au cœur de ses pensées. Une présence n'était pas à sa place ici et elle avait raison car à quelques mètres devant elle se tenait un loup noir aussi massif qu'un ours. Les grands yeux verts de l'animal la fixèrent d'une intensité déstabilisante. Lina poussa un cri et lâcha son verre. Il s'écrasa sur le sol dans un fracas strident. Le cœur de la jeune fille se serra et la peur l'envahit instantanément, pénétrant dans chaque pore de sa peau comme une enveloppe terrifiante qui resserrait son emprise sur sa poitrine et limitait sa respiration. Terrifiée, elle se tourna vers le comptoir de la cuisine. De longues rangées de couteaux aiguisés végétaient dans un bac en bois. Elle se saisit d'une lame à la volée et se tourna vers la bête d'un air qui se voulait agressif.

Le loup n'était plus là. Aucune ouverture, aucune porte entre-ouverte, il s'était tout simplement évanoui dans l'espace. Lina soupira de soulagement.

— Que fais-tu ?!

Sa mère était positionnée dans l'escalier, un regard mi-interrogateur, mi-paniqué devant sa fille qui brandissait un couteau face au vide. Lina, stupéfaite, détailla la femme qui tenait contre elle sa robe de chambre nacrée en signe d'auto-défense.

– Je… rien je voulais juste me couper euh… une orange ! balbutia l'adolescente en se dirigeant vers le saladier plein à ras-bord de fruits.

– Avec un couteau de boucher ? questionna sa mère en haussant un sourcil soupçonneux.

– Un couteau est un couteau. Et puis c'est quoi ces questions ? Où étais-tu aujourd'hui ? De toute manière je n'ai aucun compte à te rendre puisque tu n'es jamais là ! répliqua Lina.

– N'emploie pas ce ton avec moi ! Monte dans ta chambre ! hurla la femme.

Lina ne perdit pas de temps et obtempéra sans broncher.

5.

Lina avait perdu la notion du temps. La soirée prévue le lendemain soir battait déjà son plein à son arrivée. Devant la maison, les gobelets s'entassaient sur la pelouse bien taillée. La musique tambourinait contre les fenêtres qui vibraient au rythme des sons électroniques. En poussant la porte, elle entra instantanément dans un écran de fumée au travers duquel des lumières fluos sabraient les murs au fur et à mesure de sa progression. Au fond du couloir, elle traversa une première pièce où des étudiants s'agglutinaient autour de jerricans de bières. Elle pénétra ensuite dans le salon revisité pour l'occasion. La pièce était envahie d'étudiants. Des couleurs magnétiques étaient peintes sur leur visage, une musique psychédélique brisait le mur du son et du champagne coulait à flot. Cette foule béate se rompait à l'exercice du lâcher prise en recrachant des flots de fumée du bord des lèvres.

Luke et Emy étaient assis sur un sofa souillé par les mégots et les débordements.

— Lina ! hurla Luke en se levant difficilement, bière en main, cigarette dans l'autre.

Avec un grand sourire, le garçon l'entraîna au milieu des danseurs possédés par la musique et la fit tournoyer. Lina saisit un verre à la volée et but une gorgée en se remettant à danser, oubliant toutes les frustrations des derniers jours ainsi que la fatigue qui ruinait son humeur. Elle savait déjà que cette ruse était pour attirer l'attention d'Emy. Deux minutes plus tard, la grande rousse les rejoignit. L'atmosphère euphorique donnait des ailes et désinhibait les plus timides. Les heures s'enchainèrent telles des secondes, le monde en suspens, les sens exaltés, l'effet pervers de l'alcool décuplant les forces et les audaces. Mais Lina se sentait de trop. Elle détestait ces soirées mais se prêtait au jeu pour combler les attentes de ses amis…

Le froid la saisit au moment où elle frôlait l'asphalte pour attendre un taxi. La fête elle, se tarissait des énergumènes et de cette gerbe d'étudiants délestés de l'excitation des heures précédentes. Ses amis eux, étaient restés, préférant continuer à faire la fête quand Lina avait une terrible envie de solitude. Si elle se sentait délaissée régulièrement, elle savait qu'elle restait d'une rare indépendance.

Les voitures approchaient et repartaient aussi vite, pleines de leur cargaison de sales gosses qui allaient ré-enfourner leur cartable de parfaits petits étudiants dès le lundi. L'attention de Lina se laissa happer par les allées et venues, les hurlements des derniers brailleurs au bord du trottoir jusqu'au moment où tout revint : voix et murmures, agitation mentale inéluctable, excessive à l'extrême du supportable.

Devant elle, à travers les bosquets, la présence était là, qui la fixait et l'observait. Lina, figée, découvrit de nouveau la forme distincte qui s'était faufilée chez elle et qui la suivait depuis plusieurs jours. Si ce regard vert ne semblait pas menaçant, elle aurait dû abandonner l'idée qui se frayait un chemin dans ses pensées. Bornée et farouche, encouragée par l'alcool ingurgité, elle fonça tête baissée. Elle traversa la route, guidée par sa curiosité maladive, pour rejoindre le loup posté.

Alors qu'elle allait l'atteindre, il disparut. Prudente, elle avança sur ses gardes et traversa les bosquets pour se retrouver dans le parc de la ville, bordé d'une immense forêt.

Soudain, les sons se turent un par un autour d'elle. Il n'y avait plus les rugissements des moteurs, la houle du vent et les cris des fêtards.

— *Lina…*

La voix s'était élevée dans un murmure et la jeune femme ne put s'empêcher de sursauter. Les pupilles dilatées par la peur, le souffle court, elle effectua des va-et-vient autour d'elle… Le parc plongé dans l'obscurité ne lui donnait pas l'occasion d'apercevoir son interlocuteur. L'émetteur de la voix qui avait crevé le silence avait appliqué un effet effroyable à l'atmosphère lourde et pesante.

– Qui est là ? Montrez-vous ! s'écria-t-elle, la respiration saccadée.

– Je ne suis pas présente. Du moins pas physiquement alors ne hurle pas.

Lina ne rêvait pas, il n'y avait personne autour d'elle et la voix semblait provenir tout droit de son esprit. Les grésillements et les murmures eux, s'étaient tout simplement tus à sa grande stupéfaction. Elle se sentit fragile et seule, habituée depuis ces dernières semaines à cohabiter avec les parasites imaginaires…

Lina reprit d'un ton plus calme :

– Qui êtes-vous ?

– Je m'appelle Lix jeune fille. Les communications inter-mondes m'épuisent c'est pourquoi il va te falloir être particulièrement attentive.

– Des… communications inter-mondes ? répéta Lina en ouvrant de grands yeux ronds.

– Je suis désolée d'être aussi pressante mais maintenant que je peux entrer en contact avec toi, il me faut faire vite. Tu dois retourner dans ton monde, tu dois te battre pour les Quatre Lieux !

— Pardon ?!

— *Tu n'es pas chez toi ici. Tu ne t'y es jamais sentie véritablement à l'aise. À contresens de ta réalité. Aujourd'hui, nous avons besoin que tu rejoignes le monde qui est le tien et que tu retrouves tes racines. Il en va de la vie de millions d'habitants !*

Lina fronça les sourcils, peu sûre de l'attitude à adopter ni de la réponse à formuler. La voix avait raison, Lina ne s'était jamais sentie familière à ce qui l'entourait, à cette vie qui comportait trop d'incohérences et qui s'écoulait sans qu'elle ne semble en contrôler le moindre fil. Elle avait été bien plus perdue encore lorsque les grésillements étaient apparus, lorsque son corps s'était changé en structure de glace tandis que son esprit s'était baladé à sa convenance, dans le cerveau d'autrui.

— Je veux bien admettre certaines vérités mais ce que vous me racontez est complètement délirant !

— *Les murmures dans ta tête Lina, sont la source d'un pouvoir qui depuis longtemps, ne demande qu'à sortir ! Oublie tout ce que tu crois savoir. Trouve le roi, dis-lui que tu viens de ma part !*

— Non ! hurla-t-elle pour chasser l'intrus.

À sa plus grande satisfaction, la voix se tut à sa demande.

Alors que Lina croyait avoir affabulé, un grondement sourd retentit. Elle se retourna aussitôt et fit face au monstre qui l'avait entraînée dans ce traquenard. La bête rugit et de longs crocs nacrés sortirent de sa gueule immense. Ses babines retroussées, l'animal allait sauter sur elle à tout moment.

Lina poussa un cri et se mit à courir, le palpitant défenestré, la peur paralysant sa glotte. Un seul regard en arrière et elle comprit que le monstre la poursuivait. La jeune fille redoubla d'effort et s'engouffra dans un marécage de végétation, son instinct de survie dominant la moindre pensée.

Elle s'arrêta net. À la lisière de la forêt, la vallée s'ouvrait à ses pieds telle une vaste étendue de vide surplombant les eaux turbulentes du fleuve. Mais à quelques mètres en contrebas, avant même le point d'impact, une fente nimbée d'une douce lumière verte s'étendait, brisant l'espace, flottant lentement dans les airs.

Lina recula. Le souffle haletant, elle voulut revenir sur ses pas mais la bête tout en muscles et en gigantisme s'avança. Ses pattes aussi grosses que deux mains réunies s'écrasèrent sur le sol, menaçantes. Sa longue queue touffue balaya la terre. Sa fourrure d'un noir profond la rendait presque invisible et seul le vert de son regard transperçait l'obscurité. Lina trembla de tous ses membres et la voix retentit de nouveau dans sa tête.

— *Lina, ne perds pas une seule seconde ! Entre dans le portail !*

Le loup ouvrit sa mâchoire et poussa un rugissement effroyable. Lina n'hésita pas. Elle tourna les talons et accéléra son allure avec la vague idée qu'elle courait au suicide. Elle sauta de la falaise et se sentit tomber. Son cri resta étouffé dans sa gorge.

Une seconde plus tard et elle avait disparu, emportée dans un étrange halo de lumière…

6.

Ryan jeta le mégot qui pendait à ses lèvres et passa une main dans ses cheveux bruns ébouriffés. Ses grands yeux verts obliquèrent de droite à gauche, espérant que le danger ne se présenterait pas. Adossé contre la devanture d'un ancien magasin dont la vitre avait soigneusement été opacifiée, le jeune garçon à la stature imposante, attendait que les derniers clients daignent sortir. Il passa une main à travers son long manteau et tâta une large liasse de billets qui comblait l'une des poches intérieures. Une somme assez importante pour rendre fou tous les adolescents de son âge.

Orphelin, Ryan n'avait jamais connu ses parents. Depuis sa naissance, il avait vogué d'un foyer d'accueil à un autre sans que jamais il n'arrive à s'attacher aux personnes qu'il aurait dû considérer comme une famille. Comment aurait-il pu… Il avait régulièrement été battu, avait connu des chambres dont l'insalubrité aurait dû être relevée par les services sociaux et avait été de nombreuses fois exploité afin de participer aux affaires peu scrupuleuses des familles en question. Il n'avait connu que trop peu les bancs de l'école et avait abandonné l'idée d'une éducation pour s'adonner aux joies de l'illégalité. À quatorze ans, Ryan avait décidé de vivre à ses propres dépens. Il avait endossé les maigres affaires qui lui appartenaient puis avait disparu dans les rues de la ville, condamné à errer mais libre de ses propres choix.

C'est ainsi que Ryan avait connu ses amis. Des enfants comme lui, abandonnés par la société, fervents adeptes des solutions faciles afin d'amalgamer de quoi vivre au jour le jour. Pour se nourrir il avait dû passer de nombreuses fois par les vols et les cambriolages. Aujourd'hui, il avait trouvé bien plus profitable. Ambitieux à n'en pas douter, terriblement débrouillard, il avait vite compris les rouages de la société. Pour lui, l'argent facile attirait bien plus qu'un simple travail honorable. Alors, avec ses amis, il avait monté une petite société de jeux illégaux. Chaque soir ils se retrouvaient aux abords d'une boutique abandonnée, dans l'une des rues les plus mal famées de la ville. Ils y accueillaient ainsi, hommes et femmes désireux d'oublier leur quotidien maussade.

Ryan allait tourner les talons et entrer dans la boutique au moment même où des lumières aveuglantes percèrent la pénombre. Un bruit de sirène accompagna l'illumination et l'adolescent se détourna aussitôt. Une voiture de patrouille venait d'entrer dans la ruelle. Sans état d'âme pour ses compagnons d'infortune, il prit ses jambes à son cou. S'il se faisait attraper par la police, il finirait en maison d'arrêt pour mineur ou pire encore, dans une énième famille qui ne manquerait pas de lui rappeler pourquoi il avait fui les précédentes.

La voiture allait le rattraper. Il tourna dans la ruelle de droite et jura. Piégé dans un cul de sac, Ryan allait se faire prendre comme un débutant. Il leva son regard vers les briques rouges qui le cernaient mais aucune issue ne lui permettait de s'échapper.

Les policiers firent irruption et braquèrent leur lampe torche face à lui.

— *Nous t'attendons illusionniste...* dit une voix au cœur de sa tête.

Ryan sursauta et se retourna rapidement pour surprendre la personne qui avait murmuré à son oreille. Personne.

En une seconde seulement, une intense lumière verte illumina toute la ruelle. Le mur de brique face à lui se transforma en une masse informe tel un passage étroit nimbé d'une matière spectrale.

Le garçon n'eut pas à réfléchir davantage. Mieux valait l'inconnu que la police. Il n'eut qu'à faire deux pas pour se jeter dans l'espace phosphorescent avant qu'il ne se referme sur lui.

Les policiers restèrent figés. Devant eux, le garçon avait disparu et l'étrange halo vert avec lui…

7.

Claire trépignait sur place tandis qu'elle attendait l'avion de son père, ce petit coucou qu'elle avait de nombreuses fois manœuvré à ses côtés. Fille de pilote, la jeune femme ne s'était probablement jamais sentie aussi à l'aise que dans les airs, au-dessus des nuages, tête la première dans le vide, là où l'adrénaline était la seule substance salvatrice à sa vie. Depuis toute jeune, la grande blonde aux formes ravageuses était une beauté à n'en pas douter et si elle aurait pu faire malheur chez les garçons de son âge, il s'avérait qu'elle passait le plus clair de son temps avec son paternel. Il était son héros, celui qui lui permettait chaque jour de s'évader en lui proposant des activités qui égalaient de loin une sortie shopping entre filles.

Il ne se passait pas un jour sans que la jeune femme aux iris d'un bleu azur, n'essaie de rendre son quotidien un peu moins banal. Elle était donc la première à se rendre à des manifestations et à élever sa voix pour ceux qui ne le faisaient pas. Claire était sans conteste d'une personnalité intenable. Elle ne pouvait jamais s'arrêter d'imaginer et d'inventer. C'était pourquoi, elle était persuadée qu'elle finirait par obtenir une place importante dans l'Histoire. Positive en tout point, elle ne voyait jamais le mauvais côté des gens et était bien souvent de celles qui fouinaient pour comprendre, analyser et aider son prochain. Elle en devenait bien souvent exaspérante car elle ne lâchait jamais une idée lorsqu'elle lui traversait l'esprit.

L'avion avança vers elle. La tôle semblait avoir vécu de nombreux désagréments mais c'était dans cet appareil qu'elle avait connu ses plus beaux souvenirs, ses premiers vols et ses plus belles frayeurs.

Elle avança d'un pas gauche, enchevêtrée dans un baudrier, un gros sac surplombant ses épaules. Elle monta rapidement dans l'habitacle et le coucou dévora la pelouse impeccable.

L'avion s'éleva dans les airs graduellement et elle observa sa maison se rétrécir, là où sa mère les attendait pour le repas du midi. Un large sourire s'étendit sur son visage pendant qu'elle avançait vers son père aux commandes.

—Je te préviens Claire, si tu n'ouvres pas ton parachute avant les mille mètres, j'arrête de t'emmener dans les airs, c'est compris ?

L'homme tourna ses prunelles presque grises, vers elle. Ses cheveux poivre et sel, lui accordaient une autorité acquise par les nombreuses années passées mais c'était actuellement l'inquiétude qui se peignait sur ses traits tirés. La dernière fois que Claire avait sauté en parachute, elle avait laissé l'extase de la chute-libre la sidérer. Si bien qu'elle n'avait ouvert son parachute qu'au dernier moment, offrant une frayeur peu méritée à son père.

— Pas de problème chef ! lança-t-elle en embrassant sa joue.

Elle repoussa ses cheveux blonds d'une main, se dirigea vers l'arrière de l'appareil et observa le compteur d'altitude qui ornait son poignet. Quatre mille mètres. Elle fit coulisser la porte de l'avion. Au-dessus des nuages, elle se sentait soudain libre, étrangement sereine.

Un dernier coup d'œil rapide jeté à son père et elle fila dans les airs à une vitesse irrésistible. Elle détacha le premier parachute, celui qui permettait de freiner sa chute et déplia ses bras. Le sol se rapprochait mais la sensation extrême lui procurait une joie si intense, qu'elle ne pouvait plus réfléchir.

— *Nous t'attendons Télékinésiste*… dit soudain une voix au cœur de ses pensées.

À quelques mètres en dessous d'elle, un nuage se déchira en deux pour laisser apparaître une forme verte, amas mouvant dans lequel, Claire tombait en piqué sans pouvoir s'arrêter. Elle poussa un cri mais il était déjà trop tard…

Elle disparut au travers de la surface sans jamais avoir pu déployer son parachute…

8.

Sylvain profita des premières lueurs du jour pour se faufiler en dehors de la vieille étable aménagée par ses parents après l'achat de la ferme. Lève tôt comme toujours, il prit la direction du lac le plus proche pour parfaire son entraînement quotidien de natation.

D'une musculature qui ne pouvait laisser douter de son activité sportive favorite, le jeune garçon de dix-sept ans à la chevelure blonde, s'empressa de prendre le petit chemin de terre qui sillonnait le terrain de ses parents. Là, de nombreux abris avaient été disposés pour les animaux qui cohabitaient sur le domaine familial.

Sylvain et ses parents vivaient en marge de la population actuelle. Paysans, ils récoltaient la terre et travaillaient de longues journées pour gagner de quoi subvenir à leurs besoins. Chaque dimanche, ils se rendaient tous les trois au marché de la ville la plus proche pour y revendre leurs œufs frais du matin même.

La veille pourtant, rien ne s'était passé comme prévu. Les habitants, enfermés dans un village reculé des grandes agglomérations, étaient superstitieux. Catholiques fanatiques, ils s'étaient détournés des produits de la famille après que de nombreuses rumeurs aient circulées dans tout le village. Sylvain était exaspéré des commérages. Plus encore lorsqu'ils pouvaient empêcher ses parents de gagner de l'argent convenablement afin de les faire vivre tous les trois. Apparemment, les villageois n'appréciaient par les méthodes de sa mère et prenaient son obsession pour les plantes et la médecine douce, pour de la véritable sorcellerie. S'il en avait rigolé un temps, il semblait qu'aujourd'hui, cette simple idée s'emparait des mentalités jusqu'à les empêcher de commercer.

Sylvain n'était pas un fervent adepte de la vie de ferme et il avait été une star reconnue dans les environs. Pour échapper à ce quotidien solitaire, il avait défrayé la chronique en obtenant de nombreuses médailles de natation dans les villes voisines. Il comptait ainsi atteindre les plus grandes compétitions et s'enfuir d'ici.

Le garçon projeta ses pupilles brunes vers l'horizon. Il connaissait un malaise grandissant. En effet, il n'avait jamais été à l'école et la majorité de son éducation avait été pourvue par sa mère et grâce à son esprit bien éclairé. Mais si son fils appréciait ses méthodes, il manquait cruellement d'amis pour se sentir pleinement épanoui.

À l'orée de la clairière, l'immense lac s'étendait paisible comme à son habitude. Il ne fallut à Sylvain que quelques secondes pour se retrouver en maillot de bain. Il plongea avec une souplesse émérite et se laissa bercer par le courant. C'était ici qu'il passait le plus clair de son temps lorsqu'il n'était pas plongé dans les livres culturels, historiques ou botaniques, de sa mère. De là, la vie était plus légère. Dans l'eau, il s'était souvent senti plus à son aise que sur terre. Il oubliait ses problèmes et seule la douleur de ses muscles l'éveillait après de longues heures d'entraînement.

Mais une chose inattendue se produisit ce jour-là.

Une vive lumière s'éveilla sous la surface du lac, là où généralement les poissons se mêlaient aux algues colorées. Sylvain ne put freiner sa curiosité et plongea pour atteindre cette masse informe qui venait de s'ouvrir à ses pieds.

La faune aquatique laissa place à un passage miroitant et la peur s'empara de lui. Il n'avait jamais vu pareil spectacle mais alors qu'il allait remonter à la surface, il sentit le courant le retenir et l'attirer vers la lumière verte insondable. Il battit des pieds pour contrer la force obscure qui le retenait prisonnier sous la ligne de flottaison mais il fut emporté sans qu'il ne puisse réussir à s'échapper.

– *Nous t'attendons cloneur,* dit une voix au cœur de ses pensées.

Sylvain n'eut pas le temps d'accuser la surprise. Il fondit aussitôt vers la lumière pour traverser l'espace qui s'était ouvert à ses pieds…

9.

Ses longs cils papillonnèrent tandis que l'odeur iodée de la mer l'animait progressivement. Allongée sur une surface molle, Lina ressentit la morsure du soleil courir le long de son dos jusqu'à sa nuque. De l'eau transperça ses chaussures, remonta le long de son corps et s'écrasa sur son visage. Ses paupières s'ouvrirent d'un coup et ses iris en amande toisèrent le décor qui l'entourait. Elle se redressa sur ses coudes et cracha l'eau salée qui venait d'entrer dans sa bouche. Elle toussa, se retourna sur le dos et aperçut la vaste plage sur laquelle elle venait de s'écraser. Son visage se détourna lentement. Dans l'incompréhension totale, le spectacle qui l'accueillit la sidéra.

À quelques mètres, une vaste construction recouverte de lierre serpentait sur tout l'horizon. En son centre, d'épaisses portes en granit s'étendaient dans des hauteurs vertigineuses. Les voix qui avaient longtemps grésillé dans son esprit s'étaient éteintes. Les questions l'assaillaient pour répondre à ce silence déstabilisant.

L'étudiante avait toujours été très bonne à l'école mais jamais elle n'avait entendu parler d'une ville cachée derrière une telle architecture. Perdue, elle glissa ses mains dans ses poches pour récupérer son téléphone et émettre un appel de détresse. Elle se sentit bien malchanceuse lorsqu'elle comprit qu'elle avait dû le laisser tomber dans sa course pour éviter l'attaque du loup aux grands yeux verts.

Tout à coup, des voix éclatèrent dans sa tête, étrangement claires, aussi limpides que de l'eau de roche. Elle n'eut pas besoin de se concentrer pour les comprendre.

—*On a une intrusion sur le bord de la plage ! Sûrement une Mulhan !*

Des faisceaux de lumière apparurent. Ses paupières se plissèrent avant de comprendre les éclats au loin : les rayons du soleil ricochaient sur des armures flamboyantes. À quelques centaines de mètres, des gardes enserrés dans d'épaisses cuirasses et dont le visage était caché par des tissus, firent claquer les rênes de leurs montures pour foncer droit sur elle.

Elle ne se laissa pas le temps de la réflexion pour admettre qu'elle se trouvait en danger. Son instinct de survie prit le dessus et elle courut en direction des lourdes portes. Il n'y avait aucune autre issue possible. La muraille de pierres brunes recouverte de végétaux s'étendait à l'infini sans possibilité de la contourner. Elle allait l'atteindre lorsqu'une nouvelle voix fit son apparition dans sa tête.

— *L'intrus est à nos portes !*

Lina se mit à prier pour qu'on lui ouvre les portes, qu'on l'aide à s'en sortir. Soudain, son esprit échappa à son contrôle et se souleva au-delà de son mental. Lina se sentit de nouveau en dehors de son corps. L'impression fut néanmoins plus agréable que la première fois où le phénomène étrange s'était produit. Son esprit pénétra instantanément le premier cerveau à sa portée sans même son aval. Les portes s'ouvrirent dans un grincement significatif. Son esprit regagna sa place et elle sut qu'elle devait faire vite. Elle redoubla d'efforts pour atteindre l'ouverture béante.

— Pourquoi as-tu ouvert imbécile ?! Refermez les portes ! hurla un homme sur le mur.

Mais il était déjà trop tard. Au moment même où le lourd mécanisme s'activait de nouveau pour l'empêcher de passer, Lina se glissa dans l'entrebâillement et pénétra dans la ville. Elle ne perdit pas une seconde pour observer son environnement. À quelques mètres sur sa gauche, une maison composée du même lierre qui habillait la forteresse pouvait lui permettre de se cacher. Elle fila dans sa direction et grimpa à l'aide des lianes qui recouvraient sa surface. Une fois en hauteur, elle se plaqua instantanément contre cet amas de végétation et se recroquevilla pour ne pas qu'on l'aperçoive.

Une armée de gardes emplit les rues en contrebas.

– Comment a-t-elle pu entrer et disparaître aussi vite ?! hurla un premier homme.

– C'est probablement une élémentaliste et si c'est le cas, il faut la retrouver avant qu'elle n'utilise de nouveau ses pouvoirs pour faire entrer des Mulhans ! lança un homme chauve dont la toge bleue tombait jusqu'à ses pieds.

– Retrouvez-la et barricadez le palais ! ordonna le premier soldat avant que tous ne se séparent dans des directions opposées.

Lina resta aplatie, presque sûre qu'elle serait vite repérée. Pourtant, elle ne put s'empêcher de redresser son visage. Ce qu'elle vit la médusa.

Face à elle, une ville s'étendait sous la forme d'un véritable labyrinthe insondable. Les bâtisses collées les unes aux autres, ondulaient en longues ruelles emboîtées tel un parcours dont seuls les habitants pouvaient connaître la sortie. Au centre des habitations piégées par une végétation foisonnante, un palais crevait les cieux. Recouvertes d'une couleur rouge rubis, les tourelles s'élevaient à une hauteur irréelle.

Lina avait la conviction qu'elle ne se trouvait plus dans son monde. Qu'elle rêvait ou pire encore, que la voix qui l'avait amenée ici avait dit vrai sur son appartenance à un autre monde… La peur l'étreignit et ses mains réprimèrent des tremblements.

Son attention se porta ensuite sur les artères noires de monde. Chaque habitant semblait avoir été façonné dans une époque distincte des autres, à des centaines d'années-lumière de leurs voisins. Certains portaient de longues tuniques aux couleurs chatoyantes et disposaient d'articles provenant tout droit des cours de Louis XVI. D'autres arboraient des costumes polychromes familiers à son ancien monde. C'était comme s'ils avaient tous connu les modes au travers de son histoire et se servaient au gré de leurs envies, telles des ramifications visuelles d'époques révolues. Mais ce qui la surprit plus encore, ce fut les voix…

Des centaines de discussions emplissaient son cerveau, aussi claires les unes que les autres et si elle portait davantage son attention sur certaines silhouettes, elle avait l'impression… d'entendre leurs pensées…

Lina se rappela des propos du garde. Il avait évoqué des élémentalistes qui disposeraient de pouvoirs particuliers. Elle en eut un haut le cœur. C'était trop, elle avait besoin de fuir, retrouver sa vie, sa famille. Lina se sentait désespérément perdue mais par-dessus tout, avait besoin de réponses.

Elle rampa vers le bord du toit et s'accrocha aux lianes. Une fois sur les pavés, elle obliqua à droite puis à gauche. Elle se savait incapable de trouver son chemin dans un labyrinthe. Son sens de l'orientation avait toujours été ridicule.

Soudain, un sentiment nouveau et imposant se logea dans sa poitrine. Une idée venait de germer et ne voulait plus s'extirper de sa boîte crânienne. Elle entendait des cris, des voix haletantes, une cavalcade mais ces sons, provenaient uniquement de sa tête. Son esprit lui ordonna instinctivement de suivre ce besoin viscéral, ancré dans sa poitrine. Ces effroyables sensations n'étaient cependant pas les siennes. Elle avait comme l'impression d'avoir capté celles de quelqu'un d'autre et se sentait étrangement liée à cette personne. Il lui fallait la rejoindre. Un désir si vital et accablant qu'elle en oublia même l'idée de trouver un refuge pour se cacher.

Lina se mit à courir à en perdre haleine. Elle emprunta des chemins qu'elle ne connaissait pas, des dédales de rues pavées qu'elle n'avait jamais frôlées des pieds. Elle bouscula des passants, zigzagua entre des charrettes et se retrouva au cœur de la pénombre. Ici, les chaumières étaient si penchées qu'elles se touchaient. Les toits des maisons fusionnaient à tel point que la lumière du soleil ne pouvait plus passer.

Elle prit un virage serré et se retrouva… dans un cul de sac. Elle était quasiment certaine qu'elle aurait dû prendre ce chemin. Elle se tourna pour emprunter un autre passage mais un bruissement presque imperceptible dans son dos la fit une énième fois tourner les talons. Le mur qui avait précédé sa vision, se déroba sur la gauche créant au fur et à mesure de son déplacement, une ouverture vers une autre rue. Elle ouvrit de grands yeux. Le labyrinthe était… vivant ?!

– Ryan !

Le cri provenait de la rue adjacente. Lina fila vers la nouvelle embouchure et tourna à gauche pour se retrouver dans le dos d'un homme recouvert d'une cape noire.

Il avait la main tendue face à lui et à quelques centimètres, un garçon à l'immense regard vert était suspendu dans le vide. Derrière lui, deux autres adolescents hurlaient et Lina ressentit leur peur comme si elle était la sienne.

La jeune femme balaya le sol des yeux et attrapa un morceau de bois échoué. Elle le souleva avec difficulté et l'abattit lourdement sur les omoplates de l'inconnu. Il fut déstabilisé et lâcha sa proie. Le garçon tomba au sol. L'homme dont le visage ne transperçait pas les contours de sa cape noire, se retourna vers Lina.

C'est là qu'elle l'aperçut : un corps à même le sol se trouvait à quelques pas. Seule une fine membrane de peau habillait encore le squelette livide de la victime.

La peur remonta au cœur de sa gorge et Lina voulut hurler mais elle n'en fut pas capable. Le tueur avait de nouveau levé une main vers elle. La jeune femme se sentit défaillir. Le souffle lui manqua, ses organes tambourinèrent contre sa chair et le sang gronda à ses tempes. Elle n'avait jamais autant souffert de toute sa vie. Elle allait tourner de l'œil mais son esprit sortit de sa boîte crânienne sans qu'elle en prenne conscience. Il tapa contre celui de son agresseur et pénétra dans sa tête avec la violence d'un train lancé à pleine vitesse. Le visage de l'homme devint aussitôt rouge cramoisi et après quelques secondes il tomba au sol raide mort.

L'étau se desserra et Lina s'écroula au sol. Elle ne put que remplir ses poumons de l'oxygène qui lui avait tant manqué. Elle se sentait si perdue qu'elle n'osait plus émettre le moindre son. La panique brisait sa cage thoracique mais une main vint se poser sur son bras.

– Tu vas bien ?

Le regard azuré d'une jeune femme la scrutait avec appréhension. Ses épais cheveux blonds tombaient le long de son visage angélique tandis qu'elle effectuait à sa vue, un pas en arrière.

– C'est… je crois que c'est elle !

– Comment peux-tu le savoir ?! C'est peut-être une élémentaliste, grommela le garçon que Lina venait de sauver quelques instants plus tôt.

– Non Ryan, je le sens aussi ! lança l'adolescent blond qui se tenait à ses côtés.

Lina se redressa avec difficulté face aux trois étrangers qui semblaient avoir son âge. Elle savait que quelque chose clochait. Elle entendait des voix et venait de briser la conscience d'un homme par la simple force de sa volonté.

– Qui êtes-vous ?! Où sommes-nous ?! demanda-t-elle, haletante.

– Moi c'est Claire, lui c'est Sylvain et l'autre là, c'est Ryan, répondit la jolie blonde.

– Merci Claire, tu ne pouvais pas faire mieux, jeta le garçon brun tout en roulant ses yeux au ciel.

– Tu pourrais au moins dire merci, elle t'a sauvé la vie je te rappelle ! grommela Sylvain.

– Je m'en sortais très bien tout seul, merci ! laissa échapper l'intéressé avant de se détourner.

– La fierté des hommes. Je ne m'y ferai jamais, maugréa Claire en avançant de nouveau vers Lina.

Celle-ci fixa tour à tour les adolescents. Aussi difficile à expliquer que sa présence en ces lieux, elle se sentait à sa place, liée étrangement à ces trois individus.

– Où sommes-nous ?! Quelqu'un peut m'expliquer tout… ça ?! reprit-elle en pointant les deux cadavres d'un doigt hésitant.

– Nous sommes à Rhurnes, deuxième plus grosse ville des Terres Exilées et si ça peut te rassurer, nous venons tous les quatre de la Terre. Enfin, de notre Terre, la tienne, enfin…

– Tu es une pitoyable conteuse Claire. Laissons Aïto se charger des explications et rentrons au palais avant qu'on essaie encore de nous tuer, bougonna Ryan.

– Je te rappelle que c'est de ta faute si on en est là !

Lina les laissa se disputer pendant qu'elle observait de nouveau la scène.

Sur les pavés, une lueur attira son attention. Le médaillon coincé dans la main du premier cadavre l'appelait inévitablement. Elle se pencha lentement et délivra le bijou de la poigne squelettique de son propriétaire. Ses iris noisette plongèrent dans la gemme. Elle se remémora le regard du loup qui l'avait pourchassée puis la couleur du portail qu'elle avait emprunté. Si Lina savait bien quelque chose, c'était que les coïncidences se faisaient rares.

– Tu ne devrais peut-être pas prendre ça, suggéra Sylvain au moment où Lina se redressait avec le médaillon récolté au cœur de sa paume.

– Peu importe, il faut rejoindre le palais. Suis-nous. C'est quoi ton prénom ? demanda Claire alors qu'elle tournait déjà les talons.

– Lina. Je m'appelle Lina, répéta l'intéressée alors qu'elle glissait le collier dans sa poche…

10.

Les quatre adolescents poursuivirent leur traversée de la ville silencieusement. Après ce qui sembla durer une éternité, ils se retrouvèrent au cœur de la place principale. Le palais trônait fièrement devant l'agitation des badauds. Il était composé de tourelles de verre et d'acier pourpre dont les vitres ondoyaient sous les reflets du soleil. Lina resta estomaquée par ces découvertes, par les voix qui se succédaient dans son paysage mental et par cet édifice royal, à l'immensité inimaginable.

Claire, Sylvain et Ryan ne se dirigèrent étrangement pas vers l'entrée impériale. Ils contournèrent la bâtisse en jetant des coups d'œil par-dessus leurs épaules et atteignirent finalement deux petites portes à l'allure des plus sobres. Deux gardes se tenaient dressés de chaque côté et dès qu'ils repérèrent la silhouette de Lina, des épées chuintèrent de leur ceinture pour se braquer sur elle. Pour toute réponse, la jeune fille leva les mains en l'air, prise au dépourvu.

– Du calme ! Lix l'envoie, ce n'est pas une Mulhan, expliqua Sylvain en se positionnant entre les soldats et elle.

Lina braqua aussitôt son regard sur le jeune homme aux mèches blondes. Il venait de parler de Lix et elle comprit pourquoi elle se sentait si proche de ces étrangers. Ils connaissaient tous cette personne et pour une raison qu'elle ignorait complètement, ils étaient tous les quatre de l'autre monde.

Les gardes ne changèrent pas leur attitude. Un premier s'avança de quelques pas. Il avait une stature de géant et une moustache proéminente qui dépassait par l'entrebâillure de son casque intégral.

– Et qui vous dit que ce n'est pas un piège ? gronda-t-il d'une voix de stentor.

– Franchement, si c'en était un, elle n'aurait pas attendu qu'on soit au palais pour nous abattre. Ça vous va comme réponse ? laissa échapper Ryan dont l'impatience, semblait être le tout premier défaut.

Lina ne saisissait aucune de leurs références. Et même si elle se pensait en sécurité à leurs côtés, elle sursauta lorsque des cris suraigus retentirent dans leur dos.

La jeune femme se tourna et trébucha presque tant la surprise la frappa en plein ventre. Des dizaines de reptiles au plumage pastel voltigeaient dans les airs, s'arrêtaient sur les toits des maisons pour repartir l'instant d'après. Les animaux devaient faire trois fois sa taille et cohabitaient avec les habitants de la place. Leurs becs bruns étaient aussi longs que leurs pattes serties de griffes tandis qu'une rangée de plumes multicolores ornait le contour de deux ailes larges et duveteuses. Les villageois présents leur lançaient à bout de bras des carcasses de poissons. Lina était estomaquée par tant de beauté.

— Ce sont des orkievs, défenseurs de Rhurnes en cas d'attaque par les airs, lui murmura Claire du coin des lèvres.

Lina la dévisagea incrédule. Rien n'avait de sens.

Les gardes eux, semblèrent accéder aux revendications des adolescents puisque quelques minutes supplémentaires suffirent pour qu'ils se détournent pour les faire pénétrer au sein du palais.

Les portes se refermèrent sur eux, laissant place à des couloirs tapissés de rouge et d'or. Des portraits s'entassaient sur les murs virginaux et des symboles mystiques se détachaient des peintures sur chaque porte franchie. Fresques et trésors de porcelaine comblaient les espaces et Lina fut si accaparée par la contemplation des lieux qu'elle faillit se prendre un garde en pleine figure lorsqu'il s'arrêta net devant deux portes de bronze qui s'élevaient jusqu'au plafond.

À peine avait-elle passé le pas, qu'elle découvrit un grand fauteuil de cuir décoré de symboles et dessins fantasques. Les gardes stoppèrent leur cadence militaire. Celui qui trônait fièrement au fond de la salle se leva lentement et leur fit signe avec deux doigts, d'avancer vers lui.

– Claire, Ryan, Sylvain, votre visite de la ville a-t-elle été à la hauteur de vos espérances ? demanda l'homme en leur accordant un sourire charismatique.

– On ne peut pas dire… débuta Ryan avant que Claire ne s'avance d'un pas pour lui couper la parole.

– C'était incroyable. Rhurnes est d'une beauté à couper le souffle.

– Ravi de vous l'entendre dire. Qui est votre… amie ? poursuivit l'homme en dévisageant Lina, restée en retrait.

– Probablement la quatrième gardienne. Nous en sommes convaincus, élucida Sylvain.

Le roi fixa la nouvelle arrivée. Il avait une fine barbe anthracite qui recouvrait tout le bas de son visage et ses traits de caractère étaient accentués par la sagesse de l'âge.

Il s'adressa directement à l'adolescente.

– Tu serais donc la télépathe que nous attendons depuis si longtemps… Pour être sûrs, nous devons te tester dans les règles de l'art.

Lina était décontenancée, déboussolée, incapable d'émettre la moindre parole.

– Apportez le pendentif, murmura le roi à l'oreille d'un de ses serviteurs.

Celui-ci revint quelques instants plus tard avec une boîte couverte de filigranes d'or. Le roi enfila des gants de cuir et prit précautionneusement un objet niché au cœur du velours. C'était un collier dont le pendentif ressemblait à une émeraude. La couleur verte qui inondait sa surface lui rappela instantanément les dernières images qu'elle avait entre-aperçues avant de faire un bond dans ce monde étrange. La gemme ressemblait également au bijou qu'elle avait récolté quelques instants auparavant.

– Ceci vois-tu, est une pierre très spéciale. Seuls les quatre gardiens peuvent la toucher. Si une personne destituée des quatre pouvoirs élémentaires avait le malheur de s'en emparer, il serait consumé, détruit ! Prends-tu ce risque ?

Un des gardiens ? Mais de quoi parlait-il ? Non, Lina n'était qu'une simple et banale lycéenne de dix-sept ans avec un frère footballer et une mère en plein deuil. Rien dans son passé ne l'avait conduite à être gardienne.

– En fin de compte…

Mais l'adolescente ne pouvait se résoudre à refuser. Quelque chose dans la voix inconnue qui l'avait expédiée dans ce monde la retenait ici, lui offrait une confiance étrange comme un lien invisible tissé entre elles. Curieuse comme toujours et encouragée par l'un de ses pressentiments qui s'étaient toujours avérés exacts, la belle soupira.

— Oui, je prends le risque !

Au creux de sa paume, le roi déposa l'émeraude sans une once d'hésitation. Au bout de quelques secondes une faible lumière verte rayonna, chatouilla l'extrémité de ses doigts et répandit une chaleur indescriptible le long de ses poignets.

Ce ne fut qu'au bout de quelques secondes qu'une lueur édifiante vint englober le corps de la jeune fille. Elle s'étendit au travers de la salle du trône d'une giclée luminescente et irréelle. La puissance dégagée par la pierre pénétra en elle brusquement. Son sang bouillonna, son corps trembla et sa respiration s'accéléra.

Aussi vite que la lumière avait aveuglé l'assemblée, elle s'éteignit, laissant la salle figée dans un silence poignant.

Soudain, ce fut l'effervescence et sous les regards ébahis des rares membres présents, Lina reprit son souffle, dans l'incompréhension totale.

11.

Le roi frôlait la crise cardiaque. Ses joues étaient devenues rouges et gonflées et sa poitrine redressée manquait d'exploser. Il balbutia. Sa petite lèvre inférieure bougeait frénétiquement en cherchant ses mots.

—Nom d'un camalius, la dernière gardienne, nous l'avons trouvée ! hurla-t-il à qui voulait bien l'entendre.

Un homme se découpa près du trône. À petits pas rapides, il posa genou à terre face à Lina encore plus décontenancée par son attitude. Les règles du jeu avaient changé : il semblait qu'elle n'était plus une pestiférée sortie tout droit d'un monde parallèle.

— Je m'appelle Aïto et serai ton guide ainsi que celui des trois autres gardiens pendant ton séjour dans ce monde.

— C'est une plaisanterie. Je vais me réveiller, je… murmura Lina.

— Si c'en est une alors elle est de bon goût et vachement bien façonnée, lança Ryan devant l'effarement de la jeune femme.

— Ryan ! le coupa Claire en levant les yeux au ciel.

La tête de Lina tourna et manqua de la faire poser elle aussi, genoux à terre. Elle était dépassée par la situation, voulait prendre la poudre d'escampette sans pour autant connaître la sortie de secours. La curiosité maladive qui l'habitait cependant, était la cause première de son incapacité à faire demi-tour.

Aïto l'observa longuement d'un air chaleureux et qui se voulait rassurant. Il sembla entendre son malaise et, dans un dernier sourire amical, tourna les talons et l'intima à le suivre.

Enveloppé dans une tunique bleue-pastel, les pans de son pantalon blanc dépassaient à ses pieds. Son crâne chauve semblait n'avoir jamais connu la moindre racine de cheveux et son visage d'une pâleur inquiétante détenait des traits fins et doux illustrés d'un regard bleu attentionné.

Après ce qui lui sembla une éternité, il se déroba pour la laisser pénétrer dans une autre salle encadrée par des drapeaux multicolores.

La pièce n'était qu'un vaste tas de coussins et d'étalages de livres. Il n'y avait aucune chaise ni table. Tous s'installèrent à même le sol. Lina s'obligea à rester debout, sur le qui-vive, prête à filer au moindre faux pas de ses nouveaux compagnons.

— Cessons de l'accabler, venons-en au fait. Je suis télékinésiste et toi, télépathe.

Pour accentuer ses propos, la grande blonde aux cheveux pointant jusqu'à sa taille, fit voler un coussin de quelques mètres au-dessus du sol. Lina fit un bond. Les yeux écarquillés, la sueur perla sur son front mais devant le phénomène imprévu, elle sentit l'excitation brûler la moindre de ses artères.

Elle ne rêvait pas ! Tout cela existait vraiment ! Beauté de la nature, son regard azurin lui souriait fièrement. Ses pommettes étaient roses et son visage poupon respirait la bienveillance. Lina lui rendit pourtant son sourire difficilement.

— Et moi, je suis censé être le roi du dédoublement, poursuivit Sylvain.

Lina, émerveillée, se tourna vers le garçon. Il était grand et élancé et son air calme attestait d'une grande maturité.

— Et moi, illusionniste. Nous non plus ne savons pas grand-chose d'ici, expliqua Ryan devant la mine confuse de la jeune femme.

Lina essaya de reprendre contenance. Effectivement, elle les regardait depuis le début des présentations comme des bêtes de foire.

— Vous ne pensez pas que vous êtes un peu… brutaux avec elle ? convint Aïto.

– Non. J'ai attendu plusieurs jours pour qu'on puisse enfin conclure cette mission afin de rentrer chez nous. Plus tôt elle aura ouvert les yeux sur la situation, mieux ce sera ! lança Claire.

– Tu pourrais au moins la laisser reprendre ses esprits, objecta Sylvain.

– Dites-moi tout, les coupa Lina qui ne pouvait freiner sa curiosité.

– Commençons par le début, débuta Aïto, nous nous trouvons dans un monde parallèle au tien. La terre sur laquelle tu te trouves représente le royaume de Glène. Il a été façonné par les quatre entités suprêmes : l'Air, le Feu, la Terre et l'Eau. Il faut savoir qu'à Glène, contrairement à votre monde, nos éléments ont pris vie et sont comparables à vos dieux. La première divinité avait le pouvoir de contrôler l'air. Elle créait les plus grandes tempêtes et dansait avec le vent. La seconde habitait au cœur d'un volcan et contrôlait le feu. La troisième vivait des mers et océans tandis que la dernière faisait pousser les forêts et fertilisait les terres. Un jour, ils s'assemblèrent pour ne faire qu'un : une divinité pour tous. Lix arriva sur Terre. Elle avait la force du feu, la sagesse de l'eau, la volonté de l'air et la beauté de la terre. Il faut savoir que ces quatre éléments ont été les quatre anciens gardiens de notre royaume et qu'il leur était difficile d'être séparés. Ils ont préféré s'unir plutôt que d'être éloignés.

Aïto émit un bref silence avant de reprendre :

– Lix, l'entité suprême gardant en son sein les anciens gardiens, nomma quatre familles pour gouverner chaque région du royaume : Eline pour l'eau, Argan pour l'air, Thélia royaume de la terre et Fénur celui du feu. Les Quatre Lieux représentent les quatre éléments et sont constitués en majorité de ces forces. Ils se nourrissent des énergies élémentaires. À cette époque, ils vivaient en parfaite harmonie.

Le visage d'Aïto s'assombrit à ses paroles et ses iris devinrent d'un bleu foncé inquiétant.

– Malheureusement, la paix ne dura qu'un temps. Il y a neuf ans, les rois et reines des régions se firent décimer aux quatre coins du pays. Leurs descendances furent enlevées et envoyées dans l'autre monde. Quatre Mages noirs aux cœurs cupides s'approprièrent chacun une région et se partagèrent par la suite, la capitale au centre du royaume. On la nomme Edène et elle est le lieu d'échange de tout le pays. Elle a depuis toujours, détenu le pouvoir politique et économique entre ses mains. Lorsqu'elle tomba, l'anarchie se répandit et la peur avec elle. Lix disparut en une dernière phrase : « Le royaume retrouvera la paix lorsque les quatre enfants retrouveront la terre de leurs ancêtres ».

Enfin l'homme se tut pour laisser l'histoire qu'il venait de raconter s'imprégner dans la mémoire de la jeune télépathe.

Lina l'étudia intensément, incertaine d'avoir bien compris l'évolution de ces histoires rocambolesques. Une frayeur née du fond de ses tripes surpassa cependant les questions qui flottaient aux bords de ses lèvres.

Les paroles d'Aïto résonnèrent, vivaces, telles des serpents qui se déliaient pour entourer ses neurones, apposer la pression et siffloter au creux de ses oreilles. Quatre enfants enlevés… Etaient-ce eux ? C'était impossible : Lina avait des parents et même s'il était vrai que leur physique contrastait avec le sien, elle avait des preuves irréfutables, des photos de son enfance, des souvenirs plein les yeux… L'inquiétude l'envahit, plus très sûre de ce passé qui se déroulait dans sa tête comme un vieux film éphémère.

– Serions-nous ces enfants ? risqua-t-elle, ses yeux bruns scrutant ses nouveaux acolytes avec détresse.

– Oui j'en suis même sûr…

– Et maintenant que nous sommes là, la paix est revenue ? poursuivit-elle, sceptique.

– Non pas tout à fait. J'y viens, répliqua l'homme.

– C'est impossible ! Cela voudrait dire que nous avions huit ans lorsque nous sommes arrivés dans l'autre monde ! s'exclama l'adolescente.

– Ce ne sont pas tes vrais parents… ce sont des remplaçants.

Elle ouvrit de grands yeux ronds. De faux parents ? Après le choc vint la stupeur. Plus les minutes s'écoulaient plus ses limites à accepter les paroles d'Aïto, s'effilochaient.

Paralysée mais envoûtée, elle n'ajouta rien et laissa le conteur poursuivre.

— Je suis désolé de t'apprendre ces éléments d'une manière si brutale. Eux-mêmes ne sont pas au courant du subterfuge. On leur a transmis des souvenirs qui n'étaient pas les leurs. Un moyen comme un autre pour les Mages d'avoir la main sur vous et de toujours savoir où vous vous trouviez. Vous avez vécu sur nos terres durant huit années mais ils vous ont effacé la mémoire pour remplacer vos souvenirs par des fragments qui n'étaient que de simples leurres.

— Attendez… les Mages nous auraient confié à des familles aimantes ? Vous rigolez ? Je n'y crois pas une seule seconde. Si je vous comprends bien, vous êtes en train de me dire qu'ils nous auraient épargnés ? s'estomaqua Lina.

— Actuellement, nous n'avons aucune raison qui nous pousse à croire le contraire mais ne te méprends pas, chaque action de leur part est connectée à des desseins bien sombres. N'imagine pas qu'ils aient pu faire preuve de clémence.

Il inspecta son effarement d'une manière pressante, la laissa ingurgiter ses propos mais tenta de freiner son envie d'émettre de nouveaux commentaires.

— Vous êtes ici pour récupérer vos terres et donc ramener la paix mais pour ceci, il vous faudra du temps ! Les Mages détiennent de nombreux serviteurs dans tout le royaume. Ils portent le nom de Mulhans. Maintenant que tu es là, nous allons partir en direction d'Artelia, la seconde capitale du royaume après Edène. Vous y étudierez l'art de vous défendre mais également le contrôle de vos pouvoirs.

C'en était trop pour Lina qui ne comprenait plus rien. Apprendre à se battre ? Maîtriser son pouvoir ? Sa façade de convenance se brisa en une grimace affligée.

— Et qui vous dit que nous sommes d'accord ? le provoqua-t-elle.

— Rien, seulement votre vie ne sera plus jamais la même. Il n'y a pas non plus de moyen de retourner dans votre monde à l'heure actuelle. Si à l'époque il était possible à ceux qui en faisaient la demande, de se rendre dans votre monde les portails ont été depuis fermés. Et vous êtes les quatre gardiens du royaume de Glène que vous le vouliez ou non. Il est impossible d'échapper à son destin.

Il avait au moins le mérite de se montrer franc et direct. Si Lina voulait rentrer chez elle, il faudrait qu'elle se plie aux ordres.

Aïto reprit comme s'il n'avait connu aucune interruption :

— Arrivés à Artelia vous commencerez votre formation. Une fois complétée, il vous faudra partir en direction des Quatre Lieux.

— Je croyais que nous y étions déjà ! répliqua Lina avec agacement.

– Nous sommes dans les Terres Exilées, seul havre de paix actuellement encore sur pied où Artelia détient les pleins pouvoirs. Les Quatre Lieux, presqu'île à l'Ouest de ces terres, là où se trouve également Edène la capitale, est aux mains des Mulhans. Personne ne s'y est aventuré depuis bien longtemps. Le saint Graal pour votre quête est représenté par quatre pierres dotées de pouvoirs inimaginables. Selon nos dernières sources, elles se trouveraient respectivement en possession des Mages dispersés dans les Quatre Lieux. Chaque pierre est destinée à l'un des gardiens. Elles vous reviennent de droit.

Il laissa ses mots faire effet quelques minutes.

– Sans les pierres, il est impossible de remporter la victoire car les Mages ont récolté des pouvoirs hors du commun. Malgré votre formation à Artelia, il y a très peu de chance de réussir sans ces puissants joyaux. Lorsque vous avez été cachés dans l'autre monde, vous avez perdu bien trop d'années d'entraînement.

– En même temps, on ne nous a pas demandé notre avis ! répondit Lina d'un ton acerbe.

– Ce n'est pas un reproche. Ce qu'il faut vous rappeler c'est que vous ne devrez jamais divulguer votre identité à quiconque. En Terres Exilées, chaque homme, femme ou enfant peut être à la solde des Mages et fera tout pour vous nuire.

Des complices ? Des Mages ? Des pierres ? Mission ? Lina se pinça une nouvelle fois la cuisse pour sortir de ce rêve trop réaliste mais tressaillit lorsque la vive douleur afflua de sa chair.

– La dernière chose qu'il faut savoir, c'est que vous n'êtes pas les seuls à avoir des pouvoirs. Du bon et du mauvais côté ! Ils représentent les élémentalistes. Alors faites toujours attention ! Moi-même je peux devenir invisible !

D'un sourire fier, il l'invita enfin à poser des questions qui ne tardèrent pas.

– Si je comprends bien, nous allons être formés pour détruire quatre Mages ?

– Et ramener ainsi la paix.

– D'accord, répondit-elle platement.

– Claire contrôle la télékinésie. Elle peut ainsi déplacer des objets et les appeler à elle. Sylvain peut se dédoubler. Lorsque qu'il pourra effectuer ces divisions parfaitement, il détiendra le contrôle sur chacun de ses doublages ! Ils pourront ainsi agir en toute autonomie les uns des autres. Ryan détient l'art de l'illusionnisme. En plus de pouvoir produire des sons qui n'existent pas, il pourra faire émerger des mirages si réels que tout le monde s'y trompera. Il sera également en mesure de prendre l'apparence de n'importe qui et plus tard peut-être, de rendre ces illusions matérielles. Et toi Lina… la télépathie est un don très puissant et souvent incontrôlable. Tu peux lire dans les pensées, introduire ton esprit dans la tête et le corps de tes cibles. Tu peux les faire obéir par la simple force de ta volonté. Tu pourras aussi parler à une personne qui se trouve à des milliers de kilomètres. Néanmoins avec nous tu ne devras pas t'essayer à lire nos pensées. L'esprit et les souvenirs d'une personne représentent son intimité, son espace personnel. Tu es d'accord ?

– Oui bien sûr ! s'empressa de répondre l'intéressée comme si elle s'excusait déjà d'une bêtise qu'elle n'avait pas commise.

Le silence assainit le fluide des données relatées. Le récit avait été imprévisible et terrifiant. Elle ressentait des sentiments contradictoires. Tant de questions lui venaient en tête qu'elle abandonna l'idée de les poser, essayant déjà, de filtrer toutes ces nouvelles informations et d'en appréhender la portée.

Aïto attendit une brève seconde avant de conclure d'un ton sans appel.

– Nous devons partir dès maintenant. Ton arrivée a fait du bruit à Rhurnes et je ne veux pas courir le risque que nous soyons piégés ici !

– Et pour le voyage, ce sera à dos de dragon ? demanda Lina qui ne s'étonnait plus de rien.

– Voyons, les dragons ont disparu depuis bien longtemps !

– Évidemment, suis-je bête.

– Je vais prévenir le roi de notre départ.

Sur ce, il se leva pour quitter la salle d'un pas angélique qui semblait plutôt donner le coup d'envoi d'un fabuleux traquenard.

Après son départ, la tension retomba. Aïto et les autres protagonistes de cette mascarade avaient programmé depuis bien longtemps leur arrivée pourtant, de nombreuses parties de son récit restaient particulièrement floues.

— Non mais vous vous foutez de moi ?! explosa Lina devant les autres adolescents.

— Personnellement, je n'ai rien à gagner à retourner dans l'autre monde, jugea Ryan en s'allongeant sur les coussins, les mains derrière la tête.

— Depuis combien de temps êtes-vous ici ? demanda Lina.

— Deux jours. Assez pour nous rendre compte de la réalité de la situation. Mais que tu le veuilles ou non, il semblerait que c'est notre destin et qu'on ne peut y échapper. Claire a déjà tenté de trouver une réponse dans la bibliothèque du palais pour rentrer mais franchement, après les talents qu'elle t'a montrés, je doute qu'elle se fasse à son ancienne réalité, admit Sylvain.

— Je suis consciente des enjeux. J'ai juste besoin de prévenir mon père, souffla Claire qui avait l'air d'être la plus affectée par la situation.

— Comment êtes-vous arrivés ici ? Comment se fait-t-il même que vous étiez persuadés que j'étais la quatrième gardienne ? voulut élucider Lina.

— Avant de traverser les portails qui nous ont conduit ici, nous avons entendu la voix de Lix. Il semblerait qu'elle n'ait pas disparu totalement après tout, débuta Claire.

— Et je crois que la question ne se pose même pas concernant notre certitude sur toi. D'une, tu avais la même tête effarée la première fois que j'ai vu Claire débarquer ici. Ensuite, il s'avère que quelque chose nous lie inévitablement. Je le savais, dès que je t'ai vue, convint Ryan.

— Alors on suit les ordres c'est bien ça ? demanda Lina en baissant les bras.

— Oui. On devient des gardiens et on botte le cul des Mulhans pour pouvoir rentrer chez nous, conclut l'illusionniste.

12.

— Claire, que fais-tu ? s'étonna Sylvain en levant le nez d'un livre sur les Quatre Lieux.

— J'essaie de trouver une issue de secours ! grinça entre ses dents l'intéressée en poussant de toutes ses forces sur le battant d'une fenêtre.

Celle-ci grinça mais tint bon face aux attaques répétées de la télékinésiste. Elle dressa deux mains devant elle et ferma les yeux. Lina s'approcha pour contempler une nouvelle fois, les dons hors du commun de sa nouvelle coéquipière. Si elle ressentit aussitôt l'électricité statique s'élever d'un cran tout autour de sa tête, rien ne se produisit et la jeune femme gronda d'impuissance en baissant les bras, affligée.

— Ridicule, s'amusa Ryan en croisant les mains derrière sa nuque.

Négligemment assit sur une chaise qui ne tenait plus que sur ses deux pieds arrière, il semblait adorer se moquer de la superbe blonde.

— Claire, abandonne, reprit-il.

— Abandonner ?! J'étais promise à un grand avenir moi ! J'allais probablement devenir présidente et…

— Aider les femmes dans le besoin, les pauvres et tous les malheurs de notre Terre. Oui Claire, on sait, rit Sylvain.

Lina s'avança vers la jeune femme et posa une main sur son épaule. À ce simple contact, elle sentit une douce chaleur l'envahir. Comme si elles faisaient toutes les deux parties d'un tout impossible à délier et qui avait toujours été présent. Elle retira aussitôt sa main.

— Claire, même si je déteste obéir aux ordres et encore moins, faire confiance à des inconnus, je pense que nous n'avons pas le choix aujourd'hui. Et tu ne pourras pas cacher tes dons toute ta vie.

— Qui a parlé de les cacher ? Il est clair qu'on pourrait devenir des stars si on revenait chez nous, rêvassa Ryan.

— Toi, le seul endroit où tu aurais fini, c'est probablement en taule, le provoqua Sylvain.

— Mon business était fleurissant monsieur « j'ai l'air d'avoir cinquante piges ».

Sylvain se dressa devant l'attaque et se tint à quelques mètres du garçon. Il avait la stature d'un grand sportif. Mais Ryan était élancé et musclé, plus fin et sûrement plus vif. Lina se demandait si elle devait réagir. Au bout de quelques secondes, ils rirent tous les deux.

– Ok, tu m'as eu.

Ils avaient déjà créé des liens entre eux. Assez pour que Lina ait l'impression qu'ils se connaissaient depuis de longues années.

– Vous avez tous ressenti votre don avant d'arriver ici ? les questionna la dernière arrivée.

– Jamais pour ma part, répondit Sylvain presque honteux.

– Je ne sais pas, marmonna Ryan renfermé.

Lina fronça les sourcils et Claire secoua la tête devant le changement habituel d'humeur du jeune homme. Une chose était sûre, il n'aimait pas être questionné.

– De mon côté, je pense que oui. Après tout, je tenais plus longtemps dans les airs que n'importe qui lorsque je sautais du haut des falaises pendant mes vacances ! s'enthousiasma Claire.

– Et pourtant, t'as pas l'air particulièrement légère, laissa échapper Ryan.

Sylvain repoussa d'une main l'épaule du jeune homme avant que Claire ne se charge de lui régler son compte.

– Et toi, Lina ?

– Il y a eu beaucoup de bruits dans ma tête, des signes avant-coureurs maintenant que j'y pense. Peut-être que si je me concentrais, je pourrais entendre les pensées d'Aïto et en apprendre davantage sur ce qui nous attend ?

– Hors de question Lina ! Si tu veux avoir leur confiance, il faut aussi la leur donner. Oublie cette idée, déclara Sylvain si solennel à présent.

La jeune femme hocha la tête. Elle avait toujours eu l'habitude d'agir inconsciemment. Sylvain était un compagnon qui pourrait clairement l'aider à freiner ses ardeurs.

La porte s'ouvrit à la volée et le roi pénétra dans la pièce. Si deux gardes se tenaient à ses côtés, il les pria de se poster devant les portes tout en les refermant. Tous les quatre se mirent presque au garde à vous sans savoir quelle posture adopter face à une telle éminence. Toutefois, le seigneur de Rhurnes avait tout d'un homme gentil et attendrissant. Il ressemblait à s'y méprendre au sultan dans Aladin. La comparaison fit sourire Lina pendant que l'homme s'avançait face à eux.

– Vous êtes si grands aujourd'hui. Vous étiez si petits la première fois que je vous ai vus. Vos parents me manquent terriblement, émit le roi.

Personne n'osa rien répliquer. Le roi les jaugea l'un après l'autre et s'assit sur une chaise haute. Ses pieds touchaient à peine le sol.

— Je vous en prie mes amis, pas de manière avec moi, prenez place !

Tous suivirent son exemple et s'assirent sur les amas de coussins bariolés dispersés dans l'espace.

— Bien. Lina, te sens-tu à l'aise parmi nous ? demanda l'homme aux grosses joues.

— Oui… monsieur. Mais j'ai des questions.

— D'abord je m'appelle Meldor. Et je pense qu'Aïto devrait être en mesure de te renseigner.

— Roi Meldor, j'ai des questions tout de suite, le coupa Lina devant la mine effarée de ses compagnons.

Le roi ne lui en tint pas rigueur. À la place, il la pria de poursuivre d'un hochement de tête.

— Vous dites être en guerre mais je n'ai vu que peu de soldats. Incroyable si j'en crois ma culture en termes de films de guerre et d'épopées chevaleresques.

— La majorité de notre armée est concentrée à Artelia, là où le roi Enndra possède les pleins pouvoirs sur les Terres Exilées. Néanmoins, lorsque la guerre a été perdue, nombre de nos soldats ont rejoint le camp adverse. Beaucoup d'autres, pour la plupart des élémentalistes, ont déserté vers le désert Ekvas ou par les mers. D'autres ont sombré dans la haine et la violence. La guerre a ravagé bien plus que leur physique et les horreurs vécues ont joué sur leur cerveau. Ils sont nombreux à pulluler dans les grandes artères de nos prisons.

Le roi avait tenté de se montrer pédagogue dans ses explications et de ne laisser transparaître aucune émotion. Mais ses yeux brillants marquaient parfaitement la souffrance que lui infligeaient ces souvenirs. Lina se promit de ne plus en parler.

– Comment réussissez-vous à maintenir la paix lorsqu'il y a tant d'élémentalistes au milieu de personnes... normales ?

– Je comprends ta question car je connais votre ancien monde. Mais pour nous la société a toujours été faite ainsi. La question ne s'est jamais posée pour être exact. Mais aujourd'hui, l'équilibre si précieux a basculé du côté des non-magiques. La guerre, comme je vous l'ai expliquée, a marqué profondément le peuple du royaume de Glène. Beaucoup ont décidé de faire taire leurs pouvoirs à jamais. D'autres, de les faire disparaître entièrement.

– Disparaitre ?! s'apostropha Claire.

– Oui jeune fille. Mais de cela, je ne vous conterai pas l'histoire.

Un silence s'abattit. Le roi semblait jovial, pétillant et presque exubérant. Mais son sérieux avait quelque chose de si imprévisible que nul ne voulut surenchérir.

– Moi-même, j'utilise mes dons rarement. Mais nous n'avons pas souvent besoin de nos pouvoirs pour être de bons dirigeants. Enndra, le roi d'Artelia, n'en possède aucun. Malgré ça, il est de loin l'un des hommes les plus respectés du royaume.

Lina nota dans sa voix, un respect immense. Elle se demandait si elle apprécierait autant le monarque qu'elle rencontrerait dans quelques jours.

— Quel est votre don ? s'empressa de demander Claire.

Lina nota du coin de l'œil que la jeune femme avait peine à se tenir tranquille. Son engouement était cependant communicatif et tous attendaient de découvrir la facette la plus captivante de ce nouveau monde : celle de la magie.

— Oh non, je ne crois pas que vous l'apprécieriez. Ektor est maussade et lunatique. Il n'aime pas non plus les adolescents.

— Ektor ? s'enquit Sylvain.

— Mon double. J'ai le don de développer une autre personnalité. Une autre forme de vie qui résidera avec moi pour toujours. Je suis cependant, celui qui est le plus apprécié.

Les quatre gardiens se tenaient droits, osant à peine respirer.

— Ok, très bien, vous l'aurez voulu ! prévint l'homme en sautant presque de son siège trop haut pour lui.

Il soupira, croisa les bras devant sa poitrine et soudain sa silhouette se fit brouillonne. Progressivement, ses traits prirent d'autres aspects. Ses cheveux devinrent d'un noir corbeau, son menton s'allongea nettement et ses sourcils se dessinèrent finement. Il devint plus grand et plus mince, presque rachitique. Enfin, une longue barbe taillée en pic apparut. La nouvelle personne qui se tenait devant eux était d'un austère à faire pâlir la famille Adams.

— Cela faisait bien longtemps que le petit gros ne m'avait pas sorti de la cage mentale dérangée qui est la sienne, cingla l'homme, ses deux mains ramenées dans son dos.

Il inspecta les gardiens comme de misérables insectes. Lina se sentit minuscule. Elle aurait préféré que le roi Meldor évite la démonstration.

— Impressionnant… Mais comment peut-on vivre avec deux personnalités aussi distinctes ? le questionna Ryan qui semblait être le seul à ne pas être mal à l'aise.

La nouvelle apparence du roi se tourna avec une lenteur calculée vers lui. Ryan gonfla le torse instinctivement.

— Toi tu es un emmerdeur, déclara Ektor d'une voix lasse.

— Et vous, vous êtes odieux ! lâcha Claire.

— Toi, tu as aussi l'air d'une emmerdeuse, dit-il en détachant chaque syllabe avec un plaisir bien visible.

— Seigneur Meldor, permettez mais si vous continuez, nous partirons. Et bientôt vous serez roi de votre unique égo, lâcha Lina de tout son aplomb.

Comment se pouvait-il que le roi soit aussi chaleureux et si froid d'un autre côté ? C'était à n'y rien comprendre.

— Lui est là pour le peuple, son amour, sa loyauté. Moi, je suis là pour les stratégies et pour la guerre. Nous nous complétons en somme, lâcha l'homme en baillant.

— Merci pour la démonstration, trancha d'un ton glacial Ryan.

Les traits de l'homme se contusionnèrent. Il n'y eu aucune résistance de sa part pour obtenir plus de présence. L'insolent personnage disparut avec un sourire complaisant et le roi au visage candide reprit place devant eux.

— Je vous avais prévenus !

— Mais il est ignoble ! Comment faites-vous pour vivre à ses côtés ? s'alarma Claire.

— Il est comme un frère. Mais dans ma tête. Vous êtes entiers. Je suis le blanc, il est le noir. Nous arrivons ainsi à régner avec sagesse et perspicacité.

Le roi Meldor se dressa lentement et réajusta les bagues faites d'or et de pierres précieuses sur les jointures de ses gros doigts.

— Prenez soin de vous. Vous allez partir bientôt. J'espère vous revoir très vite à Rhurnes.

Les enfants se levèrent de nouveau et voulurent le saluer sans savoir comment. Au lieu de ça, ce fut le roi qui s'inclina légèrement. Il s'éclipsa ensuite après un clin d'œil vers les adolescents.

Les quatre gardiens se firent face, déconcertés.

— Mais c'était quoi ça ?! s'exclama Ryan avant que tous éclatent de rire.

13.

Lina n'eut que peu de temps pour comprendre la signification de ce nouveau décor. Elle repensait à son apparition dans ce monde, à cette ville en forme de labyrinthe, aux propos d'Aïto concernant Lix, les quatre éléments et leur quête future. Malgré toutes ces découvertes, elle se sentait étrangement confiante, habitée par un sentiment d'appartenance à ce monde. Au fond d'elle, elle redoutait la peine de son frère et de sa mère mais restait convaincue qu'elle devait comprendre ce nouvel univers et les pouvoirs qui l'habitaient sans qu'elle n'arrive à en obtenir le contrôle.

Une heure plus tard et ils étaient tous convoqués à la porte sud du palais.

– Attendez, vous rigolez j'espère ?! Vous n'avez pas une armée pour nous protéger de tous ces élémentalistes là-dehors ?! s'égosilla Ryan au moment où il découvrait le chariot, les chevaux et l'unique garde à leurs côtés.

– Non Ryan, il est absolument nécessaire que nous soyons discrets. Il est donc hors de question que nous soyons protégés par une armée de soldats. Un ami nous rejoindra néanmoins en chemin.

– Quel soulagement, maugréa-t-il.

Lina elle, s'approcha de la monture qu'Aïto venait de lui attribuer. Sa robe d'un noir de jais était splendide et elle réprima un frisson au moment où ses yeux noisette se mêlèrent à ceux de l'animal. Ils étaient d'un vert familier.

– Elle s'appelle Esprit. J'ai pensé que vous vous entendriez bien, lui expliqua Aïto avec un petit sourire en coin.

Lina détourna son attention vers l'homme chauve. Ses traits étaient fins et sa peau lisse lui donnait un air poupon. Il était drapé d'une énième tunique pastel qui faisait ressortir le bleu de ses yeux ronds. Le tissu coulait sur une silhouette qu'elle imaginait svelte mais musclée. Il lui était sympathique et était certainement le plus enclin à leur prouver qu'ils pouvaient avoir confiance en lui.

Elle monta aussitôt en selle, habituée aux longues promenades à cheval qu'elle faisait dans le ranch d'amis de sa mère, propriétaires fortunés qui la laissaient monter depuis toute petite.

À la vue de ses compagnons, elle comprit rapidement à quel point ce nouveau mode de déplacement serait problématique. Si Claire se montrait assez à l'aise mais observait les rênes avec inquiétude, Ryan lui, tentait de maîtriser l'animal à la robe pie sans pour autant qu'il n'accède à ses demandes. Au lieu de ça, la bête se cabra et il se retrouva à terre en l'espace de quelques secondes. Ils ne purent s'empêcher d'éclater de rire.

— Mais merde, ils ne pouvaient pas prendre des voitures au lieu de s'embêter avec des chevaux ?! rugit-il.

— Oui tu as raison, des Mages qui viennent nous attaquer en moto, ça fait tout de suite plus crédible, lâcha Sylvain moqueur.

Claire hurla de rire et Lina gloussa devant les yeux revolver de Ryan dont la fierté avait été mise à rude épreuve.

Après un dernier coup d'œil en arrière, les grandes portes du palais s'ouvrirent face à un horizon ondulant. Le paysage était cerclé de montagnes aux pics frôlant la cime des cieux. Au cœur d'un chemin de galets rosés, ils débutèrent leur long périple et traversèrent d'immenses champs de blés bariolés dont les sols, expliqua Aïto, étaient cultivés pour leurs foisonnantes propriétés pharmaceutiques.

— La route durera quatre longs jours ! Nous suivrons ce chemin sinueux pendant le premier et nous enfoncerons dans la forêt pour camper. Nous traverserons ensuite la chaîne de montagnes Saline. Le troisième jour, nous arriverons dans la forêt d'Amori pour atteindre le lendemain, Artelia, énuméra Aïto en comptant sur ses doigts comme pour ne pas oublier le fil de ses pensées.

Le chariot brinquebalant suivait les adolescents. Un animal qui ressemblait à un petit âne aux oreilles dressées tractait le paquetage qu'ils avaient emmagasiné pour le voyage et le reste de leurs aventures. Aïto tenait les rênes et laissait les quatre adolescents se relayer derrière les épais draps tirés pour se reposer.

Claire fit accélérer sa monture pour rejoindre Lina en amont, pressée et curieuse d'arriver à Artelia.

— Il va falloir trouver un moyen de contacter nos familles. Nous ne savons pas combien de temps durera ce voyage, débuta Lina qui était persuadée de leurs besoins communs.

Claire ne répondit cependant pas, concentrée, les pensées en vadrouille. Toutes deux vivaient avec des regrets, avaient tronqué une vie pour une autre sans même réfléchir un instant aux conséquences. Pourtant, la télékinésiste avait toujours été d'une nature enjouée et elle savait qu'elle devrait tout faire pour remonter le moral des troupes. Si ses parents lui manquaient, elle avait toujours su voir le meilleur de chaque situation et ce retournement incontestablement épique n'allait pas ternir sa bonne humeur habituelle.

Ses lèvres pulpeuses se pincèrent et elle se tourna vers Lina. Elles le sentaient, ce profond désir de venir à bout de leur mission, d'aider leur monde, de faire partie de ce paysage fait de châteaux forts, de pouvoirs surnaturels et de Mages imprévisibles. Les deux adolescentes se sentaient chez elles contre toute attente.

Le soir venu, ils s'enfoncèrent entre les pins centenaires. Ils bravèrent la nature pour se mêler aux branches. Ils finirent par se frayer un chemin à travers les troncs épais et veineux. Ici l'air était pur, assaini, sans la pollution et les dérives de leur ancienne société.

Claire fut chargée de faire cuire la viande au-dessus du feu, Ryan d'apporter du bois, Sylvain de nourrir les bêtes et Lina d'installer les affaires. Aïto disparut au bout de quelques minutes. Invisible, il était une arme redoutable contre tous prédateurs et menaces qui auraient pu venir distraire la bonne humeur qui jaillissait du camp improvisé. Une fois nourris et repus, ils s'échangèrent des sourires complices avant de rejoindre leurs couvertures.

Sous un ciel de coton chargé de nuages qui se mouvaient en formes reconnaissables, Lina vit que seul Ryan avait encore les yeux grands ouverts, nageant dans les flammes du feu de camp. Il y passa sa main comme pour relever un défi mais ses doigts eux, s'attardèrent plus longtemps que prévu. Assez pour que la peau se mette à cuire.

— Tu es cinglé ?! Tu vas te brûler ! s'exclama Lina en attrapant sa main au vol pour la soulever devant ses yeux.

Il n'y avait rien, pas la moindre trace de chair maltraitée.

— Je ne crains pas le feu.

— Et moi je suis la fille de Zeus, grinça Lina.

— Regarde par toi-même !

— Juste de la chance, rien de plus. On aura besoin de tous tes membres valides je te rappelle !

— Je ne suis pas du genre à abandonner, ne t'inquiète pas pour ça.

Il lui sourit. Il avait vécu une adolescence complexe. Une guerre supplémentaire n'était rien comparée à la vie qu'il aurait dû poursuivre s'il n'avait pas pris part à cette aventure. Il s'allongea songeur et Lina suivit son exemple. La cime des arbres se couvraient de pas d'animaux nocturnes. La forêt s'éveillait lentement alors qu'elle fermait ses paupières et s'endormait, bercée par les ébats de ces habitants fascinants.

*

Éveillée par un vent puissant qui giflait son visage, Lina se réveilla en sursaut. L'humidité de la rosée poissait sur son corps. Elle tremblait de froid.

Un grondement attira son attention et lorsqu'elle se redressa, elle se retrouva face au loup noir posté à quelques mètres du camp. Son sang ne fit qu'un tour et c'est, apeurée, qu'elle réveilla ses amis d'un petit cri suraigu.

Lorsqu'elle tourna à nouveau son visage, l'animal avait déserté.

— Là-bas ! Il y avait un loup !

L'alerte paralysa le groupe et la silhouette d'Aïto se découpa progressivement devant eux, imparable vision qui les laissa hébétés d'admiration pendant qu'il fouillait les environs.

— En tout cas s'il y en avait un, il est parti et tu as eu sacrement de la chance ! grogna-t-il dans sa barbe native.

— C'est bon tu as dû rêver ! lança Ryan d'un air moqueur.

Lina, incriminée, le fusilla d'un regard noir.

— Je ne suis pas folle ! Je sais ce que j'ai vu ! Et d'ailleurs, ce n'est pas la première fois !

Aïto la toisa, surpris par la révélation qu'elle venait de faire. Ses sourcils se froncèrent et son visage sembla se fermer, en proie à des démons intérieurs.

Lina elle, se redressa violemment, meurtrie par les doutes émis sur ses propos et rangea à la hâte ses affaires. Ils montèrent finalement tous sur leurs chevaux et reprirent la route, la jeune télépathe toujours fermée à toute discussion.

La première heure fut silencieuse, enrayée par les hurlements de la bise qui les prenait à revers. Aux pieds des montagnes Saline, ils décelèrent un petit chemin étroit qui serpentaient dans les hauteurs de la muraille de pierre, roc insondable dont l'immensité grossissait, cachée sous une brume aérienne. Des éboulis de roches rendaient difficile leur progression et le chariot peinait à se frayer un chemin dans l'allée escarpée.

Toute la journée, ils durent se coller à la paroi de la montagne pour ne pas dégringoler dans le néant, là où la pénombre surnaturelle empêchait d'y voir plus clair dans cette lente montée aux enfers. À la tombée de la nuit, ils purent enfin camper en contrebas, sur l'autre versant de la montagne. Les vents étaient forts et puissants et il faisait froid. Le feu ne tint pas et le maigre repas qui s'ensuivit fut uniquement composé de viandes séchées. C'était un plat particulièrement repoussant pour les adolescents qui avaient l'habitude d'autres mets plus savoureux. Ils ne firent aucune remarque et mangèrent avec appétit pour reprendre des forces.

— Ce ne sont plus des gardiens qui vont arriver à Artelia mais de vrais blocs de glace s'il continue à faire aussi froid ! se plaignit Claire en grelottant, les mains autour de ses bras.

Sylvain l'observa un instant. Il avait toujours été protecteur à l'égard des gens qui l'entouraient. S'il avait vécu majoritairement comme un solitaire, il s'était attaché aux trois autres adolescents qui comblaient cette aventure d'une amitié qu'il n'avait jamais connue. S'il était plus dans la retenue, il convenait de dire qu'ils avaient réussi à briser sa carapace par leur seule présence. Le grand garçon aux cheveux d'or, s'assit aux côtés de Claire et lui tendit sa couverture.

— Vient avec moi…

— Merci, souffla-t-elle avant de s'engouffrer dans la protection polaire.

Lina était à l'écart du groupe. Elle observait les bois qu'ils allaient devoir traverser le lendemain. Se pouvait-il que le loup de ce matin ait suivi sa trace et qu'il puisse résider dans la dense pénombre de branches et de buissons face à elle ?

Elle rapprocha ses genoux contre son corps, maigre refuge contre ses pensées lugubres. Quelques pas s'approchèrent et Ryan s'installa à ses côtés, emmitouflé dans des couvertures, pour fixer la jungle ombreuse. Un instant il ne préféra rien dire mais Lina voyait bien qu'il hésitait. Une idée s'était imprégnée sur son visage polisson.

— Ecoute Lina, je suis désolé. J'ai manqué de tact mais je suis persuadé que ce loup existe.

— Il m'a suivie de l'autre monde.

— C'est peu probable, dit-il en tournant un regard intrigué vers la jeune femme.

— Je te le jure. Ce même loup me suivait pendant des jours avant que je n'arrive ici. Je ne crois pas aux coïncidences.

— Si j'ai bien compris quelque chose, c'est que rien ne semble impossible ici. Si tu as raison, alors tu auras des nouvelles de lui prochainement…

La télépathe porta son attention vers la brume épaisse et glaciale qui les ensevelissait… Ryan avait raison, elle en était persuadée.

14.

Lina ouvrit les yeux avec la sensation familière qu'elle était observée. Son regard chercha aussitôt celui d'Aïto et du garde mais comme à leurs habitudes, ceux-ci n'étaient pas présents. Ils établissaient des rondes régulières autour du camp et s'éloignaient assez pour que leur présence soit imperceptible.

Soudain, le grondement familier reprit et c'est en tournant lentement son visage vers la source du bruit qu'elle l'aperçut de nouveau : un monstre de la couleur des ténèbres venait de pénétrer dans le cercle des dormeurs. Ses larges pattes n'émettaient pas un seul bruit et son immense regard vert se projeta dans celui de Lina. Après un face à face qui sembla durer une éternité, l'animal fit demi-tour et disparut dans la masse végétale. La jeune télépathe se redressa en une extension. Elle avait eu la nette sensation qu'il tentait de lui faire comprendre quelque chose. Elle ne prit que quelques secondes pour réfléchir et bondit hors du camp pour rattraper la bête, l'énigme première de ce changement de monde.

La télépathe traversa une ribambelle d'arbres avant de s'arrêter soudainement. Là, le loup était assis sur ses deux pattes arrière et l'attendait. Lina, prudente, fit un pas avant d'ouvrir la bouche, le palpitant prêt à exploser :

— Qui es-tu ?

Si elle ne s'attendait visiblement pas à recevoir une réponse de la part d'un animal, ses traits s'agrandirent de stupeur lorsqu'une voix vint lui répondre au cœur même de ses pensées :

— *Tu ne me reconnais pas ?*

Lina sursauta. C'était la voix de Lix !

— Pourquoi… comment… je ne comprends pas ! balbutia-t-elle.

— *Lorsque la guerre fut perdue, j'ai été enfermée dans ce corps de loup par un sortilège insondable. Je suis aussi prisonnière que toi. Tant que la paix ne sera pas restaurée, je resterai dans ce corps.*

— Oui mais pourquoi ne parlez-vous pas aux autres gardiens ?

— *Parce que c'est toi qui les mèneras jusqu'au bout !*

— Jusqu'au bout de quoi ?

Mais avant que la louve ne puisse lui répondre, Lina fut percutée de plein fouet par un corps inconnu et fut projetée au sol. Elle redressa automatiquement son visage vers l'endroit où Lix se trouvait. Celle-ci avait disparu.

Elle se détourna vers la silhouette encapuchonnée et poussa un hurlement. Persuadée qu'il s'agissait d'un Mulhan, les hommes terrifiants dont Aïto avait conté la noirceur, elle se débattit violemment. Ses poings cognèrent la silhouette qui l'avait poussée avant que celle-ci ne lui attrape les poignets pour l'empêcher de continuer ses attaques.

— Mais nom de Lix, tu vas te calmer ?! hurla l'inconnu.

Mais Lina ne lui laissa pas le temps d'émettre de nouvelles paroles. Elle dégagea brutalement sa main de la poigne solide de l'homme et lui décocha un coup de poing au visage qui le déstabilisa assez pour lui permettre de s'échapper de son emprise. La télépathe se redressa. Elle allait fuir au moment même où une main empoignait de nouveau son bras. Elle se retourna brutalement vers son assaillant quand il arracha sa capuche et laissa apparaître son visage.

Lina eut un vertige. L'homme aux cheveux bruns face à elle ne devait pas atteindre la trentaine mais une barbe de plusieurs jours couvrait le bas de son visage. Ses grands yeux presque noirs, quant à eux, la percutèrent. Il était d'une stature imposante et sa mâchoire carrée était entièrement contractée, preuve que le coup qu'elle lui avait porté avait parfaitement atteint son objectif. Pourtant, ce qui lui souleva le cœur ne fut pas la vision de ce visage charismatique mais plutôt l'impact qu'elle reçut au centre de ses neurones comme si une force invisible venait d'y pénétrer et s'attardait dans le chaos de ses souvenirs. Sans aucun contrôle et dans l'espoir de se défendre, elle poussa instinctivement son esprit contre cette masse invisible qui venait de s'infiltrer dans sa tête. Elle luttait contre cette nouvelle forme d'attaque quand la pression disparut à la hâte.

— Tu es bien plus forte que je ne l'aurais pensé, convint l'inconnu en s'avançant de nouveau vers elle.

Lina fit deux pas en arrière et redressa sa main pour l'empêcher d'approcher davantage. Elle sentait de nouveau une attache mystérieuse la lier indubitablement à l'individu.

— Qui êtes-vous ? demanda-t-elle, le souffle court.

— L'homme qui vient de t'éviter d'être le prochain repas d'un loup, admit-il en arquant un sourcil amusé avant de reprendre, je m'appelle Ren et je suis un ami d'Aïto depuis de très longues années.

— Comment vous… vous êtes un télépathe…

— Plus ou moins. Mon don est plus particulier que le tien mais il est vrai que c'est ce qui s'en rapproche le plus.

— Ne faites plus jamais ça. Ne rentrez plus jamais dans ma tête, lui ordonna-t-elle à demi-mot.

— Ça risque d'être compliqué puisque ce sera moi qui t'entraînerai durant ton séjour à Artelia.

Lina fronça les sourcils mais au moment où elle allait poursuivre, Aïto surgit précipitamment et s'arrêta net face à Lina et Ren. Il émit un soupir de soulagement à la vue de son ami et un large sourire se dessina sur son visage.

— Ne refais plus jamais ça Lina, j'ai eu la peur de ma vie ! Courir après un loup mais quelle idée !

— Je suis désolée, reconnut-elle sans quitter des yeux le nouvel arrivant.

Aïto s'avança vers Ren et ils se prirent dans les bras.

— Mon vieil ami, je suis si heureux de te voir parmi nous.

— Tu sais que je n'aurais manqué ça pour rien au monde, admit l'homme au visage sculptural.

Lina les dévisagea l'un après l'autre. Elle doutait de pouvoir informer quiconque de sa discussion avec la louve. Si Lix ne s'était pas adressée au reste du groupe, il y avait fort à parier qu'elle avait de bonnes raisons.

— Suis-moi, je vais te présenter aux autres, continua Aïto.

Avant que Ren ne s'engage à sa suite, il porta une main à sa mâchoire.

— En tout cas tu as une bonne droite, laissa-t-il échapper avec un sourire amusé.

Lina gênée, ne sut que répondre.

Au centre du camp, le garde retenait à grande peine les autres gardiens.

– Qu'est-ce qui s'est passé ? Je me suis réveillée au moment où je t'ai vue bondir vers la forêt ! s'exclama Claire.

– Je vais bien ne vous inquiétez pas. Le loup est revenu.

– Et donc tu t'es dit que lui courir après était une brillante idée, souleva Ryan, adossé contre un arbre, jouant avec un Zippo en métal qu'il avait dû garder de l'autre monde.

– Et Lina ne recommencera plus ses sorties intempestives, les coupa Aïto en s'avançant au centre du feu de camp.

Les regards se braquèrent alors sur Ren. Celui-ci les fixa un à un avant d'afficher un léger sourire aux coins de ses lèvres.

– Enchanté gardiens. Je m'appelle Ren.

– C'est un ami de longue date et un télépathe. Il va nous accompagner à Artelia et y restera pendant notre séjour, expliqua Aïto.

Les trois adolescents se présentèrent tour à tour mais il s'avéra que Ryan restait en retrait. Il ne cessait de faire claquer le briquet de métal entre ses doigts, preuve subtile que quelque chose le contrariait visiblement.

Ils s'installèrent tous autour du feu. Tandis qu'Aïto et Ren entretenaient la discussion avec

Sylvain et Claire, Ryan vint s'asseoir aux côtés de Lina, presque obnubilée par la présence magnétique du nouvel arrivant.

— Il s'est passé quoi dans la forêt ? demanda-t-il avec désinvolture.

— Il m'a empêchée d'atteindre le loup. Puis il est entré dans ma tête.

— Et ça a apparemment laissé des traces. Il n'arrête pas de te regarder. Le type est vraiment bizarre.

— Arrête Ryan, tu ne sais pas ce que tu dis.

— Tout ce que je sais c'est qu'on ne peut faire confiance à personne ici, tâche de t'en rappeler.

Lina scruta Ryan curieusement. S'il s'avérait être un garçon difficile à cerner et presque trop sombre pour s'ouvrir totalement aux autres, il était également très protecteur envers ses trois compagnons depuis le début de leur périple. Une preuve comme une autre que derrière les airs fiers qu'il se donnait, il se sentait intimement connecté à eux.

— Ne t'en fais pas, je m'en souviendrai, souffla-t-elle avant de se lever et de s'asseoir aux côtés de Ren, en ultime provocation.

— Aïto, j'ai une question qui me trotte dans la tête depuis que nous sommes arrivés, poursuivit Claire.

— Je t'écoute, répondit l'intéressé pendant que tous se tournaient vers elle.

— Pourquoi nous ? Pourquoi étiez-vous si convaincus que nous étions les nouveaux gardiens ?

– Parce que vos parents sont les héritiers directs des premières familles royales choisies par Lix. Et la pierre de Rhurnes l'a senti, répondit Aïto alors que ses immenses yeux bleus observaient les enfants sans ciller.

Les gardiens se figèrent. Ren poursuivit :

– Plus que ça, les anciens gardiens en la personne de Lix, ont donné une parcelle de leur pouvoir aux familles royales. Ainsi, leurs dons ont prospéré et évolué au fur et à mesure des générations. Aujourd'hui vos pouvoirs sont l'héritage direct de notre déesse, conclut-il en détournant ses pupilles noires dans celles de Lina.

Celle-ci soutint le contact plusieurs secondes et au moment où elle ressentait cette connexion indéfectible due sûrement, à leur pouvoir similaire, elle entendit le claquement sec d'un Zippo qu'on refermait…

15.

— Ren ? Pourquoi m'avoir dit que vous n'étiez pas télépathe ?

Là devant eux, une plaine rocailleuse s'étendait à perte de vue, immense bain de clarté qui ne laissait pas présumer de son étendue. Le regard de Ren chassa un instant cet horizon ondulant avant de se tourner vers la jeune femme.

— Parce que mon don est comme celui d'un caméléon Lina. Nous sommes plusieurs dans ce cas précis. Dès notre plus jeune âge, il nous est possible d'utiliser les dons de ceux qui nous entourent mais lorsque vient l'âge de dix-sept ans, un seul s'inscrit et ce, pour toujours.

– Donc nous sommes nombreux à être télépathes si je comprends bien ?

– Non, loin de là jeune fille. La véritable télépathie est très rare. À tel point que tu es sûrement la dernière a en avoir la possession. Et je t'avoue que je n'ai pas eu besoin d'entrer dans ton esprit pour savoir à qui j'avais à faire.

– Comment ça ?

– J'ai reconnu les aspects caractériels qui les composent.

– Comment étaient-ils ? Je veux dire… vous me parlez d'eux comme s'ils étaient… différents.

Ren hésitait à lui répondre. Il connaissait bien les télépathes pour les avoir longtemps étudiés. Néanmoins il savait qu'il n'était pas permis d'en révéler davantage.

– Ils sont connus pour leur tempérament aventureux, trop imprévisible pour certains.

– Et c'est tout ce qui les rend si spéciaux ? souleva-t-elle en arquant un sourcil.

– Non. La télépathie est un être à part, un élément vivant de l'esprit qui peut certaines fois se montrer complètement autonome. C'est pourquoi je te demanderai une rigueur irréprochable lors de nos cours afin que tu gardes toujours le contrôle. D'aussi loin que je puisse me rappeler les télépathes sont également les seuls, pour les plus chevronnés, à pouvoir pénétrer l'esprit d'un élémentaliste et à utiliser son don pendant un court laps de temps. Ce qu'il m'est impossible à faire.

Lina eut une moue décontenancée. Impressionnée par l'idée de pouvoir un jour utiliser la télékinésie de Claire, elle poursuivit ses interrogations :

— Et pourquoi ne sont-ils pas plus nombreux ?

Ren resta silencieux une seconde. Il tenta de formuler une réponse puis haussa les épaules pour clore la discussion.

— La guerre a détruit beaucoup de vies Lina. Cela ne m'étonnerait pas qu'ils aient succombé lors de cette crise majeure.

La jeune fille accueillit ces paroles avec une mine sombre et anxieuse au moment où Ren faisait accélérer son étalon pour se retrouver aux côtés d'Aïto. Elle en profita pour rabattre sa monture aux côtés des autres gardiens qui s'époumonaient sous le regard désapprobateur du garde, en retrait comme toujours.

— J'ai la vive sensation qu'ils ne nous disent pas tout, débuta Lina.

— Nous le savons tous mais il s'avère que pour l'instant, l'idée d'affronter des Mulhans aux pouvoirs inconnus et entraînés par quatre Mages noirs ne me donne pas envie d'en savoir plus, poursuivit Claire.

— Moi ce que je ne comprends pas, c'est l'histoire de ces pierres, continua Ryan en tentant de contrôler sa monture avec peu de succès.

— Ils nous diront tout le moment venu. Comprenez qu'ils en savent beaucoup plus sur nous et sur le royaume de Glène. Si les Quatre Lieux nous réservent d'immenses surprises, je pense qu'on devrait déjà se focaliser sur les Terres Exilées pour comprendre la suite des évènements vous ne croyez pas ? souleva Sylvain en portant son regard brun sur chacun de ses compagnons.

– Oui très bien, mais pourquoi n'avez-vous pas parlé de l'attaque dans la ruelle de Rhurnes ? chuchota presque Lina.

– Parce que je n'ai aucune envie qu'on se fasse surveiller durant le moindre de nos faits et gestes, murmura Claire en observant Aïto puis Ren, loin devant eux.

– Donc, je ne leur parle pas non plus de la pierre que j'ai trouvée ?

– Non. D'une, ils doivent en avoir des milliers dans cette contrée et de deux, ils l'ont dit eux-mêmes, il en existe seulement quatre qui importent et elles se trouvent respectivement dans les Quatre Lieux.

Sylvain venait de parler d'une voix sans appel. Il semblait qu'il était le plus mature des quatre et incontestablement moins enclin aux chamailleries que ses compagnons.

– Pourquoi avez-vous l'air de ne pas vouloir rentrer ? les questionna Lina en s'arrêtant sur Sylvain puis Ryan.

Un silence se fit pendant lequel, les deux garçons cherchèrent leurs mots.

– Pour ma part, les Mulhans ont dû se tromper de famille lorsqu'ils m'ont amené dans notre monde.

Ils étaient loin d'être de bons parents. Je m'en suis sorti seul, en usant de moyens qui auraient sûrement fait frémir une fille comme toi, expliqua Ryan.

— Une fille comme moi ? répéta Lina en haussant les sourcils.

— Il est clair que tu n'as manqué de rien dans la vie. Il est facile de reconnaître ceux qui ont toujours tout obtenu, poursuivit-il sans une once d'hésitation.

Lina fixa le garçon, pratiquement sûre que la majorité de ses activités avaient été illégales. Il s'avérait que, si elle n'avait que peu consenti à entrer dans les clous, il avait raison.

— Pour ma part, mon quotidien n'a pas été très aguicheur. À vrai dire, j'ai même toujours préféré être dans l'eau lors de compétitions de natation plutôt que dehors, à faire la fête comme la majorité des adolescents de mon âge, continua Sylvain.

— Et moi probablement plus dans les airs, souffla Claire avant de reprendre. Écoutez, si on retourne chez nous, je vous inviterai à faire un tour dans l'avion de mon père, il…

— Non, ça va aller, je préfère garder les pieds sur terre. Si ton père est aussi doué pour piloter que toi pour monter en selle, je vais éviter, la coupa Ryan.

Ils éclatèrent de rire devant la mine déconfite de Claire. Lina tourna son visage vers Aïto et Ren et aperçut leurs sourires face aux gardiens hilares. Elle ressentit une étrange sensation : celle d'avoir peut-être trouvé une seconde famille…

16.

La dernière journée de voyage laissa place à l'espoir qu'ils atteindraient prochainement Artelia. Les quatre adolescents étaient perclus de courbatures. Lina faisait face à une plaine rocailleuse qui s'étendait à perte de vue et Ren vint se positionner à ses côtés. Enigmatique, il passa une main dans ses cheveux impeccablement coiffés.

— Il va nous falloir être attentifs Lina. Toi et moi sommes les seuls capables de percevoir un danger même invisible. Je sais que tu n'as eu connaissance de ton don que depuis ton arrivée mais j'ai déjà perçu qu'il s'était développé depuis bien longtemps.

— Je crois avoir compris les rudiments. Malheureusement, j'ai l'impression que mon esprit est du genre à n'en faire qu'à sa tête, estima Lina en repensant aux nombreux moments où elle avait perdu le contrôle.

— Il faut comprendre que la télépathie est un pouvoir spécial. Ton esprit est un être indépendant de toi. Il peut entrer en action inconsciemment de ta volonté pour te prémunir d'attaques. Néanmoins, je vais t'enseigner le moyen d'en obtenir le contrôle. Ainsi, tu n'auras plus cette fâcheuse impression.

Lina avait tant de questions qu'elle ne savait par où commencer. Cependant, certaines étaient si omniprésentes qu'elle ne pouvait attendre Artelia pour les poser.

— Ren…

L'homme, devant l'hésitation de la télépathe, l'encouragea à continuer d'un air presque paternel.

— Lina, sache que je suis là pour t'aider à te sentir chez toi ici. Ce qui sous-entend également que si tu as le moindre doute ou la moindre question, tu peux m'en parler.

— Très bien. Alors je veux comprendre les Quatre Lieux. Je veux en savoir plus…

— Je ne te dirai rien.

Lina accusa sa réponse avec une moue médusée.

— Mais je peux te montrer, reprit-il.

Avant même qu'elle ne puisse réaliser ce qu'il se passait, il rapprocha sa monture de la sienne et posa sa main le long de son visage. Lina fut aussitôt projetée dans une autre dimension mentale : celle des souvenirs.

Fénur

Lina se sentit plus légère. Sa vision survolait des paysages. Ils défilaient si vite qu'elle ne distinguait qu'un horizon brouillé. Le rythme ralentit et elle se retrouva devant une large cavité d'un noir insondable. Son cœur rugit et du magma en fusion s'éleva de la montagne cracheuse de feu pour se déverser sur un parterre de sable noir. Sur son flanc, des arbres blancs s'embrasèrent et un chant envoûtant s'éleva des troncs. Ils dansaient… Plus loin, les yeux de petits animaux colorés s'animèrent. Malgré une journée ensoleillée, les étoiles scintillaient avec force et clignotaient à chaque nuage de souffre craché par la montagne.

La vision se troubla.

Thélia

Le monde n'était plus que végétation. Sans haut ni bas, sans ciel ni terre. Lina se sentit soudain minuscule. Les arbres s'égrainaient dans l'atmosphère, se soulevaient comme en apesanteur. Les racines aussi larges que les troncs, filaient vers le ciel et formaient un bouclier de fleurs bioluminescentes. Le sol baigné de lumières constituait en lui-même un véritable spectacle de couleurs et de formes.

La vision changea aussitôt.

Eline

Elle suivit un chemin de terre humide. Autour d'elle, ce n'était qu'un bleu azur paradisiaque. Des trombes d'eau débordaient de petites îles éparpillées dans un décor presque hypnotique. Au loin, la coque d'un navire aussi grand qu'un palais filait sur une mer calme et translucide. Sous ses pieds, un étrange tunnel multicolore s'ouvrit, comme un chemin sous la ligne de flottaison qui conduisait dans des profondeurs jamais explorées… Lina se sentit perdue.

La vision fut de nouveau balayée.

Argan

Le vent était puissant. Au loin, deux larges tornades se querellaient. Leur tourbillon d'un doré somptueux s'électrisait à chaque contact. La composition chimique de cet élément souffla la télépathe. Il n'y avait aucune menace dans cette constitution mais plutôt une beauté à couper le souffle. De larges dunes composées de fleurs délicates dégageaient un puissant parfum. Le ciel fut couvert en une seconde et lorsqu'elle leva les yeux, une vague d'orkievs s'éleva pour rejoindre au centre des nuages… un palais. Transparent, serti de glaces, de miroirs et de diamants, il se déplaçait le long des courants aériens.

La vision s'atténua et elle reprit conscience de sa réalité.

– C'est… encore plus incroyable que je ne l'aurais imaginé !

– Et encore, tu n'as eu qu'un bref aperçu. Attends d'y être et tu comprendras Lina. Crois-moi.

Elle lui accorda un sourire conquis. Ren était lui-même emballé à l'idée que la jeune télépathe prenne conscience du monde qui l'entourait. Les Quatre Lieux n'avaient pas toujours été en guerre et faisaient depuis toujours, la fierté du royaume. Une diversité incroyable qu'il était toujours impressionnant de constater.

— Je veux en savoir plus ! s'exclama-t-elle.

— Ta curiosité me fait plaisir. Eh bien…

Avant même qu'il ne poursuive, Ryan, Sylvain et Claire s'avancèrent rapidement vers eux, l'oreille déjà attentive aux révélations de Ren.

— Vous savez que le royaume de Glène est partagé entre les Terres Exilées et les Quatre Lieux. Le premier, Fénur, sera celui sur lequel nous arriverons le premier jour. C'est une terre où les séquelles de la guerre sont les plus présentes. Elle est constituée en majorité de volcans. On y raconte même qu'il y aurait un dragon caché au cœur de l'un d'eux.

— Attendez, ce n'était pas une blague, les dragons existent vraiment ? Vous plaisantez j'espère ? l'apostropha Lina en ouvrant de grands yeux.

— Non je ne plaisante pas. Ils sont cependant bien différents des légendes de votre monde. Ils sont en voie de disparition et vivent cachés. Les habitants de Fénur sont connus pour leur rigueur et leur art du combat. Ils confectionnent les armes les plus solides du royaume grâce au magma qu'ils récoltent. Ils sont aussi et de loin, nos plus grands guerriers, ajouta-t-il. Nous avons ensuite Thélia. Foisonnante de végétation et d'une nature possessive, les maisons y sont perchées dans les arbres. Une partie de la population habite au palais royal mais la seconde vit en recluse dans la forêt et détient ses propres règles et dictats. Ils sont très caractériels mais sont les plus fins stratèges que le royaume ait connus. Ils sont également très travailleurs c'est pourquoi ils ont érigé la majorité des palais royaux à Glène. Il fit une courte pause et reprit. Argan au nord, est un territoire dont l'apesanteur est la clé. Le palais lui, est inatteignable puisqu'il navigue sur les courants aériens. Rares sont les étrangers qui ont pu un jour explorer ce domaine. Elitistes, les habitants d'Argan vivent majoritairement en retrait mais ont cependant toujours obtenu des rôles très importants au sein du royaume. De par leur position privilégiée, ils ont toujours pu détecter les menaces ennemies avant les autres terres. C'est le royaume espion…

Ren fit une pause théâtrale. La concentration des quatre gardiens lui faisait chaud au cœur.

– Enfin, nous avons Eline. Ce lieu est majoritairement constitué de lacs et de presqu'îles et la majorité des habitants navigue sur des pavillons-villes qui traversent les mers à la recherche de nouveaux trésors à découvrir. Ils sont les trésoriers de Glène. Grâce à leurs trouvailles, les Quatre Lieux et les Terres Exilées n'ont jamais manqué de quoi subvenir aux besoins de leurs peuples.

– Ça a l'air merveilleux, rêvassa Lina.

— Mais imaginer que ces superbes lieux sont ravagés par la guerre me paraît inconcevable. Pire que ça, j'ai l'impression de les connaître depuis longtemps, estima Claire.

Elle venait de dire à haute voix ce que tous pensaient.

— Et… c'est tout ? s'enquit Ryan en arquant un sourcil, désireux d'en apprendre plus.

— Découvre d'abord Artelia, tu auras ensuite le temps pour… répondit Ren avant de s'interrompre brusquement.

— Je l'ai senti aussi ! frémit Lina.

Ren fit rapidement accélérer sa monture pour retrouver Aïto.

— Des chevaux arrivent derrière nous ! hurla-t-il, son épée flamboyante brandie aussitôt vers le ciel.

— Nous sommes attaqués, tous derrière le chariot ! lança le garde.

Les gardiens obtempérèrent à son ordre.

L'homme engoncé dans son épaisse armure de métal n'eut pas le temps d'atteindre les adolescents. Une volée de flèches s'abattit sur le convoi au moment même où Aïto surgissait derrière eux.

— Claire !

La jeune femme n'eut que quelques secondes pour comprendre la situation et l'appel d'Aïto. Elle repoussa les projectiles avec une force inouïe.

— Restez ici ! hurla Ren avant de foncer littéralement vers les chevaux qui approchaient, menaçants.

Lina sauta à terre face aux assaillants. Vêtus de capes noires, symbole officiel du clan adverse, une dizaine de Mulhans brandirent leurs épées dans les airs avant que Ren ne les atteigne. Celui-ci se dressa sur sa selle et bondit d'une détente souple. Il atteignit un premier homme en plein cœur avant même qu'il n'ait posé les pieds à terre. Deux autres tombèrent morts de leur monture et Lina ferma les yeux. Elle sentait cet être étrange qui vivait au cœur de sa tête et qui n'avait qu'une envie : en sortir. Elle poussa son esprit pour atteindre la zone de combat.

Aïto et le garde venaient d'entrer dans la bataille et rivalisaient d'une rapidité rare pour désarçonner les Mulhans. Son esprit soudainement projeté dans les airs, elle n'eut aucune difficulté pour ressentir le pouvoir de Ren opérer. Sa télépathie se plantait dans les cerveaux des ennemis, brisait les veines cérébrales et anéantissait les souvenirs. Il n'en résultait qu'une pensée éclatée… et la mort.

Dans la cohue, un homme réussit à se soustraire à leurs trois adversaires pour filer vers les adolescents. Il brandit son épée face à Lina au moment où son esprit se reconnectait à son cerveau. Elle avait été si concentrée par le combat qu'elle n'avait pas vu la mort se profiler juste sous son nez. La jeune télépathe fit un pas en arrière au moment où la peur montait jusqu'à sa gorge. Ryan la poussa violemment sur le côté. Lina mordit la poussière et se retourna pour apercevoir l'illusionniste aux prises avec l'homme. Ses mains retinrent fermement les poignets de son adversaire et il lui administra un coup de poing qui fit rugir le Mulhan. Il lui assena un deuxième coup et l'homme en noir lâcha son épée. De rage, l'agresseur le repoussa avec force et Ryan s'écroula au sol.

L'ennemi brandit un arc niché au cœur de ses omoplates et le pointa en direction de Sylvain. Il encocha si rapidement que ni Lina ni Claire, ne purent empêcher le trait mortel. La flèche se ficha dans l'abdomen du garçon. Il tomba aussitôt de son cheval. La télékinésiste courut vers lui avec un cri angoissé.

Lina sentit soudain la peur du jeune homme blessé, sa détresse et sa douleur.

Ryan se redressa mais l'homme en noir n'en avait pas fini. Il encocha une nouvelle flèche et la tourna vers le garçon aux yeux verts au moment où Lina percutait son cerveau de plein fouet. Elle ne réfléchissait plus, agissait dans l'urgence la plus totale et c'est ainsi qu'elle prit le dessus sur son pouvoir.

Son esprit pénétra celui de l'homme avec une violence inouïe. Du sang surgit de ses narines puis de ses oreilles et après quelques secondes, il fut noyé par l'hémoglobine et s'affaissa au sol.

– Lina ! Conduis-le à Artelia ! hurla Claire, Sylvain gisant dans ses bras.

– Comment ? Mais je… balbutia la jeune femme en s'approchant de Sylvain, devenu livide.

— Lina, tu grimpes sur Esprit et tu fonces. Artelia n'est plus qu'à quelques kilomètres de là.

L'intéressée redressa un visage mortifié vers Ryan.

— C'est un ordre Lina ! ajouta le garçon d'un ton froid et autoritaire.

Elle fit disparaître la peur qui manquait de la submerger et grimpa aussitôt sur Esprit. Ryan avec l'aide de Claire, souleva le cloneur pour le placer devant la jeune gardienne.

L'illusionniste, sans perdre une seconde, claqua la croupe de la jument.

Lina fila dans les airs. Sa vitesse dépassait l'entendement. Son esprit se glissa dans celui de l'animal pour l'encourager à avaler les kilomètres. La jeune télépathe n'avait plus qu'un objectif en tête : faire en sorte que Sylvain survive.

Au bout de ce qui lui sembla être une éternité, Lina aperçut enfin la ville piégée au cœur des montagnes. Artelia surgit telle une oasis au cœur du désert. L'image se mouvait, changeait de forme, prenait différentes couleurs mais elle ne s'attarda pas à comprendre cette vision irréelle d'un palais qui semblait provenir tout droit de faisceaux lumineux cachés dans un décor désertique.

Deux entrées se distinguaient sur la façade des remparts. Elle galopa vers celle qui lui conférait l'accès au palais et les portes s'ouvrirent sans émettre un seul son.

Surprise, Lina s'engouffra dans une grande cour de pavés blancs encadrée de nombreux arbres dont les troncs serpentaient jusqu'à leurs branches noyées de fleurs roses et bleues. Cette nature saturée de couleurs était sublime. Elle n'avait jamais vu pareil décor.

Des hommes habillés de longs drapés immaculés accoururent vers elle et se chargèrent instantanément du garçon souffrant. Ils le descendirent doucement de la monture et l'emmenèrent avec des gestes précis et efficaces. Lina souffla et ferma les yeux. Elle enleva sa main des rênes. Les lanières avaient lacéré la paume.

La jeune gardienne, dont la peur retombait progressivement, s'angoissait de l'arrivée de ses amis sans savoir s'ils avaient pu s'en sortir. Elle se sentit à nouveau seule comme une proie au milieu d'une serre de rapaces affamés.

Un homme surgit dans la cour. Une large couronne de rubis était posée sur ses cheveux parsemés de mèches grisonnantes et son regard bleu-gris s'agrippa à elle, anxieux.

– Bonjour, je m'appelle Enndra. Je suis le seigneur d'Artelia. Je vois que tes amis ne sont pas encore arrivés. Je présume que tu es Lina ? La télépathe ? dit-il d'une voix grave.

– Oui, c'est moi…

– Ton ami va s'en tirer ne t'inquiète pas. Un guérisseur est à ses côtés. Tu as fait preuve de beaucoup de courage en l'amenant ici.

— Je n’ai pas vraiment eu le choix…

— J’aimerais que tu m’expliques ce qu’il vient de se produire s’il te plaît. C’est d’une importance capitale.

Le regard de Lina se balada autour de lui, espérant un visage familier, un soutien supplémentaire. Que pouvait-elle lui dire sans compromettre leur mission ? Pouvait-elle au moins lui faire confiance ? Ou plutôt, à qui pouvait-elle se fier ?

— Je préfèrerais attendre mes amis si ça ne vous dérange pas, se décida-t-elle à répondre.

— C’est tout naturel. Tu es blessée ? s’inquiéta-t-il en fronçant les sourcils.

— Quelques égratignures c’est …

— Hund, viens s’il te plaît, il faut soigner sa main !

En deux temps, trois mouvements, un homme saisit sa paume entre les siennes. Lina eut l’envie irrépressible de défaire ce contact avec cet inconnu à la tête à moitié rasée et dont une tresse se profilait au centre de son crâne.

Les coupures qui barraient précédemment ses mains disparurent miraculeusement.

— Ça pour de la médecine ! Merci…

— Tu verras que nos guérisseurs vous seront d’une grande aide. Nous allons attendre tes amis mais sache gardienne, que c’est un honneur de faire ta connaissance. J’ai envoyé aussitôt des hommes lorsque Ren m’a informé de l’attaque. Ils ne devraient pas tarder, rassure-toi, formula l’homme de prestance et dont l'air princier semblait lui avoir été conféré dès son plus jeune âge.

Lina hocha la tête tandis qu'Esprit était emmenée aux écuries. La jeune télépathe s'assit sur les pierres qui encerclaient les feuillus pour attendre ses compagnons. L'inquiétude, marquait son visage…

17.

Les deux gardiens, Aïto, Ren et le garde, ne tardèrent pas à faire leur apparition au centre de la cour pavée. Claire sauta de sa jument et fila aussitôt vers Lina.

– Tu vas bien ?! Comment va Sylvain ? la questionna-t-elle avec inquiétude.

– Des soigneurs l'ont emmené avec eux. Il semble hors de danger, la rassura Lina qui inspectait ses compagnons de voyage pour déceler d'éventuelles blessures graves.

Ren s'approcha aussitôt d'elle. Du sang séché bardait sa chemise. Il examina Lina sous tous les angles.

— Merci. Je m'en veux de t'avoir laissée seule, dit-il d'une voix sombre.

— Ne vous inquiétez pas, je vais bien.

— Tu aurais dû me laisser me charger de ce Mulhan, je m'en sortais très bien avant que tu ne tentes de m'aider, s'emporta Ryan en s'approchant d'elle, une vilaine ecchymose recouvrant sa pommette.

— Arrête un peu Ryan, si tu voulais être quitte avec Lina c'est raté, tu devras retenter ta chance plus tard, souffla Claire entre ses dents.

Lina haussa les sourcils face à la moue désapprobatrice du garçon.

— Un merci m'aurait suffi abruti, cracha-t-elle en lui tournant le dos.

Ryan sembla touché par sa remarque froide et désintéressée. Il sortit aussitôt le Zippo qu'il ne lâchait plus pour le faire cliqueter entre ses doigts.

— Enndra, merci pour les renforts, dit Aïto.

Le roi hocha la tête et leur fit signe de le suivre au cœur du palais. Sans un mot, ils tournèrent les talons tandis que Lina se rapprochait de Claire.

— Claire, ça ne va pas ?

— J'aurais dû aider. J'aurais dû faire quelque chose. Je suis restée plantée comme une idiote.

— Tu n'as pas à t'en vouloir. Aucun de nous n'a l'habitude de faire face à de telles situations. Tu as su nous protéger comme tu as pu.

Claire tourna un regard contrit vers elle et lui adressa un sourire reconnaissant tandis qu'ils s'enfonçaient au cœur du palais.

La principauté d'Artelia avait pris soin ici de peindre les murs de couleurs pastel offrant une harmonie particulièrement chaleureuse au lieu. Les œuvres d'art entreposées formaient une chronologie dans le temps. De nombreux portraits étaient assemblés. Certains tableaux représentaient des scènes épiques de batailles, des lieux invraisemblables et même l'émeraude qui les avait testés à leur arrivée à Rhurnes. Ils s'arrêtèrent devant une grande porte brune entourée de colonnes de marbre blanc. Ils entrèrent sous l'œil vigilant de deux gardes.

Le bureau à la taille démesurée accueillait de grands rayonnages de livres qui tapissaient la totalité de l'espace. Une table taillée dans un bois ancien trônait fièrement en son centre. Un plan du royaume s'étirait le long du plafond voûté et des lustres de cristal éclairaient le bureau d'une lumière douce et intimiste. Enndra les accueillit avec une joie non dissimulée.

— Vous voilà enfin !

Il se tourna vers les adolescents.

— Je suppose que tu es la charmante Claire ! Ryan c'est cela ?

Ses dents incroyablement blanches apparurent à ces mots. L'homme au charme indéniable leur donnait confiance. Il les invita à s'asseoir sur de grandes chaises droites et très peu confortables puis leur montra la carte peinte au cœur de la voûte, au-dessus de leur tête.

– Je vous présente le royaume de Glène. Vous avez pu entendre qu'il n'était pas préférable de pénétrer dans les Quatre Lieux. L'espoir revient enfin avec vous…

– Sylvain ira bien ? s'enquit Claire.

Le regard gris-bleu du maître des lieux, se tourna aussitôt vers elle.

– Ne t'en fais pas pour sa rémission. Nos soigneurs ont un don incroyable qui leur permet de soigner n'importe quelle blessure pourvu qu'elle soit prise à temps. Il est entre de bonnes mains, dit-il avant de reprendre : dès demain, vous connaîtrez l'identité de vos professeurs. Votre entraînement débutera aussitôt.

– Ça va tellement vite, soupira Lina.

– Malheureusement nous manquons cruellement de temps. Les Mages ne tarderont pas à venir envahir les Terres Exilées et n'hésiteront pas à tuer tous ceux qui leur feront opposition. Depuis trop longtemps nous repoussons leurs intrusions mais les incursions semblent se faire plus régulières. Nos renseignements nous informent de leurs profils et ils semblent plus nombreux chaque jour. Nous ne comprenons toujours pas comment ils arrivent à passer le mur entre les Quatre Lieux et les Terres Exilées mais ce qui est certain, c'est qu'ils continueront jusqu'à obtenir assez de force pour tenter une attaque d'une ampleur incomparable.

Lina prit un air grave. Elle commençait à comprendre l'enjeu de ce qui se déroulait et voyait enfin tout le poids qui reposait sur ses épaules. Elle en eut rapidement la nausée et n'avait qu'une hâte : retrouver Sylvain.

– Ils savent que nous sommes ici à présent. Si vous ne nous protégez qu'avec un seul garde, vous pouvez être sûrs que ce qui vient de se produire se renouvellera, lança Claire cinglante.

– Je peux vous promettre qu'ils n'oseront pas attaquer Artelia. Nous possédons la deuxième plus grande armée du royaume et elle veille à la sécurité du palais. Personne ne pourra ni entrer ni en ressortir sans que nous en soyons conscients.

– Espérons.

– Vous devez être éreintés. Je ne vais pas continuer à vous assommer avec mes discours.

Sans demander leur reste, les quatre élémentalistes tournèrent les talons et sortirent du bureau.

Après une seconde en suspens, Aïto Ren et Enndra se firent face.

– Mes vieux amis… C'est un véritable plaisir de vous revoir ici, jubila le roi en abandonnant sa façade de convenance.

Aussitôt les visages d'Aïto puis de Ren, changèrent. De grands sourires illuminèrent leurs traits et ils se serrèrent tour à tour dans les bras en laissant échapper des rires joyeux.

— Nous les avons trouvés Enndra, souffla Aïto.

— Comment les trouves-tu ? souleva l'homme de prestance en fronçant les sourcils.

Il était le chef des armées et roi de la seconde capitale du royaume de Glène, cœur tout puissant des Terres Exilées. Il savait qu'il devait avant tout penser à leur survie et à la formation des gardiens.

— Ils sont ignorants de tout mais… ils l'ont en eux. Chacun des quatre éléments réunis, dit Aïto le regard brillant.

— Alors peut-être que le jour a sonné, celui où nous reprendrons les Quatre Lieux.

— Cependant, ce qui est arrivé à Sylvain ne doit plus jamais se reproduire. Trop d'espoirs pèsent sur leurs épaules. Je les protègerai au péril de ma vie.

— Et je me fais la promesse que ce lieu soit à tout jamais un sanctuaire paisible et sûr.

Même si le roi était persuadé de ses paroles, Ren savait au fond de lui, qu'ils déchanteraient rapidement…

*

Les trois adolescents s'étaient regroupés dans la cour pavée. La façade qui délimitait l'enceinte du palais et qui donnait probablement sur la ville se tenait face à eux.

Aïto marcha d'un pas vif pour les rejoindre et ne passa pas à côté de la curiosité maladive qui séjournait sur leurs visages.

– Artelia est un véritable joyau de notre royaume. Il me sera difficile de vous retenir d'aller y jeter un coup d'œil mais j'estime qu'il est de mon devoir de vous dire que vous ne devrez pas vous attarder. Je veux également que vous ne sortiez qu'avec mon autorisation. Lina, dit-il en se tournant vers la jeune télépathe, je veux que tu sois sous contrôle c'est à dire qu'au moindre problème tu devras contacter Ren. La nuit tombée, je vous interdis de vous rendre en ville et évidemment, votre identité doit demeurer totalement secrète. C'est compris ?

– Donc… ça signifie que nous pouvons aller en ville ? fit Claire d'une voix hésitante.

– Ça signifie que vous devez vous montrer prudents mais que j'accepte l'idée que vous ne puissiez pas être enfermés au palais sans que l'un de vous ne devienne complètement intenable, ajouta l'homme avec un sourire tandis qu'il lorgnait chaque adolescent de son superbe regard bleu.

Il tourna les talons et disparut alors que Ryan, Claire et Lina, regardaient la paroi sans ouverture face à eux.

– Ok, c'est mignon tout ça mais comment fait-on pour passer de l'autre côté ? s'étonna Ryan en s'avançant vers le mur.

Il posa sa main sur la façade de pierres et aussitôt, elle traversa la matière qui était auparavant rigide. Une myriade de couleurs illumina les blocs granuleux à son contact et il retira aussitôt ses doigts.

— Mauviette, jeta Claire avant de s'avancer et de traverser sans hésitation le mur.

Lina se tourna vers Ryan et lui offrit un sourire moqueur.

— Ne t'inquiète pas Ryan. S'il m'arrive quoi que ce soit, je te laisserai te charger de ma protection.

Sur cette ultime provocation, elle suivit le chemin de Claire et pénétra dans la ville.

Ce qu'ils remarquèrent en premier furent les lumières. Les maisons aux couleurs ternes étaient recouvertes par des centaines de fleurs mauves et jaunes qui dansaient le long des façades, remontaient lentement puis zigzaguaient sans que le spectacle ne cesse. Lina avait l'impression qu'un immense projecteur diffusait ces images de végétation colorée sur les supports présents, offrant à la ville un mouvement sublime, un ballet d'illuminations flottantes. Elle posa sa main sur ces mirages, apparitions dont elle ne comprenait pas la provenance. Aussitôt, les fleurs contournèrent sa paume pour inonder les pavés de verre qui teintaient à chacun de leurs pas.

— C'est incroyable ! On dirait que ces images sont… photosensibles, avança Claire en s'attardant sur ces étranges représentations végétales qui couraient le long des toitures, sur les rebords des chaumières, glissaient sur les façades pour filer à même le sol.

Ils avancèrent. À leurs pieds, des centaines de papillons volaient. À chaque pas, les formes s'ouvraient, prenaient une autre allure et plus ils s'enfonçaient dans les dédales de rues, plus ils comprenaient la beauté d'Artelia. La ville était en mouvement et les pigments se délectaient de chaque surface comme dans un rêve éveillé.

– J'ai une impression étrange. Comme si quelqu'un que je connais avait créé tout ça. Ces illusions sont immuables, remarqua Ryan tandis qu'ils observaient ces chimères se dérouler au fur et à mesure de leur progression.

– Je ne serais pas étonnée qu'un illusionniste les ait créées. Tout est possible ici, admit Lina.

– Regardez-moi ça ! lança Claire en filant vers une petite boutique.

Ils se frayèrent un passage dans la foule plus dense à présent. Là, dans la vitrine, des objets de leur monde attendaient qu'on les achète. Il y avait des téléphones, des enceintes, et toutes sortes d'autres machines qui étaient en totale contradiction avec ce nouveau monde.

– J'aimerais comprendre ce que ça fait là, souffla Claire avant de se retourner pour chercher Lina des yeux.

La jeune télépathe avançait. Au centre de la place centrale, une spacieuse allée de hêtres aux fleurs roses traçait un chemin sinueux. Les pétales qui tombaient des branches inondaient l'espace et filaient dans le vent. Le flot avait l'air de ne jamais s'arrêter alors que les arbres s'épaississaient de bourgeons à chaque seconde qui passait. Les pédoncules se multipliaient et s'envolaient au gré de la brise. Lina leva les yeux pendant qu'ils se déposaient sur elle.

– C'est incroyable, souffla-t-elle tandis qu'elle était rejointe par Claire puis Ryan.

– Les quatre éléments me manquent. Le spectacle est grandiose n'est-ce pas ? C'est Lix qui a bâti cette cité grâce à la force des quatre pouvoirs réunis, lança un homme devant leur perplexité.

Les visages convergèrent vers l'inconnu qui souriait de toutes ses dents. Il fila vers une boutique de fleurs.

– Je suis dépassé par ce monde, leur accorda Ryan en passant une main dans ses cheveux bruns ébouriffés.

– Si Lix est capable de telles prouesses, imaginez ce que nous pourrons faire avec les quatre pierres une fois que nous les aurons reprises aux mains des Mages ? concéda Claire.

Lina et Ryan hochèrent la tête aux réflexions de la belle blonde.

Depuis leur arrivée en Terres Exilées, ils tanguaient entre la peur de cet inconnu et une sensation plus ancienne, primitive. Un sentiment d'appartenance soudain, un attachement qui s'était créé presque immédiatement à leur arrivée et qui semblait s'être décuplé aujourd'hui…

18.

– Sylvain ! hurla Claire tandis qu'elle courait vers la place pavée.

Aux premières lueurs du jour, les quatre gardiens avaient été appelés pour se rassembler aux extérieurs du palais, là où le mur conduisant à Artelia continuait de ruisseler de lumière. Claire sauta dans les bras du garçon et ses longs cheveux blonds tournoyèrent autour d'eux. Lina accusa la vue du cloneur avec enchantement. Ses doigts glissèrent le long de ses grains de beauté et elle jaugea le visage de Ryan qui s'illuminait. Le regard noisette de la jeune femme fut surpris par le sien d'un vert intense et sa façade glaciale reprit aussitôt place tel un masque. Elle roula des yeux.

– Tu nous as fait une sacrée frayeur Sylvain. Assez pour que je ressente une légère peur à te voir mort, lança Ryan en se moquant ouvertement de son nouvel ami.

Sylvain éclata de rire face à sa remarque.

– Tu crois vraiment que je vous aurais laissés seuls pour continuer l'aventure ? Il s'avère que vous êtes incapables d'être sérieux si je ne suis pas là !

– C'est bien vrai. Entre Ryan et Claire qui n'arrêtent pas de se chamailler, je n'arrive même plus à réfléchir, laissa échapper Lina.

– Toi ?! Tu es sûrement la pire d'entre nous ! Même si on a régulièrement envie de foutre des gifles à Ryan, débuta Claire.

– Frappe-moi Claire, j'adore ça, la coupa le jeune homme en lui offrant un sourire moqueur.

– Et que Claire est régulièrement trop inquisitrice dans ses questions, poursuivit Sylvain.

– Tu es probablement celle qui a le plus tendance à te foutre dans les ennuis. Ça crève les yeux, clama Ryan pour conclure les propos que tous se renvoyaient.

Ils éclatèrent de rire. Ils ne se connaissaient que depuis quelques jours mais malgré leurs caractères distincts, un véritable lien s'était tissé entre eux. Dorénavant, ils seraient toujours là les uns pour les autres. Perdre l'un de leurs membres serait une torture insupportable. Lina le savait car elle sentait leur douleur, leur peine et leur joie comme si ces sentiments étaient les siens. Ils avaient étrangement réussi à s'identifier les uns aux autres d'un simple regard. Lina comprenait l'héritage des quatre anciens éléments…

Ils se détournèrent au moment où Aïto faisait irruption dans la cour, accompagné de quatre hommes dont Ren. L'homme au crâne chauve avait de nouveau revêtu une longue toge qui frôlait le sol. Ses yeux bleus couvaient les gardiens.

– Voici Claire, Ryan, Sylvain et Lina. Jeunes gens, je vous présente vos professeurs. Je dois tout d'abord vous dire que chacun d'eux possède le don rare de recréer le pouvoir des autres, de le comprendre et de le garder en mémoire en le détaillant sous toutes ses formes, expliqua Aïto sans cacher sa fierté.

– C'est un honneur de travailler avec vous ! Pour vous, nous aurions pu faire dix fois le tour des Quatre Lieux, admit un homme qui faisait au moins deux mètres.

– Ne perdons pas de temps, plus vite leur formation sera achevée et plus vite ils pourront partir vers les Quatre Lieux ! s'exclama Aïto dont l'énergie débordait à travers ses pas frétillants.

Les attributions se firent entre maîtres et élèves. C'est Sylvain qui eut le droit au géant vraiment colossal dont les petits yeux jaillissaient en tous sens, signe d'une propension évidente à cacher son énergie. Celui de Claire avait l'air d'un sage sorti d'une tourelle nichée dans le col d'une montagne.

Ryan fut destiné à un petit homme qui ressemblait fort à un nain.

Ren s'approcha alors et planta son regard ébène dans celui de Lina. Sa barbe tournoyait par endroits pour dessiner un menton saillant et une mâchoire prononcée.

Ils se séparèrent tous et le maître télépathe entraîna sa protégée vers le lac situé porte sud du palais… Le silence pesait entre eux et si Lina avait déjà accumulé les interrogations, elle préféra ne pas engager la conversation…

– Tu vas courir, gardienne. Et une dizaine de tours du lac.

Lina le dévisagea sans comprendre.

– Mais…

– Il n'y a pas de mais ! Fais ce que je te dis s'il te plaît.

Ecarlate de colère, elle lui lança un regard furibond et se lança dans une course qu'elle n'entreprenait que par pure obligation.

Le lac était bordé par un pan de la falaise. Le soleil à peine éveillé dans le ciel n'avait pas encore eu le temps de chasser la fraîcheur de la rosée matinale. Lina entamait son deuxième tour lorsqu'un premier point de côté fit son apparition. Elle continua d'une allure modérée mais au cinquième le souffle lui manqua. Son visage était d'un carmin incandescent et elle haletait littéralement.

Lina arrêta sa progression et courut vers Ren. Elle ne leva pas les yeux vers lui et s'écroula au sol. Les paupières closes, elle essaya tant bien que mal de calmer son cœur qui battait la chamade tout en crachant une bile désagréable.

— Tu aurais pu mieux faire !

— Pardon ?! J'ai dû courir peut-être trente kilomètres et ça ne vous suffit pas ? Même pendant mes cours de sport on ne me demandait pas de faire ça !

— Nous ne sommes plus dans ton monde et puis tu n'as couru que cinq kilomètres.

— Peut-être que je devrais y retourner ! Peut-être que là au moins j'aurai un peu de compréhension.

— Je ne suis pas là pour te comprendre, je suis là pour t'aider à endurer les épreuves que tu vivras cette année.

— Cette année ? Mais vous croyez peut-être que je vais rester une année ici ?

— Je ne crois pas que tu aies le choix !

— Ah bon ? Vous croyez ? Hors de question qu'un ado qui frôle la trentaine me donne des ordres !

Sur ce, elle se leva et s'éloigna d'un pas bien décidé à ne pas laisser l'homme choisir pour elle.

— Reviens ici !

Elle crut que son crâne allait exploser. Une pression s'imposa sur son cerveau, impossible à contrer. Elle ne put retenir un frisson lorsque son corps se détourna pour lui faire face sans son autorisation. Elle s'approcha tel un robot et se retrouva devant l'homme calme mais assez mécontent du ton qu'avait pris leur discussion.

— Si tu es là, c'est que tu ne peux retourner dans ton monde. Que crois-tu ? Nous aussi aimerions avoir un monde en paix, un cocon dans lequel oublier les problèmes de notre royaume ! Seulement abandonner cette terre ce serait laisser le mal l'envahir ! L'espoir renaît enfin avec votre arrivée. Quelle déception de comprendre que tu n'es qu'une adolescente bornée qui se fout bien des dommages collatéraux qu'entrainent ses accès de colère !

— Ce n'est pas ce que je voulais dire…

— Je le sais. Maintenant que les choses sont claires, nous pouvons commencer… et je suis loin d'être un ado, gamine.

Lina resta coite.

— Une question : comment avez-vous réussi à vous faire obéir par mon corps ? J'ai cru qu'un étau glacé se resserrait sur mon esprit !

— J'ai utilisé la télépathie. C'est cet effet là qu'ils ressentent lorsque tu utilises ton pouvoir sur les autres…

Lina fut confuse.

Ren s'assit dans l'herbe et lui fit un signe de tête pour lui intimer d'en faire de même. Elle l'imita, paralysée par son discours moralisateur. Elle se sentait honteuse d'avoir agi comme une égoïste et se promit de rattraper son comportement.

— Je ne devrais pas être étonné par ton attitude. Après tout, tu corresponds parfaitement à la caste des télépathes.

— Ren, si j'ai bien compris quelque chose, c'est que votre don de caméléon a été engendré par la présence de l'un d'eux. Qu'est-il devenu ?

À sa question, Ren se montra de nouveau hésitant comme s'il n'était pas sûr que Lina accepte des réponses franches et précises.

— Il s'est battu à mes côtés pour les Quatre Lieux. Un jour, je ne l'ai plus revu sur le champ de bataille. Il est sûrement mort à présent car je n'ai plus jamais ressenti sa présence.

Un silence se fit pendant lequel Lina ne cessa de le fixer. Elle savait qu'il mentait. Elle le sentait dans les moindres pores de sa peau. La télépathie était puissante et elle avait compris depuis leur première rencontre que leurs deux esprits étaient similaires. Ils étaient indépendants de leur être, un phénomène qu'aucun autre habitant du royaume n'aurait l'opportunité de comprendre ni de connaître. Ainsi, elle savait qu'elle découvrirait la vérité tôt ou tard.

Ren reprit comme pour couper court aux nouvelles interrogations de la jeune femme :

— Je te dresse vite le programme de nos mois de travail : chaque matin, tu courras autour du lac. Nous procèderons ensuite à des exercices télépathiques pour développer ton don. Nous devrons t'entraîner également au combat à travers différentes techniques d'attaque et de défense.

— Je n'ai qu'une hâte, me mettre au travail !

— Alors pour cela, il te faudra une arme.

Ren se dirigea vers un coffre posé sur l'herbe encore humide du matin. Il ouvrit la malle et Lina retint son souffle. Une immense épée était entreposée dans le ventre du coffre. Ren la sortit de son socle pour la lui tendre.

— Les symboles apposés à sa surface représentent les quatre éléments. Cette épée, comme celle des trois autres gardiens, est l'héritage de vos parents. Elles sont légendaires…

La jeune fille observa l'effigie de la terre : elle était représentée par de longues lianes aux épines épaisses qui sinuaient le long de la tranche acérée. Sur le pommeau, les quatre éléments étaient effectivement présents sous la forme de dessins fantasmagoriques. Elle pesa l'arme et remarqua qu'elle était d'une légèreté surprenante mais surtout d'une beauté sans pareil. Le manche était incrusté de pierres précieuses.

— Mes parents venaient de Thélia n'est-ce pas ? Lieu représentatif de la terre ?

Ren hocha la tête avant de reprendre :

— C'est bien ça Lina. Le lieu voisin de Fénur.

Lina tenta de se remémorer des traces de souvenirs écorchés. Rien ne lui vint et elle ne put s'empêcher de laisser la déception marquer ses traits.

— Je vais tout d'abord te faire travailler la partie défensive de ton pouvoir. Si une énergie force les défenses de ton esprit, tu peux la contrer. Tu es la seule à être capable de créer une paroi mentale car seul un télépathe détient un élément supplémentaire qui agit telle une barrière instantanée. Tu me suis ?

— Euh oui si on veut. Cela veut dire que si par exemple je n'avais pas la télépathie je ne pourrais pas refermer mon esprit ?

— C'est cela. Tu vas essayer justement de mettre ce mur entre mon pouvoir et ton esprit ! C'est d'accord ? Je ne dois pouvoir accéder à aucun de tes souvenirs, à aucune partie de ton cerveau !

Lina acquiesça sans broncher. Dès lors, Ren ferma les yeux et elle l'imita. Lorsqu'elle perçut une force nuisible s'approcher autour de son esprit, un malaise saisissant vint perturber son travail. C'était comme si un tigre était entré dans sa tête et griffait tout sur son passage ! Il avançait trop rapidement, sans aucune précaution. Elle réagit et son don jaillit contre le sien. Un violent bruit de carambolage l'envahit. La jeune fille essaya du mieux qu'elle put de contrer l'offensive de son professeur. En grande difficulté, elle réussit néanmoins à le repousser bien plus loin qu'elle ne l'aurait envisagé. Sa respiration en étau, elle lâchait prise à la moindre attaque mais reformait sa ligne défensive l'instant d'après. Des gouttes de sueur perlèrent sur ses tempes.

Enfin la pression disparut et elle ouvrit les yeux, agonisante. Elle posa une main sur sa gorge et essaya de respirer normalement. L'effort lui avait fait perdre les couleurs de son visage, devenu livide.

— J'ai compris depuis notre rencontre que ton pouvoir était bien supérieur à la moyenne. D'habitude il faut au minimum deux semaines avant de percevoir un début ! Tu feras de grandes choses ! Ce qu'il te manque c'est de l'entraînement et de bons réflexes ! Ton esprit gardera ensuite l'entrée de tes souvenirs par sa seule puissance…

— Et comment puis-je acquérir les dons autour de moi ? le coupa-t-elle.

— Comme je te l'ai dit, tu peux t'introduire dans les esprits. Ceux des élémentalistes sont différents. Si un cerveau reste étrangement similaire pour une majorité de personnes, il faut savoir que ceux dotés de dons, détiennent une cavité liée aux émotions et sentiments. C'est ainsi que se forgent les pouvoirs de chaque être présent dans le royaume de Glène. Seuls les véritables télépathes sont capables de s'y introduire, comprendre le mécanisme, s'y mêler et… l'absorber. Pour une courte période cependant.

— C'est fantastique ! Alors il suffirait que j'essaie avec Claire et que…

— Non Lina. Pas encore. Nous essayerons plus tard mais sache une chose : pénétrer dans un esprit sans contrôler son pouvoir peut être mortel pour l'hôte. Il faut également savoir que la télépathie est un don difficile à contrôler et que chaque saute d'humeur et émotion trop vive peuvent provoquer une perte de contrôle. Il est de mon devoir de te mettre en garde : nous allons devoir travailler assidument sur ton self-control afin d'éviter tout dommage…

– C'est mal barré selon les derniers propos de ma mère, admit Lina fataliste.

– Je ne m'avoue jamais vaincu. Ce n'est pas une fillette de dix-sept ans qui aura raison de mon enseignement, dit-il avec un sourire moqueur. Nous devrions passer maintenant à l'art du combat. C'est sûrement là que nous aurons le plus de travail avec toi. Prends ton épée, il est temps.

Lina se redressa rapidement pour faire face à l'homme, son arme d'acier au poing.

– Avant tout, mets-toi en joue. Je vais attaquer mais tu vas devoir contrer. À chaque attaque, il est nécessaire que tu te replaces aussitôt en position de défense !

– Euh… contrer ? Désolée mais je n'ai jamais appris à tenir une épée !

– Et bien c'est le moment !

Il brandit son arme pour la toucher mais par un prompt réflexe qui la surprit elle-même, Lina fit un bond en arrière et redressa son épée au moment où l'homme refaisait une autre tentative d'assaut. Son arme percuta la sienne et sous la violence du choc, s'écrasa au sol. Ren posa alors la pointe de la sienne contre sa glotte.

– Maigre réaction.

– Soyez indulgent !

– Et toi, arrête de me vouvoyer, je ne suis pas Enndra !

Il rit presque d'un mépris palpable et reprit de nouveau son attaque.

Comme les mathématiques, Lina comprenait que chaque riposte, contre-attaque et feinte, trouvait sa réponse dans une parade théorique. Il lui expliqua de nombreuses techniques évidentes qui venaient contrebalancer sa facilité à percer la défense de son apprentie. Se mélangeant entre parades et passes sur le côté, Lina tenta au mieux d'appliquer les conseils de Ren dans une joute au rythme lent mais terriblement excitante.

Il semblait qu'elle était une élève douée car son professeur lui accorda, au bout de plusieurs heures d'entraînement, un regard satisfait. Si ses gestes restaient d'une infinie imprécision, elle travaillait néanmoins avec rigueur, preuve d'une organisation évidente dans sa vie de tous les jours. Telle une chorégraphie réglée au geste près, chaque dénouement résultait de réflexes innés.

– Tu te débrouilles bien ! Si tu continues à ce rythme-là, dans un mois nous pourrons passer à l'attaque au niveau de l'armement.

– Et concernant la télépathie ?

– C'est difficile à dire. Ton pouvoir est très puissant même peut-être plus que toi ! C'est ce qui me fait peur. Il te faudra ne faire qu'un avec, afin que son utilisation devienne un automatisme, une prolongation de ton être.

Lina lui sourit d'un air penaud. Ren était un personnage charismatique et très intentionné. Il avait l'air d'avoir une éthique irréprochable et sa prévenance l'incitait à lui offrir sa pleine confiance…

– Ren, as-tu connu mes parents ? Je veux dire, les vrais ? laissa-t-elle échapper.

– Malheureusement non Lina. J'ai voyagé au travers des Quatre Lieux mais n'ai jamais rencontré en personne leurs rois et reines. Tout ce que je peux te dire c'est qu'ils étaient de redoutables guerriers. Tu as ça dans le sang.

– Il serait si simple de me remémorer mon passé, murmura Lina.

– Effectivement. Mais si les choses étaient simples, nous ne serions plus en guerre depuis bien longtemps, convint Ren en lui tendant de nouveau son épée. Il est temps de reprendre l'entraînement.

Lina acquiesça sans broncher et récupéra l'arme sertie de pierres pour la brandir au-dessus de sa tête…

19.

La journée avait été éreintante pour chacun des gardiens. Après un bref repas, ils avaient décidé de regagner leurs chambres.

Celle des filles contenait des jouets de toutes parts et des dessins laissés à l'abandon jonchaient le sol. Des enfants avaient vécu dans la pièce, se chargeant de refaire au gré de leur imagination la décoration des murs avec des crayons pastel.

Claire dormait déjà, ses longs cheveux blonds épars sur l'oreiller.

Si Lina se sentait également abattue elle ne pouvait s'empêcher d'apercevoir les couleurs d'Artelia se délier dans son imaginaire. Sa curiosité était maladive et son esprit flirtait avec la déraison. Elle se savait incapable de résister à son impulsivité malgré son nouveau statut et l'idée qu'elle devait écouter sa raison plutôt que son cœur.

Elle se redressa sans penser aux courbatures qui empêchaient la fluidité de ses gestes et repoussa les draps de soie. Elle sortit en silence de la pièce.

Le vent glacial qui bardait les extérieurs du palais la fit tressaillir. La cour était inondée de petites lumières chevrotantes émanant d'insectes bleutés.

Elle s'avança vers le mur de pierres et le traversa avec empressement. Les lueurs de la ville l'obsédaient. De là, elle voyait au-dessus des chaumières les fleurons lumineux enfouis dans les hêtres de la place centrale. Cette vision l'attira tel un aimant et, pour les atteindre plus rapidement, elle força le pas et courut presque pour éviter de rester trop longtemps dans les corridors sombres qui n'accueillaient aucun signe de vie. Seuls des bars étaient encore ouverts à cette heure avancée de la nuit. Les échoppes laissaient échapper de nombreux rires gras qui ne lui donnaient aucune envie de s'y aventurer.

Les images elles, filaient à une allure ralentie. Comme endormies, elles coulaient le long des maisons en vagues de couleurs, rythmées par les ronflements des dormeurs qui s'échappaient au travers de petites ouvertures au cœur des façades. Seul le passage de Lina animait soudain les projections. La jeune femme ne savait à quoi s'attendre mais plus elle s'enfonçait dans la ville plus elle se disait qu'elle commettait une grave erreur. Déçue par ses rêves de liesse au travers d'Artelia, elle fit demi-tour.

Le chemin conduisant à la place centrale la médusa de nouveau. Les grandes colonnes de hêtres qui s'alignaient sur des centaines de mètres scintillaient en un superbe dégradé de coloris.

Quelques minutes plus tard, Lina s'immobilisa, le regard perdu à ses pieds. Les sourcils froncés, elle entendait une bruyante cavalcade derrière son dos. Elle se retourna rapidement.

Un homme courait comme s'il avait la mort aux trousses et alors que la télépathe tentait de comprendre la raison de sa ruée, elle fut surprise par un immense halo de lumière qui passa sur… un poignard qu'il tenait à la main, scintillant sous les étoiles parsemées du ciel. La belle brune voulut faire demi-tour pour rejoindre le centre de la ville mais trop tard… L'inconnu fondit sur elle…

Il la percuta de plein fouet et elle tomba à la renverse. Avec une facilité déconcertante, il l'immobilisa de ses genoux pour se placer au-dessus d'elle. Plaquée à terre, Lina hurla, l'instinct de survie dominant sa terreur. Gesticulant comme un ver pour se sortir de son emprise, elle réussit à dégager ses mains et assena des coups mal contrôlés pour l'atteindre. Elle mordit la main de l'agresseur qui retenait sa bouche et appela à l'aide mais aux alentours, seul le silence lui répondit.

Désespérée, toute chaleur d'espoir s'envola de son corps. Alors que l'homme approchait son poignard de sa poitrine, elle lui décocha un méchant coup de poing au visage. Elle le repoussa aussi vite qu'elle le put pour se relever et enfonça son pied dans son plastron. Il tituba mais ne fut pas déséquilibré pour autant. Elle tourna de nouveau la tête vers lui, apeurée, et pendant une seconde, sa vue se troubla sous l'horreur.

Il lui offrit un sourire édenté et victorieux. Le regard de Lina s'abaissa vers la douleur qui l'empêchait de faire le moindre geste et elle découvrit avec angoisse, l'arme blanche de l'homme, enfoncée dans son abdomen. Les larmes lui montèrent aux yeux et lorsque le poignard se retira d'un son mortifiant, elle hurla dans un souffle brisé et tomba à terre, recroquevillée sur elle-même.

La douleur était atroce. Alors qu'elle relevait son regard vers lui, un adolescent apparut tout à coup au milieu de nulle part. Il avait quelque chose dans les mains mais sa vue s'atrophiait. Rester consciente lui demandait déjà trop d'énergie pour qu'elle tente de comprendre cette soudaine apparition au milieu du vide. Elle vit le garçon empoigner son objet et frapper le truand avec. Ils se battirent tous deux et laissèrent échapper de nombreux jurons et coups sourds. Le jeune homme réussit à envoyer valser un peu plus loin son adversaire. Il se précipita vers Lina et effleura son bras de ses doigts…

Quelques secondes plus tard, alors que l'agresseur revenait pour finaliser sa mission, il se retrouva pantelant, devant une ruelle vide…

*

Lina ne connut pas la suite des évènements. Elle s'était évanouie sous le choc. Elle s'éveilla et fut éblouie par une vive lumière qui lui brûla les pupilles. Elle tourna la tête pour distinguer les contours d'une taverne. À l'inverse de celles qui ornaient ses souvenirs, il n'y avait aucun ivrogne sur les grosses tables de bois. Il n'y avait que son sauveur… Elle se redressa brusquement et grimaça en se rappelant sa blessure. Elle se pencha doucement vers le bas de son ventre pour distinguer les contours de sa plaie, soignée et pansée.

Le garçon, de dos jusqu'à présent, se tourna et sans attendre, alla à sa rencontre d'un pas rapide pour se pencher vers elle. Ses cheveux noirs bordaient des yeux presque de la couleur de l'ivoire. Elle tressaillit sous ses airs inquisiteurs. Quelques grains de beauté parsemaient sa joue droite. Grand et svelte, il avait beaucoup d'aisance lorsqu'il se déplaçait comme s'il dansait dans l'espace.

– Tu es enfin réveillée. Ne bouge pas, la plaie aura besoin de plusieurs jours pour définitivement guérir. Je ne suis pas à la hauteur des soigneurs d'Artelia, expliqua-t-il en examinant la jeune femme d'un regard presque translucide.

Lina réticente, ne pipa mot. Elle savait qu'elle s'était placée dans une situation délicate dont elle devait à tout prix s'extirper.

– Tu ne devrais pas traîner seule la nuit dans Artelia. Il y a des fous partout hélas, ajouta-t-il face à son mutisme.

– Qui es-tu ? dit-elle en fronçant les sourcils sans savoir si elle devait lui octroyer sa confiance.

– Je m'appelle Chris et tu es chez moi ici. Ça ne paie pas de mine mais on s'y fait…

– Tu m'as sauvé la vie, merci…

– J'aurai pu certes te laisser te débrouiller seule. Mais ça aurait enlevé toute crédibilité au côté gentleman que j'essaie de m'offrir.

Il lui accorda un sourire et elle en fit de même. Il semblait qu'elle n'avait rien à craindre de lui.

– Tu vis seul ?

– Oui. Je n'ai plus de parents.

– Désolée, s'empressa-t-elle d'ajouter.

– Ne t'en fais pas pour ça. Tu peux marcher ? Je vais te ramener chez toi, suggéra-t-il.

– Je… travaille au palais. Je suis cuisinière, mentit Lina en grimaçant.

La jeune femme avait toujours été une piètre menteuse mais si son excuse était mauvaise, le garçon ne sembla pas douter de ses propos.

– Ok, alors je vais te raccompagner à la muraille.

La télépathe posa les pieds à terre et grimaça. La douleur était vive, presque intenable mais elle se contint en offrant un maigre rictus à son hôte. Il passa un bras autour de sa taille. Grâce à son aide précieuse, elle se permit plusieurs pas et put sortir de la bâtisse.

— Hey Chris ! Tu joues les bons samaritains maintenant ?!

Un homme assis à la table d'une taverne avait interpellé le garçon d'une voix éraillée par l'alcool ingurgité.

— Ne l'écoute pas. Je déteste ces anciens voyageurs. Depuis que les portails ont été fermés et les Quatre Lieux bouclés, ils se sentent comme des rats en cage. Méfie-toi d'eux, la prévint-il à mi-voix.

Lina était consternée de s'être montrée si imprudente. Sa blessure lui faisait terriblement mal.

— Les portails fermés ? Ecoute, je viens de Rhurnes. Mes parents ont souffert de l'ancienne guerre. Ils ne m'ont pratiquement jamais parlé de ce qu'il se produisait avant. Ils ont refoulé tous leurs souvenirs, dit Lina en espérant que cette excuse pour en apprendre davantage sur ce monde ne soit pas encore une fois peu crédible.

— Et bien, tu sais, les portails conduisant à l'autre monde ! Franchement, pour y être allé une fois, je ne comprends pas du tout les habitudes de Glène à demander des passages aux anciens rois et reines. Ils nous ont ramené des gadgets qui ne nous servent à rien. Ces machins pullulent partout en ville et sont vraiment laids.

Lina fronça les sourcils. Elle comprenait enfin que ce royaume avait eu connaissance depuis bien longtemps de son propre monde. Chris venait de faire référence aux outils technologiques qu'elle connaissait bien et qu'ils avaient aperçus dans la devanture de nombreuses boutiques. Tout aussi étrange que cela puisse être, ce royaume avait eu l'habitude de séjourner chez elle. Plus encore, d'y faire du tourisme et d'en ramener des souvenirs. Elle cacha sa surprise et poursuivit :

— Mes parents m'ont dit que les portails n'étaient pas si fréquents…

— En Terres Exilées peut-être pas. Mais dans les Quatre Lieux c'était une autre histoire. Les anciens rois et reines ne refusaient jamais aux habitants un aller-retour vers ce monde étrange. Il y a eu de nombreux abus d'ailleurs…

Lina fit la moue. Chris venait d'éveiller sa curiosité. Elle voulait lui parler, lui poser des questions mais ils étaient déjà au mur. Elle s'avança et se dégagea douloureusement de la poigne du garçon.

— J'aimerais pouvoir un jour découvrir le palais. Tu dois être une très bonne cuisinière pour y avoir tes accès, dit-il en observant le mur, haut de vingt mètres.

— Tu pourrais tout simplement passer…

— T'es une marrante toi. Le jour où j'aurais une autorisation pour passer ce mur, il pleuvra des camalius !

Lina fronça les sourcils. Il était pourtant évident qu'il n'était pas aussi aisé de pénétrer dans l'enceinte du palais. Le simple fait qu'elle n'y ait pas pensé, lui montrait qu'elle était d'une navrante naïveté. Elle l'observa avec intérêt. Chris était exactement ce qu'il lui fallait. Si elle avait compris avec Claire, Ryan et Sylvain, que le roi d'Artelia ainsi que Ren et Aïto, ne leurs conteraient les mystères de ce monde que progressivement, elle savait qu'elle venait de tomber sur une carte joker. Chris était un personnage qui pouvait l'aider à s'évader de ses obligations et grâce auquel elle pouvait en apprendre plus.

— C'est ici que nos chemins se séparent, émit-il en faisant quelques pas en arrière.

— Au fait ! Je m'appelle Lina.

— Enchanté Lina. Si tu en as envie, n'hésite pas à me rendre visite ici ou à l'auberge Camb. Sans te faire agresser. Ce serait mieux…

Le garçon aux cheveux ébène esquissa une courbette et tourna les talons pour disparaître dans la nuit.

Lina traversa le mur avec appréhension. Sa blessure la brûlait. Malgré la médecine avancée de ce nouveau monde et l'accélération improbable de la cicatrisation, elle gémit. Elle traversa les jardins en trébuchant comme un ivrogne en piteux état. Zigzaguant dans les couloirs, elle tenta coûte que coûte de ne pas s'écrouler sous l'effort. Les mains moites, elle tourna la poignée de sa chambre en prenant soin de ne pas réveiller sa colocataire… Chaque pas la tordait de douleur mais elle se força à s'allonger sur son lit. La nausée omniprésente, elle s'endormit malgré tout, à la seconde même.

20.

Ren, impatient, attendait Lina au lac qui jouxtait un pan de la large montagne d'Artelia. Elle avançait en espérant lui offrir un air assuré… ce n'était pas le cas. Elle pria pour qu'il ne détecte pas son escapade de la veille en s'immergeant dans ses pensées les plus secrètes ou bien la cicatrice encore un peu rouge à son ventre.

À son réveil, elle s'était étonnée de ne plus ressentir la moindre douleur. La cicatrisation s'était accélérée durant la nuit mais la marque était toujours présente sur sa chair preuve qu'elle n'avait pas eu recours à la magie de soigneurs experts.

Elle fit taire ses appréhensions et courut autour du lac. Après avoir rejoint Ren, ils enchainèrent avec des exercices de respiration d'une intensité qu'elle n'avait pas envisagée.

À la suite de quelques conseils pratiques, ils s'immergèrent dans leur propre réalité mentale. Son pouvoir à portée de main, Lina sentait qu'elle était bien loin d'atteindre les limites de sa télépathie. Si au début de leur entraînement la jeune gardienne sentait poindre la fatigue, elle prit rapidement confiance en elle si bien qu'elle tenta de submerger Ren. Il était indéniable que depuis son arrivée son don s'était libéré. Elle entrevoyait de nouvelles couleurs, de nouvelles cases, un long chemin sinueux dans son esprit dont les lignes ne demandaient qu'à être découvertes et acquises. Se sentant plus puissante chaque jour qui passait, elle déferla contre le don de Ren, brisa ses barrières en un temps record et fila dans l'esprit de son maître. Là, le cerveau était en ébullition. Le sang pompait avec régularité, les neurones émettaient des connexions électriques et les pensées flamboyaient à droite et à gauche comme le passage de petits trains sur lesquels elle ne préférait pas s'attarder. Soudain, alors qu'elle continuait son ascension au cœur des rêves, un monstre d'énergie s'interposa face à elle. La bête représentait son mental, prêt à défendre son territoire et à s'interposer contre l'intrus. Il fonça vers elle, l'engloba et la repoussa avec une force édifiante contre les parois de son intimité. Lina sut qu'elle devait cesser l'affrontement.

– C'était… incroyable !

— Et bien trop facile pour toi ! lança Ren d'une mine épatée.

— J'ai l'impression de pouvoir tout voir, tout entendre, c'est…

— Indescriptible comme sensation. Tant que tu n'es pas la proie ! Tu devrais encore connaître de plus belles découvertes : la période où notre don se développe est l'une des plus magiques. Néanmoins, ça ne m'étonne pas de toi. Après tout, il a toujours été présent. Il est entré en hibernation ces dernières années mais n'a jamais cessé de grandir en toi sans même que tu ne t'en aperçoives.

— Tant que je ne suis pas la proie ? souleva-t-elle en fronçant les sourcils.

— Tant que tu contrôles l'impulsivité liée à tous êtres humains, celle qui brise bien souvent la moralité et empêche de réfléchir convenablement. Je te l'ai dit : pour la majorité des êtres, cela n'a pas d'effet notable. Pour un télépathe, cela peut être catastrophique.

— Très bien, j'ai compris, je ne ferai pas de crises d'hystérie ! s'exclama la jeune femme en rigolant.

— Tant mieux. Car il est clair qu'au lieu de travailler avec toi les rudiments premiers de ton pouvoir, le mieux serait sûrement de t'enseigner ce qu'aucun autre n'arriverait à faire en plusieurs années. J'aimerais également savoir jusqu'où vont tes limites actuelles.

À ces paroles, Lina perçut nettement le message que Ren envoyait au travers du palais. Le regard de la jeune télépathe s'illumina tandis qu'elle se redressait aussitôt.

Il ne fallut que quelques minutes pour que la longue chevelure blonde de Claire n'apparaisse.

— Que puis-je faire pour vous ? demanda-t-elle lumineuse comme à son habitude.

— J'aimerais que vous combattiez. Le but est que Lina arrive à comprendre comment marche ton don durant une action qui ne lui permet que peu de marge de manœuvre au niveau cérébral, expliqua Ren.

— Il est hors de question que la petite brune arrive à m'approcher avec son don vicelard !

Lina éclata de rire mais soudain elle fut projetée sur le sol. Claire en profita pour faire jaillir son arme nichée contre sa ceinture et la souleva dans les airs. Lina fit de même et les fers chantèrent au moment où ils se touchèrent. Si la jeune télépathe n'avait que peu d'expérience en matière d'armes, elle comprit que Claire était tout aussi peu douée qu'elle. La télékinésiste bondit de nouveau pour attaquer. L'épée de Lina entra en contact avec celle de son adversaire et lui fit décrire un grand cercle qui manqua de faire basculer la télékinésiste sur le sol. Elle se reprit et déjà Lina était sur elle. Les armes ricochèrent l'une contre l'autre. Claire réussit néanmoins à lui envoyer un coup au visage qui eut le don de la déconcentrer. La télékinésiste utilisa dans la foulée son pouvoir pour faire voler dans les airs son amie. Lina voltigea mais se redressa rapidement.

Elle avait senti le don de Claire, une énergie vivante proche de son esprit. Celui-ci, tel un fauve en cage, semblait désireux de sortir et de se l'approprier. La sensation était sans équivoque. Tel un génie scientifique, elle arrivait à percevoir les bruits confus qui résonnaient dans le cerveau de son amie. Elle entendait le sang battre contre ses tempes et sa concentration qui prenait le pas sur les autres émotions. Lina savait exactement où se rendre pour s'engouffrer directement vers son pouvoir.

Claire surgit de nouveau mais Lina plongea en avant, fit coulisser sa jambe gauche en un arc de cercle et crocheta les jambes de la jeune femme qui se retrouva aussitôt par terre. À la seconde où elle tentait de se redresser, Lina se propulsa dans son esprit. D'un geste énergique copié sur celui de la télékinésiste, elle fit léviter son amie dans les airs avec une facilité déconcertante. Son esprit était fiché autour du don de la jeune femme comme si elle était un intrus qui prenait en otage quelque chose qui ne lui appartenait pas. Elle ressentait également une énergie pure et indépendante qui rivalisait d'osmose avec ses sens. Tout dans son ADN s'était assemblé alors qu'elle savait que cette prouesse n'était réservée qu'aux plus doués de sa caste. Une nouvelle porte s'était ouverte dans son imaginaire. Elle se sentait invincible et Ren émit un sifflement admiratif.

— Tu peux la reposer par terre Lina. C'est remarquable.

— Moi ça me va, j'ai la soudaine impression de voler, j'adore ça ! constata Claire presque émerveillée par sa nouvelle situation.

Lina éclata de rire et déposa délicatement la jeune femme au sol. La fatigue ne vint qu'après, une vague insoutenable qui la laissa un instant sans énergie. Mais elle avait réussi et cette simple expérience l'emplissait d'une joie intense aussi contagieuse que celle de Claire.

Ren remercia la charmante blonde tandis qu'il se tournait vers Lina. Par habitude, elle laissa courir ses doigts dans sa poche, là où se trouvait la pierre qui ne l'avait pas quittée depuis sa découverte.

— Je suis fier de toi Lina. Assez pour t'encourager à poursuivre notre journée à combattre !

— Tu rigoles j'espère ?! Je suis crevée moi !

— Pas de repos pour les gardiens.

Lina soupira, leva les yeux au ciel et souleva son épée pour affronter son maître d'arme…

21.

Au pas de course, Lina se dirigea vers la cour pour se faufiler à l'extérieur du palais. Une fois dans le centre-ville d'Artelia, elle longea des petites boutiques et se mêla à la foule dense qui flânait dans les ruelles pavées. Elle retrouva le chemin du bar poussiéreux dont le nom avait été évoqué par Chris et se fraya un chemin parmi les habitués. Au milieu des ivrognes aux doigts crasseux, elle aperçut le garçon à quelques mètres de là, apparition floue au centre des nuages de fumée qui s'échappait des cigares. Il était en grande discussion avec deux hommes aux bedaines prononcées et aux moustaches proéminentes. Lina tendit l'oreille pour écouter leurs paroles.

– Je vous assure ! On raconte que les quatre gardiens sont revenus ! Il ne faut rien dire à personne ! Les rumeurs courent depuis quelques temps. Apparemment ils seraient tous de grands guerriers et porteraient toujours sur eux de grandes haches de combat !

Mais alors qu'il allait poursuivre son récit, il aperçut Lina pendue à ses lèvres, un petit sourire pour unique salutation. Elle s'approcha et se mêla à la conversation.

– Et à ce qu'il parait, si un humain les touche, il peut se transformer en statue de marbre !

Les deux hommes ouvrirent de grands yeux ébahis et plissèrent en même temps leur large front bombé.

– Et comment le sais-tu toi ? l'apostropha l'un des deux hommes à la stature imposante et au visage sale.

– Parce que les rumeurs n'ont jamais semblé si authentiques ! convint Chris en lui retournant son air complice.

– C'est vrai, cette histoire ? Ils doivent être des géants pour pouvoir affronter les Mages !

– Attendons les prochains voyageurs pour le découvrir ! poursuivit le garçon.

Sans attendre que les deux inconnus aient répondu, le jeune homme se leva, prit la main de Lina et l'entraîna dehors. La jeune fille haussa un sourcil.

— De grands guerriers ? Avec de grandes haches ? Bien sûr ! Tu as aussi oublié d'ajouter qu'ils étaient toujours accompagnés d'une fée et d'un lutin ! Je vois que tu mens très bien !

— En racontant des histoires, je fais gagner de l'argent au patron du bar !

— Laisse-moi rire !

— Non je t'assure ! Tant que je leur raconte des histoires à dormir debout, les clients restent et donc consomment plus, expliqua-t-il en passant une main dans ses épais cheveux noirs.

— Tu fais du marketing toi maintenant ?

— Du quoi ? demanda-t-il surpris en la scrutant de ses grands yeux translucides.

— Non, laisse tomber.

Lina se réprimanda mentalement de ses propos maladroits tandis qu'ils cheminaient vers le repaire de son nouvel ami. Dans le noir elle n'avait pas prêté attention à l'ancienne taverne.

La demeure était dans un état de décomposition avancée. La porte et les murs étaient noirs de crasse et les poutres rongées semblaient pouvoir s'écrouler à tout moment. Le grattement des rats s'intensifia sur le plancher après avoir été alertés par la présence des adolescents… Elle s'assit sur une table, la plus propre qu'elle trouva.

— Ce n'est pas le grand luxe mais c'est chez moi !

— Je veux bien admettre que je n'aurais pas imaginé qu'une si vieille maison puisse encore tenir debout…

— Lorsque je suis arrivé à Artelia je n'avais rien. J'ai dû alors trouver un endroit où me loger rapidement. Au fait, comment va ta blessure ?

— Bien…

— J'espère que tu ne fais pas trop d'efforts !

— Bien sûr que non !

Lina le scruta intensément. Une question qui lui trottait dans la tête depuis leur rencontre se matérialisa de nouveau dans son esprit…

— Comment as-tu pu arriver aussi vite lorsque j'ai été agressée ?

— Tu as dû entendre parler des élémentalistes, toutes ces personnes possédant des dons ?

— Oui…

— Je suis un téléporteur.

Estomaquée, elle laissa le défi la séduire après que la surprise se soit évanouie.

— Vrai ? Alors… tu pourrais m'emmener dans l'autre monde !

— Non je ne peux pas ! Ça demanderait bien trop d'énergie !

Pendant une folle seconde elle s'était vue revenir chez elle, auprès de ses anciens amis. Mais elle le sentait au fond de ses tripes, sa place était ici, quelque part dans ce royaume énigmatique et flamboyant de mystères à découvrir.

— Alors ? Où m'emmènes-tu ?

— Où je t'emmène ?

— Et bien oui ! Avec un tel pouvoir tu ne pensais quand même pas que nous allions rester là !

— Euh non, bien sûr que non !

Il fronça un instant ses sourcils puis la dévisagea énigmatique. Sans rien ajouter, il passa une main derrière sa taille. Après un clin d'œil ravi, ils disparurent dans l'étroit passage du temps…

Un vertige la saisit et elle se contenta d'ouvrir la bouche comme un poisson dans son bocal.

— Où m'as-tu emmenée ?

— Dans le paradis des Terres Exilées ! En bordure extérieure, juste après Rhurnes.

Le regard de Lina fut happé par la beauté de l'océan. Le soleil se couchait. Ses rayons orangés diffusaient ses derniers filaments de chaleur autour des deux adolescents. Invincible et grandiose, l'astre froissait l'horizon au moment même où le ciel se parsemait de dérivés violet et rose.

La mer était calme et quelques vagues se perdaient sur le sable fin. Une odeur iodée qui rappelait ses vacances d'autrefois lui fit tourner la tête. Pendant un instant elle fut captivée par le bruit des vagues léchant la surface des rochers et le son cristallin qui s'échappait d'oiseaux sauvages.

— C'est le premier endroit où je me suis téléporté ! J'avais deux ans…

— Comment as-tu fait pour revenir chez toi ?

— Une femme m'a trouvé là et m'a élevé. J'ai vécu pratiquement toute ma vie à Rhurnes, la ville labyrinthe. Puis à mes quatorze ans, j'ai décidé de partir pour découvrir le monde…

— Tu ne connais donc pas tes vrais parents ?

— Non et j'aimerais pouvoir un jour les rencontrer.

Lina s'assit sur le sable dans lequel, elle enfouit ses mains.

— Moi non plus je n'ai pas connu mes vrais parents sauf que… je l'ai appris récemment.

— Le choc a dû être terrible…

— Oui, mais ça ne change rien à mes sentiments envers eux.

Pendant quelques minutes il accorda à la jeune fille un temps pour faire apparaître les visages de ses géniteurs… Chacun des gardiens à sa manière avait été affecté par cette nouvelle. Elle l'avait ressenti lors de leur maigre discussion à ce propos.

— Tu n'as donc pas connu la guerre ? demanda Lina.

— La guerre… tout le monde l'a connue d'une certaine façon. Nous avions cru un instant que les villes des Terres Exilées seraient surpeuplées à cause de l'exode mais il s'avère que les Quatre Lieux ont retenu leurs habitants…

— Comment est-ce possible ? Penses-tu que les quatre Mages et leur armée de Mulhans ont réussi à enfermer la totalité des habitants des Quatre Lieux ?

— C'est presque impossible… mais ils ont tout de même tué les familles royales. Ils ont même réussi à enfermer les quatre éléments, ceux qui ont tout créé. Et Lix, symbole de notre monde et de ces éléments, a disparu. Si les Mages en ont été capables, je ne vois pas ce qui les retiendrait.

– Les héritiers des Quatre Lieux ? suggéra-t-elle.

– Un doux rêve Lina. Tu as peut-être vécu avec de nombreux contes de fée mais ici c'est la réalité. Tout ça s'est passé il y a neuf ans. Les héritiers sont probablement morts à l'heure actuelle. Les Quatre Lieux sont inaccessibles. Dorénavant, c'est notre vie à tous. Je n'imagine pas un retournement de situation avec une telle démonstration de puissance…

Lina fit la moue. Elle savait qu'elle ne venait d'arriver que depuis peu mais Chris avait une vision bien plus détaillée de ce monde. S'il était aussi pessimiste sur la situation, elle savait qu'il avait de bonnes raisons.

– Merci…

– Merci de quoi ?

– D'être comme ça avec moi. La vie au palais peut s'avérer certaines fois écrasante de responsabilités.

– C'est normal…

– Il faut que je rentre, dit-elle en se redressant lentement. Je te promets de repasser le plus rapidement possible.

– Ne m'oublie pas…

Elle sourit malgré elle. Chris était adorable. Il lui tendit la main et ils réapparurent quelques secondes plus tard dans les rues d'Artelia. Il la raccompagna au mur du palais et il disparut de nouveau, enveloppé par les lumières de la citadelle.

22.

Lina jaugeait silencieusement l'immense bloc de granit millénaire qui bordait le palais. Elle toisa finalement Ren tandis qu'il lui offrait un sourire carnassier digne d'un vaurien sur le point de faire une mauvaise action.

– Ne me dis pas qu'on va devoir grimper ça. Depuis ce matin j'ai couru, je me suis montrée plutôt douée en télépathie et on a combattu à l'épée. Tu veux ma mort c'est ça ?

– Franchement Lina, vu ton niveau en escrime, si j'avais voulu te tuer, le défi aurait été facile à relever.

Lina lui accorda une moue outrée pendant que l'homme au visage sculptural émettait un rire sarcastique.

— Débrouille-toi comme tu veux mais ce n'est pas en me faisant les yeux doux que tu arriveras à me faire changer d'avis !

— Raté, maugréa la jeune femme qui s'avançait vers la roche, les épaules en avant.

Lina déglutit bruyamment. Si elle faisait une mauvaise manœuvre, elle se retrouverait aplatie contre les rochers. Sans une once d'assurance, elle frotta ses mains sur son jean délavé puis suivit la pente verticale de la falaise jusqu'à son sommet d'un air de prisonnière au bord de la mort. Elle inspecta la roche, tenta de trouver des prises abondantes mais fut coupée dans sa réflexion par Ren.

— Surtout ne te dépêche pas ! Tu ne dois pas évaluer la hauteur de la falaise mais l'escalader ! Rien ne devra t'arrêter dans ta quête contre les Mages !

Rassemblant tout son courage, elle mit ses mains dans deux petites aspérités travaillées dans la pierre puis se hissa du bout des pieds. Elle débuta alors son ascension, tremblante. Grâce à un corps svelte mais musclé, elle atteignit assez facilement les premiers dix mètres. En amont cependant, les prises devenaient éloignées et rarissimes. Tétanisée par la hauteur, elle se demanda quand elle finirait par lâcher. Ses bras flageolèrent de douleur. Un seul faux pas et c'était la chute assurée. Elle souffla longtemps. Accrochée et immobile face à la muraille de pierres, elle lutta contre le stress qui venait la persécuter. La cicatrice qui ornait le bas de son ventre s'étira. La sensation fut aussi désagréable que si l'on avait tenté de lui arracher un membre. Elle respira longuement et se concentra de nouveau. Alors qu'elle continuait sa progression, une voix familière vint lui offrir son aide.

« Ne pense à rien d'autre qu'à ton but ! »

La voix de Ren suffit pour lui offrir plus d'assurance. Lina grimpa de nouveau. Ses pieds dérapèrent plusieurs fois mais jamais elle ne lâcha prise. Enfin, c'est avec peine qu'elle se hissa au sommet de la falaise. Sans un regard en bas, elle hurla pour que Ren l'entende.

— C'était vraiment une promenade de santé ! Comment je fais pour redescendre maintenant ?

Une nouvelle fois, la voix de Ren vint s'immiscer entre ses pensées.

« Il y a une corde en haut. Tu vas descendre en rappel en l'accrochant à un arbre. Ainsi et chaque jour, tu te serviras de cette aide pour redescendre ! »

Une fois en bas, Ren la gratifia d'un sourire.

— Un jeu d'enfant. Je savais que tu en avais les capacités. Au lieu de râler, il vaudrait mieux m'écouter !

— Je vois, belle vision de moi !

Sans un mot supplémentaire, l'homme tourna autour d'elle. Lina soupira presque certaine de voir clair dans le jeu de Ren. Il avança son bras rapidement, à deux doigts de percuter son visage mais par réflexe elle se pencha sur le côté pour éviter le coup. Elle fit de même pour le second, se baissa puis recula. Lina réajusta ses poings face à elle comme Ren le lui avait appris durant leur dernier combat. Elle devait miser sur sa rapidité et ses réflexes, non sur sa force. Elle jeta son bras en avant, esquissa une nouvelle attaque, accrocha le bras de Ren et pivota. Il réussit néanmoins à se dégager de son étreinte et à retourner son propre bras dans son dos. Plaquée contre son maître d'arme, il lui fut impossible de bouger.

– Trop prévisible Lina, souffla-t-il moqueur à son oreille.

La colère bouillonna en elle. L'égo mise à mal, elle écrasa son pied du talon. Sa jambe coulissa le long de la sienne et vint appuyer violemment dans le creux de son genou tandis que son bras frappait sa nuque. L'emprise de Ren disparut aussitôt.

Elle se repositionna mais au lieu d'attendre la prochaine attaque, elle plongea la première. Ses poings volèrent et ricochèrent contre les avant-bras de Ren en position de défense. Sa jambe vola dans les airs mais avant même de l'atteindre il l'attrapa de ses deux mains et elle se retrouva aussitôt au sol. Lina ressentit une violente douleur au bas du ventre, là où la cicatrice ornait encore sa peau contusionnée.

– Tu m'as eue, souffla-t-elle la respiration coupée.

Ren s'approcha d'elle et lui tendit sa main.

– Tu vas faire de grandes choses Lina. Sois-en sûre…

La jeune gardienne observa sa main tendue et la saisit pour se redresser. Ren avait d'étranges manières pour enseigner les arts du combat mais elle n'aurait voulu pour rien au monde changer de professeur…

23.

Ryan redressa ses iris opalescentes face à la plaine qui s'étendait entre deux pans de falaises. Il avait longé la paroi rocheuse et s'était enfoncé dans la forêt qui bordait le lac principal d'Artelia. Au-dessus du vide, sur le bord d'un rocher, il était fasciné par le monde qui s'étendait à ses pieds. Il avait compris dès son premier cours qu'il devrait travailler bien plus son pouvoir que sa dextérité à manier une épée. Depuis tout jeune il avait eu l'habitude des joutes entre enfants du quartier et rivalisait de prouesse avec son maître. L'art du combat lui était familier.

Sa journée avait été éreintante. Durant ses cours, il apprenait à duper les esprits, à ne faire qu'un avec leurs pires craintes et chaque détail comptait. Il était comme un dessinateur de génie et devait jouer avec la chaleur et le froid pour créer des mirages irrésistibles. Seules ces masses d'air chaudes que personne ne percevait lui offraient la carte maîtresse pour une illusion parfaite.

Il porta son attention sur Lina. La jeune télépathe s'était rendue plus tôt dans la bibliothèque mais aucun des gardiens n'avait été présent. Elle avait eu des difficultés à atteindre le jeune homme mais avait réussi à capter sa présence au cœur de la forêt qui bordait le palais avant de se jeter contre les montagnes Saline.

– Tu me suis maintenant ? T'es une vraie plaie Lina.

– Es-tu sûr de vouloir m'insulter alors qu'il me suffirait de peu pour te faire tomber de ce rocher ? dit-elle en arquant un sourcil.

Ryan lui offrit un sourire.

– Pourquoi essaies-tu d'être si distant Ryan ? Ce monde ne t'intéresse-t-il pas ? Ni ton passé ?

– Tu dis ça uniquement parce que je ne suis pas présent pour être attentif aux moindres de tes problèmes.

Lina grimaça. Elle n'aimait pas les paroles du jeune homme mais il avait marqué un point. Encore.

– Ne crois pas que je ne suis pas intéressé par notre avenir et notre destin. Et il s'avère que j'ai fait plus de découvertes que toi sur ce monde.

– Ha oui ? Vraiment ? Ok, prouve-le-moi, le défia-t-elle de son regard noisette.

— Viens vers moi.

Elle fronça les sourcils mais consentit à faire plusieurs pas vers lui. Il lui tendit sa main et elle l'attrapa pour se hisser sur le rocher à ses côtés. Il la fit avancer lentement vers le bord.

— Regarde en bas, lui indiqua-t-il à l'oreille.

Le premier choc passé, ce fut la peur qui prit le relais. Elle heurta le torse de Ryan tandis qu'elle observait le vide à ses pieds. Le spectacle était grandiose.

Les collines au bord de la falaise formaient une immense vallée jalonnée où la végétation resplendissait de teintes chatoyantes. Au cœur de la plaine grouillait un troupeau de bêtes aux longues cornes scintillantes. Eparpillées aux quatre coins de cette galaxie d'osmose, elles broutaient les pans d'herbe vertigineux. Les grands oiseaux qu'elle avait aperçus à Rhurnes, faisaient deux fois la taille d'un homme et volaient en formation concentrique au-dessus des arbres. Ces animaux attirèrent son attention plus que toute autre chose. Leurs couleurs variaient. Les plumages clairs répondaient aux nuances sombres dans une symbiose parfaite.

Lina recouvra ses esprits.

— Ce sont des orkievs n'est-ce pas ? Les mêmes que j'ai pu observer à Rhurnes ?

— Exactement. Viens, on descend, suggéra-t-il sans lui laisser le temps de répondre.

Il lui fit signe de le suivre et tous deux entreprirent de descendre le long d'une pente raide et hasardeuse. Une fois dans la plaine, Lina dû bien reconnaître que les oiseaux étaient gigantesques. Les autres bêtes étaient à des mètres de là.

Elle s'approcha alors à petits pas d'un des reptiles volants qui avait posé pied à terre… Son esprit se désinhiba et les barrières imposées jusque-là se relâchèrent. Elle sursauta lorsque son esprit parcourut l'espace. Les oiseaux ne pensaient peut-être pas mais de leur esprit ressortait le même chant lent et pur. L'orkiev près d'elle tourna sa tête vers la jeune fille. Ses grands yeux étaient pigmentés de violets et de verts.

À quelques centimètres de l'animal méfiant allongé sur ses pattes serties de longues griffes, elle tendit la main… Le bec s'avança vers ses doigts. Le temps semblait en suspens. Se délestant de toute crainte, la main de la télépathe entra en contact avec le bec de l'oiseau dont le plumage frissonna. La jeune fille parcourut délicatement la surface dure comme de la roche puis étendit son geste pour caresser avec précaution sa fourrure. Elle laissa ses doigts glisser vers les plumes multicolores qui s'évasaient le long de son échine et sur le bout de ses ailes. La bête la regarda de ses grands yeux sages. Son chant avait repris avec plus de force comme s'il ronronnait intérieurement.

Ce fut Ryan qui la coupa dans sa longue léthargie :

— Nous devrions rentrer au palais, la nuit tombe.

Lina fit quelques pas en arrière et se tourna vers le jeune garçon. Elle s'avança et ébouriffa la crinière intenable de Ryan.

— Finalement quand tu veux, tu peux être très facile à vivre ! dit-elle en riant tandis qu'il se dégageait de son geste.

— Sache Lina, que si tu penses que je me fous de mon passé c'est simplement parce que je n'ai pas envie de connaître de nouvelles déceptions. Mais ce monde est le mien et je ferai tout pour le délivrer du mal. Ce qui inclut donc de vous protéger également. Alors ne pense pas que je me fous de tout.

Il tourna les talons. Sa sincérité était déconcertante. Il pouvait se montrer froid et distant mais elle comprenait qu'il cachait juste ses propres doutes. Quand Sylvain, Claire et elle, parlaient ouvertement de leurs sentiments, l'illusionniste lui, était bien souvent en retrait. Pourtant, lorsqu'il laissait tomber ses barrières, il se montrait d'une honnêteté à toute épreuve et cet autre Ryan lui plaisait beaucoup.

*

Claire et Sylvain étaient assis dans les grands fauteuils de velours de la bibliothèque. L'un contre l'autre, ils tentaient de se raconter les plus beaux moments de leur existence. L'une au-dessus des nuages pour voyager, l'autre dans un bassin.

Etrange qu'il leur était nécessaire d'être à distance de leur réalité pour se sentir mieux que n'importe où.

— Bonsoir…

Enndra venait de pénétrer dans l'espace. S'il restait majoritairement dans son bureau, il avait depuis longtemps consenti à faire quelques apparitions. Sa barbe avait poussé et son regard bleu-gris les fit tressaillir. Il détenait une prestance incroyable, un charisme à toute épreuve.

— On peut dire qu'on ne vous voit pas souvent ! s'exclama Claire en se tournant vers le roi.

— Claire ! s'égosilla Sylvain en plissant ses iris brunes.

La grande blonde se tourna vers son ami. Elle avait toujours été d'une franchise remarquable mais elle rayonnait tant que personne n'avait jamais osé la rabrouer sur son comportement. Que Sylvain le fasse aujourd'hui la ramenait presque à l'état de petite fille.

— Ne t'en fais pas Sylvain, elle a raison. Malheureusement je n'ai pas été très présent et je le regrette. Les relations avec les villes voisines deviennent de plus en plus compliquées à entretenir. Plus encore depuis ces derniers mois. Je vous prie d'excuser mes manières mais accueillir les quatre gardiens n'est pas ce qui facilite le travail, vous en conviendrez.

Sylvain et Claire hochèrent la tête au moment où Ryan et Lina surgissaient dans la pièce. Ils s'arrêtèrent net en apercevant Enndra face à eux.

— Ryan, Lina, content de vous voir. J'espère que vous appréciez Artelia à sa juste valeur. J'aurais aimé que vous connaissiez cette ville avant la guerre…

— Nous la connaitrons. Quand les Mages auront été détruits, lança Lina, le regard assuré fixé dans celui du roi.

Il lui offrit un sourire entendu, confiant et bienveillant. Il s'approcha d'elle et après un imperceptible doute, posa une main sur son épaule avant de se retourner vers l'assistance. Quelques cheveux gris se mêlaient à sa chevelure brune et son visage impénétrable, impressionnait autant qu'à leur première entrevue.

— Je vous remercie pour tout ce que vous faites. Et pour ce que vous accomplirez plus tard. Je ne doute pas de vos exploits.

Il tourna les talons et s'éloigna sans un mot supplémentaire.

— Il avait l'air tiraillé, débuta Claire.

— Si tu étais roi d'une des seules villes encore en paix, je pense que tu n'en dormirais pas non plus la nuit, ajouta Sylvain.

— Et surtout, je pense qu'il attend beaucoup de nous, poursuivit Lina en fronçant les sourcils.

Un silence s'établit mais Ryan s'empressa de le briser avec toute la peine du monde pour rester en place :

— Vous comptez rester les bras ballants ou vous pensez qu'on pourrait s'entraîner entre nous ?

Il plongea son grand regard vert dans ceux de ses compagnons.

– Avec un immense plaisir ! dit Claire qui se redressa aussitôt pour faire valdinguer soudainement Sylvain au fond de la pièce d'un simple geste de la main.

Lina éclata de rire et défit son épée lacée à sa taille au moment où Ryan dégainait son arme. Il la brandit au-dessus de sa tête mais elle fit claquer sa propre épée contre la sienne.

– Fais attention Lina, il ne faudrait pas abimer ce beau visage.

– La fierté de Ryan, je ne m'y ferai jamais, s'exclama Claire du fond de la pièce.

Ils éclatèrent de rire au moment où les épées des deux autres gardiens se soulevaient pour prendre part au combat…

24.

Levés tôt malgré une journée de repos accordé aux quatre gardiens, les garçons avaient décidé de se lancer dans une partie d'échec, les visages en proie à une haute concentration au sein du réfectoire. C'était dans cette salle qu'ils prenaient chaque jour leur repas. Les cuisines, d'une immensité à couper le souffle, délivraient des plats aux couleurs et formes qui leur étaient étrangères mais qui les régalaient à chaque fois.

– Ryan ?

– N'essaie pas de me perturber. Tu sais que tu es à deux doigts de perdre.

Les garçons, après avoir sillonné les pièces qui leur étaient accessibles, avaient découvert sous un amas d'anciennetés, des jeux provenant de leur propre monde. Depuis, il ne se passait pas une soirée sans qu'ils se laissent porter par ces quelques trouvailles. Ainsi, ils s'accrochaient à leurs racines et soudaient une amitié plus puissante chaque jour.

– Je voulais savoir… tu as vécu une vie compliquée. Tu as vogué d'une famille à une autre. Tu n'as jamais eu aucune attache. Je n'arrive pas à comprendre comment tu as pu survivre ainsi…

Sylvain savait qu'il n'aurait pas dû s'immiscer dans la vie de son ami. Il avait cependant toujours été discret, plus plongé dans ses compétitions de natation plutôt que dans la vie des gens à ses côtés. Il avait acquis une grande maturité, peut-être trop pour son âge mais depuis qu'il était arrivé à Artelia, il avait ce besoin irrépressible de se raccrocher à ceux qui l'entouraient.

– Tu me crois si je te dis que j'ai toujours eu l'impression qu'après tout ça il y aurait un destin beaucoup plus grand ? Que toutes ces épreuves m'amèneraient à un futur bien plus incroyable ?

Sylvain hocha la tête. Rien ne l'étonnait plus. Après tout, on leur avait volé huit années de leur existence. Le cerveau était depuis longtemps, l'élément le plus incompréhensible de leur organisme.

– Je n'ai pas l'impression que Claire et Lina aient ressenti la même chose dans leur monde mais pour ma part, j'ai l'impression de te comprendre. Hormis dans l'eau, je me suis toujours senti…

— À contre sens.

Les deux garçons se firent face longuement avant qu'une voix surgisse soudain au cœur de leur pensée. C'était celle de Lina. Les chaises furent repoussées dans des grincements précipités tandis qu'ils jaillissaient au gré des tables jusqu'à la cour sud du palais…

*

Un grondement sourd retentit dans les entrailles d'une aube jeune et colorée. Le bruit déchira les pourtours du silence. Lina se redressa subitement au milieu des draps de soie.

— Lix ? articula-t-elle fébrile.

Là, à quelques mètres de son lit, la louve noire découpait l'obscurité de son regard vert pénétrant. Lina détourna le sien pour le focaliser sur Claire, endormie les poings fermés.

— *Gardienne, c'est toujours un plaisir de te revoir.*

— Le plaisir est partagé, murmura la jeune fille.

— *Je suis heureuse de constater que votre entraînement se déroule parfaitement. Il va falloir faire vite. Il se passe des choses de l'autre côté des Terres Exilées. J'ai eu vent de nouvelles incursions. Vous n'êtes pas prêts mais il faut vous tenir sur vos gardes.*

— Une incursion ? Vous pensez que nous pourrions subir une attaque ?!

— Je ferai tout pour les retenir. Mais Lina, avant que je ne m'en aille, sache que je désapprouve totalement tes escapades solitaires dans Artelia.

Lina se sentit prise au dépourvu. Depuis combien de temps Lix suivait-elle ses traces ?

— Je suis désolée, s'empourpra la gardienne face au ton autoritaire de la déesse.

Si elle savait que Lix n'était présente que pour son bien, elle n'appréciait pas l'idée d'être surveillée. Au lieu d'exprimer sa contrariété, elle laissa la curiosité la submerger de nouveau.

— Lix ?

— Je dois partir gardienne…

— Parlez-moi de mes parents !

La louve pointa de nouveau son museau vers elle.

— Ils étaient bons Lina. Bienveillants, téméraires et de redoutables guerriers.

— Je ne les connaîtrai jamais...

— Ne ressasse pas le passé, sinon ce n'est pas seulement le chagrin qui pourrait venir te cueillir…

Lina fronça les sourcils au moment même où un immense portail s'ouvrait dans la chambre. La télépathe sursauta aussitôt. Lix s'y dirigea en trottinant avant de se détourner une dernière fois vers la gardienne, son pelage d'un noir goudronneux illuminé par la présence du magma fluorescent.

Lina tressaillit. À quelques centimètres de la gueule sertie de crocs nacrés, une petite pierre ovalisée s'accrochait au pelage de la bête. Elle ouvrit la bouche, estomaquée, prête à dresser devant les yeux de l'animal sa propre pierre découverte à Rhurnes, dans la main d'un cadavre encore frais. Elle n'en eut pas l'occasion. Lix traversa le portail et Lina eut presque l'impression qu'elle lui avait lancé un clin d'œil avant de disparaître…

— Lina, tu ne peux pas laisser les gens dormir ?! soupira Claire en remuant sous les draps de soie.

L'intéressée ne répondit pas. Perdue, elle était persuadée que la pierre de Lix était une énigme qu'il fallait résoudre à tout prix. Par habitude, elle porta ses doigts le long de la sienne autour de son cou, cachée derrière un tee-shirt trop grand pour elle.

— Et si… on sortait ? proposa la télépathe.

Le visage poupon de Claire se souleva brusquement de sa couverture de fortune et un immense sourire révéla sa réponse…

25.

Artelia baignait dans la chaleur. Les rayons du soleil caressaient les devantures parsemées de nouvelles apparitions pigmentées tandis que la foule se regroupait, dense, au milieu de l'allée de hêtres. Des musiques populaires s'emparaient des maisons bariolées et les notes de musique s'étendaient dans l'atmosphère physiquement, à portée de main, comme des petits amas de fumée qui s'échappaient dans les airs après avoir délivré leur dernière sonorité.

Un défilé d'anciennes voitures se frayait un chemin parmi les stands dressés le long des rues pavées. Les carrosseries bombées, percées à de nombreux endroits, rouillées par l'humidité accumulée, s'effaçaient sous d'épaisses couches de végétations. Des lianes filaient au travers des capots, enveloppaient les anciens moteurs et s'enroulaient autour des pneus encore visibles.

Plus loin, les danseurs en ronde changeaient de partenaires avec une insouciance délicieuse, soucieux d'oublier les ténèbres de l'autre côté de l'enceinte de pierre impénétrable.

Des animaux sauvages s'exhibaient sur les tables des marchands. Des jeux de cartes et de dés avaient été disposés le long de petites tables alignées sur des dizaines de mètres.

À quelques pas de là, des hommes aux musculatures impressionnantes, soldats en permission, se défiaient au lancer de haches pour fracasser d'immenses palettes de bois cerclées d'acier.

Lina se sentait comme au cœur d'une fête foraine et s'enivrait des rires et éclats de voix qui se joignaient à cette allégresse.

— Ça, je suis sûr que je peux le faire !

Sans une once d'hésitation, Ryan quitta ses amis pour foncer droit vers un tapis de braises à même la chaussée pour défier les hommes et femmes de traverser la mare de feu.

— Je parie mon épée qu'il va hurler dès le pied posé dessus, ricana Sylvain.

— Pari tenu, lança Lina, presque certaine que son ami avait peut-être bien raison sur ses prétendues aptitudes à ne pas ressentir la chaleur.

– Lina, tu sais qu'il fait ça juste pour t'impressionner ? éluda Claire en arquant un sourcil.

– Pourquoi ferait-il ça ? Et puis entre nous, je pense plutôt que Ryan n'a jamais eu besoin de personne pour se lancer des défis personnels.

La télékinésiste déposa un regard malicieux sur le visage de son amie. Si Claire avait pris l'habitude de taire son besoin d'intrusion permanent dans la vie d'autrui, elle avait depuis bien longtemps décelé les regards de Ryan sur la télépathe. Lina semblait étrangement naïve, bien loin des comportements téméraires et impulsifs qu'elle laissait entrevoir. Une forme de douceur qui lui permettait de se préserver inconsciemment. Une sorte de protection face à un autre monde : celui des sentiments et de la déception qui en résultait bien souvent.

Claire glissa une mèche de ses cheveux entre ses doigts tandis qu'elle reportait son attention sur Ryan.

L'illusionniste ôta ses chaussures et redressa ses larges épaules. Son regard d'un vert insondable courut vers l'horizon. Sa vision fut un instant troublée par la condensation formée par la chaleur des braises. Il décida de clore ses paupières. Il fit un premier pas sur le tapis de feu, hésita puis finalement avança à son aise, presque trop sûr de lui, la fierté crevant son visage en un fin sourire impudent. À peine avait-il traversé les quelques mètres qui le séparaient de la chaussée qu'il se tourna vers ses compagnons restés de l'autre côté.

— Qui a parié contre moi ?!

— Apparemment il te connaît encore mieux que tu ne le pensais Sylvain, convint Claire en éclatant de rire devant la mine médusée du grand blond.

Ils s'avancèrent plus loin et tandis que Lina s'amourachait des plantes étranges qui jalonnaient une petite boutique d'herboristes, Sylvain lui, avait le doigt qui se baladait au fond d'un bassin. Des poissons noirs aux dos bombés jouaient avec un malin plaisir de cette intrusion.

— Mais que fais-tu ?! Tu es fou ! Ce sont des agnols venimeux et carnivores ! hurla le propriétaire du stand d'une voix nasillarde.

Lina redressa la tête, attentive aux cris de l'homme à la carrure longiligne et au nez quasi-inexistant. Précédemment concentrée sur l'étrange flux d'énergie qui ressortait de l'écorce d'un arbre fleuris d'insectes, elle s'était demandée comment deux êtres vivants ne pouvaient faire qu'un. Tirée de sa rêverie par Sylvain qui fuyait vers elle, elle se détourna pour lui emboiter le pas.

— Carnivores… À mon avis c'est de la foutaise son histoire ! qu'il grommela pour atténuer la gêne de la réprimande.

— Ou alors t'es complètement avarié et ça, ils l'ont senti ! souligna Ryan qui les rejoignait.

— Au lieu de vous chamailler, vous ne pourriez pas m'aider à trouver Claire ? lança Lina en levant les yeux au ciel.

— Il y a un stand d'oiseaux là-bas, ça ne m'étonnerait pas qu'elle y soit, songea Sylvain.

Il avait vu juste. La télékinésiste était fascinée par un rapace dont la peau était recouverte de symboles noirs indéchiffrables. Une fourrure d'un blanc éclatant longeait le pourtour de ses ailes. Le reste de son corps était dénué de tout apparat duveteux.

— Si tu veux on t'achète un pigeon, ça prend moins de place, s'entêta à plaisanter Ryan.

Claire roula ses immenses iris bleus dans ses orbites et d'un geste précis et soudain, elle envoya voler Ryan dans un sac de blé. Le commerçant qui avait précédemment invectivé Sylvain pour son inconscience, jura. Avant même qu'il ne les atteigne, les quatre gardiens filaient déjà au travers de la foule…

— Je n'aurais jamais cru qu'il savait danser, souffla Sylvain, une boisson mousseuse en main.

Ryan et Claire tournoyaient au milieu des danseurs. Entre faux pas et éclats de rire, ils apprenaient les danses du pays au centre de l'allée de hêtres qui crachaient un nouveau flot de fleurs grises et roses.

— Il s'ouvre progressivement. Je préfère lorsqu'il sourit que lorsqu'il tire la tronche et gonfle le torse pour prouver qu'il a raison.

Sylvain rit aux paroles de Lina pendant qu'elle laissait la boisson alcoolisée détendre ses traits. Elle se sentait plus légère. La nuit tombait progressivement et la peur avec elle. Dégagés de tout statut impérieux et lourd à porter, ils redevenaient des adolescents normaux qui apprenaient à aimer une terre inconnue mais qui était depuis bien longtemps, la leur.

– Ne lui en veux pas Lina. Il nous aime à sa manière. Il ne montre rien mais il le ressent aussi bien que nous, ce lien qui nous permet de nous comprendre alors qu'il y a plusieurs semaines nous ne savions rien des uns et des autres.

– C'est vrai, on ne peut pas dire qu'il soit aussi coriace que Claire niveau interrogatoire surprise.

Depuis leur arrivée, les jeunes femmes n'avaient pas passé un soir sans qu'elles se confient l'une à l'autre, apprenant à se connaître, à mesurer l'importance de leurs anciennes vies, à façonner l'autre grâce à leurs souvenirs, désirs, ambitions cachées et leurs activités quotidiennes.

Claire était pour Lina, une jeune femme fascinante. D'une grande beauté, elle était également aventureuse, d'une curiosité maladive mais attachante et plus que ça, elle semblait toujours savoir ce qu'elle voulait. Lina était envieuse mais avait compris qu'ils étaient tous complémentaires. Sylvain et Claire étaient sans conteste les plus solides, ceux sur lesquels se reposer. Ryan et Lina étaient les éléments perturbateurs, ceux qui pouvaient à tout instant déclencher une guerre comme rétablir d'un simple éclair de génie une situation inextricable.

— Tu as tellement l'air sûr de toi Sylvain. Je me demande comment tu fais avec nous trois à tes côtés, dit Lina.

— D'une, je préfère avoir affaire à vous qu'à l'ennui. Ensuite, je n'avais plus rien qui me retenait chez moi.

Il porta son attention sur Lina et après une brève seconde, il approcha sa main et la fit glisser contre la peau de la jeune télépathe. Elle comprit aussitôt son geste et son esprit se libéra, creva l'accès à ses pensées en une seconde pour s'immiscer vers un souvenir, celui qu'il laissait défiler pour qu'elle le lise.

Le visage d'une jeune femme qui avait compté pour lui apparut. Lina ressentit son bonheur, sa joie, son amour. Finalement l'image s'assombrit et le souvenir, bruni par la douleur, sembla se consumer telle une photo qu'on aurait embrasée. La mort, un précipice sans fin qu'il gardait en mémoire. Le deuil d'un être cher qu'il n'avait jamais oublié mais pour qui il avait compris que vivre était l'aventure la plus enivrante qui soit.

Il défit le lien et accorda un doux sourire à Lina. Sylvain ne se confiait généralement pas. Il écoutait ses amis dans les longues discussions sans queue ni tête qu'ils entretenaient lors de leurs nombreux diners. Le simple fait qu'il se soit aujourd'hui ouvert à Lina prouvait la confiance qu'il lui accordait.

— Je suis désolée Sylvain. Mais maintenant, nous sommes là pour toi.

— Je sais Lina, répondit-il avec un sourire avant d'être soudain secoué par Claire, éméchée et hystérique.

— La nuit est tombée, on va se faire tuer ! hurla-t-elle plus qu'annonça.

— Ryan, quand je te l'ai confiée, c'était à condition de ne pas la saouler complètement ! soupira Lina.

— Parce que tu crois que j'ai eu mon mot à dire ?! Elle pourrait faire pâlir un russe avec sa descente ! s'exclama Ryan en passant une main qui se dédouanait de toute faute, dans sa chevelure ébouriffée.

Pour toute réponse aux commentaires de ses trois amis, Claire avança de quelques pas puis trébucha. Ryan s'approcha aussitôt, la rattrapa avant même qu'elle ne s'écroule sur les pavés et la souleva du sol.

— La prochaine fois, je l'attache à une chaise ! gronda-t-il bien que son visage amusé contredisait son agacement…

Sylvain et Lina éclatèrent de rire tandis qu'ils suivaient l'illusionniste. Alors qu'ils s'éloignaient de l'agitation du cœur de la ville, le cloneur passa son bras autour des épaules de la télépathe. Elle observa Sylvain et ses cheveux miel puis Claire qui se débattait dans les bras de Ryan, imperturbable. Un sourire courut sur ses lèvres pendant que ses doigts caressaient la pierre autour de son cou. Elle ne s'était jamais sentie aussi bien que cette nuit-là…

26.

Lina repoussa les lourdes portes de la bibliothèque du palais au moment où une envolée de livres anciens profanait le vide pour filer vers Sylvain. La poussière suivit le même chemin et fit tousser la télépathe. Un énième projectile atteignit enfin sa cible… pour le traverser tel un mirage. Le clone tressaillit et disparut alors que le véritable Sylvain glissait la pointe de son épée le long des côtes de Claire. Lina fut impressionnée par la facilité avec laquelle il s'était joué de la télékinésiste. Elle avança dans la pièce, percluse de courbatures. Ses membres étaient réduits à l'état de morceaux de bois : lourds et ankylosés. Elle ressentait une fatigue extrême. Ren ne la ménageait pas. Il lui avait fait vite comprendre qu'il était temps de passer à la vitesse supérieure.

C'est ainsi que d'un commun accord, les gardiens s'entrainaient entre eux chaque soir après les longues journées de cours qu'ils suivaient avec un rythme éreintant, dès les premiers rayons du soleil et jusqu'à la nuit tombée.

— T'as une sale gueule, souligna Ryan en s'approchant de Lina d'un pas défiant.

Il tourna autour d'elle, son épée à la main. Une manie dont il se servait régulièrement pour livrer combat à n'importe quelle heure du jour ou de la nuit.

— Tu veux un deuxième cocard ? lança-t-elle pour faire référence à sa pommette pourpre qui avait subi un assaut impitoyable de son maître d'armes.

— Fais-le taire une bonne fois pour toute Lina ! s'époumona Claire au bout de la pièce.

La jeune télépathe n'attendit pas l'attaque de Ryan pour bondir face à lui. Son épée voltigea d'une main à l'autre, obligeant le jeune homme à se repositionner pour éviter les coups ambidextres qu'elle pouvait lui assener. Il s'élança en avant mais elle fila sur le sol et glissa le long de la lame qu'il tendait à bout de bras. À peine se trouva-t-elle dans son dos qu'elle jeta sa jambe en arrière, attaquant son tibia, le déstabilisant assez pour qu'elle fasse volte-face au moment où l'épée de Ryan percutait la sienne d'un son cristallin. Lina était impressionnée par les progrès qu'elle avait faits depuis son premier cours.

C'était comme si son organisme tentait de se rappeler une ancienne vie où les rudiments de l'art du combat lui avaient déjà été enseignés dès son plus jeune âge.

Ryan riposta avec une plus grande ardeur. Le visage au début amusé devint perplexe. Il comprit que la télépathe avait progressé depuis leur dernier combat, assez pour qu'elle le mette en danger. Il fit décrire à l'arme de son adversaire un cercle rapide qui fit voler l'épée de Lina sur le sol. La pointe de sa lame coulissa vers son ventre, déchira son tee-shirt et Ryan recula, un air fier planté sur son visage.

— C'est mieux ainsi, ajouta-t-il avec un clin d'œil.

Lina gronda, rouge de colère. Elle fonça vers lui, s'abaissa et lui percuta les jambes. Ryan tomba mais dans sa chute, l'entraîna à sa suite. D'un coup de rein, elle se redressa rapidement pour se positionner au-dessus de lui. D'une poigne ferme, elle saisit la lame qu'il tenait encore en main et la plaqua sous son menton.

— Echec et mat beau brun.

— C'est quoi ça ? dit-il, le souffle court tandis qu'il lorgnait la peau de son ventre, à nu après leur combat.

Lina se redressa aussitôt et recula de trois pas. Elle avait oublié la cicatrice qui ornait le bas de son abdomen, celle qui ne disparaitrait plus parce qu'elle n'avait pas été soignée à temps par un véritable guérisseur. Elle représentait un message : la fin de son innocence.

— Rien qui ne te regarde, dit-elle pour se protéger aussitôt des questions qui ne tarderaient pas.

Si la jeune femme s'était livrée, elle n'était pas désireuse que ses erreurs soient décelées par ses nouveaux amis. Elle se sentait honteuse mais pire encore, elle savait que son caractère l'amenait inévitablement à brûler plutôt qu'à se répandre en excuses. Elle tenta de garder la colère qui émanait de la peur au fond d'elle et se mua dans le silence.

— Dis-nous Lina. Nous, nous n'avons aucun secret pour toi, souligna Sylvain qui s'approchait de la télépathe.

— Ok, très bien.

La jeune femme laça l'arme aux joyaux colorés à sa ceinture tandis qu'elle leur racontait tout. D'abord d'une voix hésitante, elle se laissa finalement entraîner par son histoire : de l'attaque dans la ruelle à sa rencontre avec Chris puis de leurs dernières visites aux découvertes qu'elle avait pu faire grâce à son savoir, elle n'oublia rien… si ce n'était son don hors du commun.

Il y eut un instant de silence que personne n'osa rompre.

— Donc tu veux dire qu'on t'a agressée et que ce fameux Chris est arrivé d'un coup, pouf, comme ça ? demanda Ryan suspicieux.

— Oui c'est ça…

— Tu ne lui as pas dévoilé ta véritable identité quand même ?

— Non je me suis faite passer pour une cuisinière du palais…

— Attends… il t'a crue ? Lui c'est sûr, il est louche ! poursuivit le garçon.

— Justement on avait besoin d'explications mais maintenant qu'on les a je peux te le dire : tu n'es qu'une cinglée ! Parce que madame a des supers pouvoirs, elle croit qu'elle peut se balader à sa guise dans les rues d'une ville bourrée d'ivrognes ? s'emporta Claire en haussant le ton.

— Tu t'inquiètes trop Claire ! Du moment que j'étais avec Chris, qu'est-ce qui pouvait bien m'arriver ?

— Qu'est-ce qui pouvait bien t'arriver ? Attends je réfléchis… te faire poignarder par un inconnu ! C'est un bon exemple non ?

— De toute façon je ne vois pas pourquoi je discute, j'y retournerai quoi que vous puissiez me dire ! bougonna Lina, les bras croisés sur sa poitrine.

— Non mais tu es aveugle ? Tu aurais pu mourir Lina ! Tout ça n'aurait servi à rien, tu t'en rends compte ?! De toute façon égoïste comme t'es je ne vois pas pourquoi je te fais la morale !

— Claire n'a pas tort Lina, la défendit Sylvain.

— Crois-tu que ça nous fait plaisir de savoir que pendant que nous étions ici toi, tu filais en rendez-vous avec un garçon que tu connais à peine ? répliqua Ryan en faisant cliqueter de nouveau le zippo dans sa main.

– Chris est digne de confiance, il s'est même montré adorable envers moi, murmura Lina.

– Arrête, Chris n'est pas un animal de compagnie ! Et c'est ce que tu crois. Te rappelles-tu de ce qu'a dit Aïto à ce sujet ? Tout le monde peut être à la solde des Mages ! Arrête d'être aussi naïve bon sang ! s'exclama le garçon d'une voix menaçante.

– Si vous le connaissiez, vous ne diriez pas ça…

– Tu aurais dû nous en parler plus tôt. Être amis c'est aussi avoir confiance envers les autres. Les secrets n'ont pas lieu d'être, vociféra Claire épaulée par Ryan.

– C'est bon laissez-la respirer, elle… tenta Sylvain mais il fut coupé par Lina.

– Laisse tomber Sylvain.

La belle brune tourna les talons trop rapidement pour qu'ils ne puissent la retenir. Elle sortit de la pièce en poussant rageusement la grande porte de la salle…

*

– Tu vas m'expliquer ce qui se passe où tu préfères ruiner mon tee-shirt toute la journée ?

Lina redressa son menton. Chris lui permettait de s'évader des aventures dans lesquelles, elle se sentait inévitablement l'héroïne sans en avoir jamais ressenti l'envie. Qu'elle le veuille ou non, elle était obligée d'admettre que son destin se traçait en ligne droite sans qu'elle ne puisse en dévier. L'idée même de faire faux bond à sa mission et aux gardiens dont elle se sentait si proche lui était inconcevable. Néanmoins, elle était blessée par le manque de confiance qu'ils lui avaient octroyé et s'était sentie plus seule que jamais. Elle avait instinctivement rejoint la demeure de Chris, seul havre de paix encore sur pied pour lui faire oublier les lourdes responsabilités accumulées.

— Chris ? Penses-tu que tes parents viennent des Quatre Lieux ? demanda-t-elle, désireuse d'oublier pour un temps sa dispute avec ses trois amis.

La télépathe plongea ses prunelles claires dans celles, si atypiques de son ami. Il lui accorda une mine perplexe.

— J'en suis même sûr.

— Et si tu avais l'opportunité d'y aller, tu le ferais ? Je veux dire, avec tous les risques que ça comprend ?

— Evidemment. Il n'y a rien qui me retient en Terres Exilées Lina. Rien sauf peut-être toi.

— Mais pourquoi personne n'a tenté tout ce temps de s'y rendre ?! Et pourquoi les Mages n'ont jamais décidé de prendre le contrôle de cette partie de Glène ?

— Je pense que c'est à cause de la frontière qui sépare les Terres Exilées du premier lieu Fénur. Je ne sais pas ce qu'il s'est passé là-bas mais tout ce que je sais c'est qu'ils n'ont jamais tenté d'envahir les Terres Exilées. Personne n'est assez fou pour se rendre sur place afin d'obtenir des réponses. Les seuls équipages qui ont tenté l'expérience pour libérer les habitants remontent à plusieurs années et ne sont jamais revenus. J'ai également essayé de m'y téléporter. Rien ne s'est produit.

— Je suis pratiquement persuadée que mes parents viennent de là-bas également, laissa-t-elle échapper.

Chris passa sa main le long de sa joue.

— Un jour Lina, quelque chose se produira. Mais à l'heure actuelle, tu t'es déjà mieux débrouillée que la majorité des hommes et des femmes vivants là-bas. Tu as eu de la chance d'être élevée par une famille de Rhurnes. C'est tout ce qui devrait compter.

Lina lui offrit un sourire. À chacune de leurs discussions elle en apprenait plus et pourtant, il était clair qu'il préférait ne pas poursuivre le sujet. Chris semblait souffrir de la situation. Elle imaginait la cruauté de son enfance, de son don qui l'avait amené loin de sa famille. Il avait été impuissant face à l'éloignement et prisonnier d'une ville dans laquelle il n'avait aucun lien pour survivre. Elle comprenait pourquoi il se sentait si proche de la jeune femme qui lui rendait visite.

Elle se sentait également honteuse face à ses propres réactions. Lina avait eu de la chance de connaître une famille d'adoption aimante et plus encore de rencontrer les gardiens, des alliés de confiance sur qui elle savait pouvoir compter.

Une heure plus tard, la télépathe s'était décidée à retourner au palais. Ses paupières se plissèrent. Elle n'avait jamais compris les grésillements qui avaient persécuté son mental. Depuis son arrivée à Glène ils avaient disparu mais tout le long du chemin, une migraine s'étendit le long de son front. Des voix murmurèrent de nouveau, insaisissables, hors de portée. Elle tenta de faire taire l'agacement lié à ces apparitions soudaines en roulant la peau de sa tempe contre son doigt.

Ce fut enfin au cœur de la bibliothèque qu'elle retrouva les trois gardiens. Leurs visages se tournèrent vers elle instantanément et seule la lourde porte qui se refermait derrière la jeune femme, brisa le lourd silence qui s'était abattu à son arrivée.

— Te voilà enfin, souffla Claire en levant les yeux au ciel.

— Je suis désolée. Vous avez raison, j'aurais dû faire beaucoup plus attention.

Sylvain se montra compréhensif et Claire éclata de rire.

— Je ne savais pas que la situation était aussi risible, formula la télépathe, étonnée par la réaction de la jeune femme.

Claire se redressa et fit voltiger ses longs cheveux blonds d'une main tandis qu'elle s'approchait de Lina.

— Si tu avais vu ta tête lorsque tu as dit que nous avions raison, rit-elle avant de reprendre : Lina, sache qu'on te fait confiance. J'ai mal réagi et j'en suis désolée. Tu es comme une sœur pour moi alors je n'ai aucune envie qu'il t'arrive une nouvelle fois un tel drame.

Pour clore son discours, la télékinésiste la prit dans ses bras. Sylvain s'avança et se mêla à cet élan d'affection soudain. Seul le claquement d'un Zippo qu'on referme attesta de la présence de Ryan derrière eux.

— Hum… on est vraiment en plein épisode « émotion » là ? railla-t-il.

— Ferme-la Ryan et approche-toi ! ordonna la grande blonde avant de l'attirer contre eux.

— Non pas ça, par pitié ! gémit-il.

Ils se fendirent tous d'un rire. Leur complicité n'avait pas été ébranlée et contre toute attente leur amitié en avait été renforcée…

27.

Le souffle court, Lina avait l'impression d'étouffer. Fiévreuse, les draps de soie la brûlant, elle avait la vive impression qu'on avait déposé un fer à repasser sur son corps. La chaleur étouffante était cependant sans comparaison avec les voix qui hurlaient dans son mental.

Vives, elles étaient si imposantes qu'elles s'enfonçaient dans ses cauchemars comme des filaments noirs, assombrissant les images floues, détruisant les mirages un à un par la violence de leur passage.

Soudain, une voix nettement plus bruyante que les autres hurla son prénom et, comme prise au piège du monde des rêves, elle se redressa hors d'haleine.

Lina déposa une main sur sa cage thoracique afin de calmer sa respiration brouillonne. La pierre qu'elle portait dorénavant autour de son cou, cachée sous son tee-shirt, frémit anormalement et la vision qu'elle eut face à elle la fit frissonner plus encore que les démons dans sa tête.

Un immense portail vert fendait la pièce. Comme à son habitude, Claire dormait, impossible à réveiller malgré l'insondable lueur qui jaillissait sur les dessins d'enfants peints sur les quatre murs de la pièce. Lina se redressa. Sa curiosité maladive l'empêcha de proférer la moindre alerte susceptible de l'aider. Au lieu de ça, elle avança la main, l'esprit en ébullition, sûre et certaine qu'elle devait entrer dans le passage. C'est ce qu'elle fit sans une once d'hésitation.

Elle eut l'impression de traverser un flux d'énergie et ses yeux se fermèrent instinctivement.

La télépathe fut projetée sur des dalles de marbre ambrées. Elle sauta sur ses jambes en position de défense mais rien ne vint. Au lieu de ça, elle découvrit une vaste salle composée de gravures aux filaments d'or. D'imposantes fenêtres cerclées de rideaux pourpres fendaient les murs du sol au plafond. Au cœur de la pièce à la beauté indécente, un arbre centenaire crevait les dalles et s'étendait jusqu'au plafond de verre. Là-haut, les branches avaient percé l'habitacle qui les rendait prisonnières et se pavanaient dans les cieux. De petits animaux affluaient au travers du marécage de feuilles. Certains de ces bras longilignes filaient sur plusieurs mètres de long au travers de la salle, glissaient sur les peintures d'un autre âge et défiaient les représentations artistiques d'animaux hors du commun.

Lina se massa douloureusement le bras au moment où la grande porte près de laquelle elle se tenait s'ouvrait à la volée. La télépathe fondit derrière le battant pour disparaître instantanément. Dans l'incompréhension totale, elle observa curieusement cette petite fille qui courait en hurlant de rire. Vêtue d'une jolie robe bleutée, la fillette âgée probablement de sept ou huit ans, attendait qu'on la rattrape et pour ne pas faciliter cette finalité, elle se cacha derrière le tronc de l'arbre lorsqu'une femme vêtue d'une cuirasse fit son entrée. Grande et svelte, elle avait un corps musclé qui contrastait avec un visage malicieux et doux. Ses longs cheveux bruns voltigeaient dans son dos tandis qu'une fine tresse s'étendait sur le côté droit de son crâne pour venir se perdre dans cette chevelure féline. Ce que Lina remarqua aussitôt, fut le tracé de grains de beauté en forme de galaxie qui s'étendait à la base de son cou…

– Je vais te trouver, lança cette sublime créature en se penchant pour retrouver la petite demoiselle.

L'enfant ne put s'empêcher de rire et la guerrière attrapa la fillette pour la soulever du sol.

Lina était incapable de bouger ni de réfléchir à la situation. Elle était totalement hypnotisée par la scène d'amour qui se déroulait devant ses yeux. Plus encore en présence de cette femme et de l'aura magnétique qu'elle dégageait…

— Alinor, Lina, vous voilà enfin !

Un homme entra dans la pièce, paré de cette même tenue de combat qui leur seyait si bien. Si la femme était particulièrement enivrante, lui dégageait une véritable force, une puissance incontestable. Ses yeux presque ivoire étaient quant à eux plongés dans une véritable tempête intérieure.

Lina sentit des frissons se répandre le long de son échine. Il l'avait appelée Lina, cette petite fille devant elle, cette enfant qui avait l'air si heureuse et qui venait de perdre les couleurs de son visage en un instant.

Aussitôt, une autre femme fit son apparition. Couverte plus sobrement d'une robe blanche, elle s'avança dans la pièce à pas hésitants et silencieux comme si elle attendait une décision de l'un des deux personnages présents face à leur fille.

— Je ne peux pas Epsos. Je ne peux pas la laisser, murmura la femme en serrant la petite Lina dans ses bras.

— Nous en avons déjà discuté. Tu sais que c'est la seule solution. Ils sont là, à nos portes et notre peuple a besoin de nous. Si nous tombons, il est hors de question qu'ils mettent la main sur elle.

— Je peux me défendre ! Je peux tous les rendre fous ! hurla presque la petite.

— Je le sais ma petite guerrière. Mais ce jour n'est pas encore arrivé, ajouta l'homme d'un sourire profondément meurtri, tiraillé par des décisions difficiles.

Alinor, Epsos et la petite Lina se regroupèrent. Ils embrassèrent tous deux leur fille. La jeune femme à la robe d'un blanc virginal se découpa à leurs côtés. Elle s'empara délicatement de la main de l'enfant.

— Prenez soin d'elle, protégez-la. Vous savez quoi faire, murmura Alinor la voix tremblante.

La servante acquiesça puis lui intima de la suivre. Elles disparurent par la porte du fond, le visage de la fillette, toujours tourné vers ses parents en des derniers adieux déchirants.

— Elle est notre dernier espoir si nous perdons tout, souffla Epsos.

— Je n'arrive pas à croire qu'elle se soit retournée contre nous ! Si nous en sommes là, à nous séparer de Lina, c'est de sa faute ! Je te jure que j'aurai sa tête ! gronda Alinor, le regard noir de colère.

Soudain, des sons de tambours et de cors brisèrent le silence et d'un regard entendu, ils se prirent la main pour filer de nouveau vers la porte d'entrée.

Lina resta interdite, peinant à comprendre ces images, ce lieu, ces personnes... Une larme roula sur sa joue. Elle venait de faire la connaissance de ses parents. Elle avait effectué un saut dans le temps et était prisonnière d'une ancienne guerre. Tremblante, elle avait du mal à faire le vide et à prendre une décision. Elle arracha la pierre autour de son cou au moment où des explosions firent tressaillir le lointain. Elle savait qu'elle devait faire vite. Rien de cette incursion dans le passé ne pouvait avoir des effets positifs sur son présent et son avenir. Persuadée que la gemme était responsable de ce saut temporel tout comme celle de Lix, elle peinait néanmoins à comprendre le mécanisme.

— Si tu as pu m'emmener ici, tu peux me ramener à Artelia…

En contemplant la lueur de l'émeraude, elle hésita. Elle ne pouvait concevoir la fuite. Elle ne savait pas s'il était seulement possible de créer un nouveau portail et le processus semblait complexe. De plus, Lina ne voulait et ne pouvait se résoudre à partir. Sa mâchoire se serra. Elle savait qu'elle prenait une mauvaise décision mais n'abandonnerait pas ses parents.

Elle reposa la pierre dans sa poche et courut au travers des couloirs. Elle bouscula des soldats et passa devant des employés effrayés et un remue-ménage sans précédent. Piégée dans ce vaste château, elle surgit au-dessus d'un balcon et fit face à une mer de souffrance et de douleur.

Deux armées se livraient une bataille sanglante. Affolée, elle était spectatrice de l'agitation aliénée qui l'entourait. Elle resta pétrifiée. Deux silhouettes sortirent en trombe de la bâtisse. Ses parents, sur leur destrier, bravaient les rangs de soldats pour se faufiler dans la bataille. Sa mère s'éleva de sa selle et sauta dans les airs avant de retomber, pieds à terre, le fil de son épée déjà en avant pour fendre les lignes ennemies. Son père quant à lui combattait à l'aide d'une grande hache et déblayait les rangées équilibrées de ses adversaires tout en hurlant des ordres à son armée.

Les soldats ennemis reculèrent et en une fraction de seconde un homme drapé d'une cape noire apparut comme s'il avait été téléporté depuis un point d'origine inconnu. L'homme menaçant se retrouva nez à nez avec sa mère.

Le sang de Lina ne fit qu'un tour. Elle n'avait jamais ressenti autant de désespoir et de peur. Son esprit hurlait. Cette silhouette était celle d'un Mage et il dégageait une terrifiante aura de mort. En un claquement de doigt, il freina le temps alors qu'Alinor se jetait sur lui. Comme au ralenti, chaque assaillant fut soudain empêtré dans de lentes secondes et seul le Mage put agir à sa vitesse normale. Il leva une dague et la planta dans l'abdomen de la femme au moment même où le temps reprenait sa vitesse habituelle.

Lina hurla et sauta sans hésiter du balcon pour atterrir sur le sol boueux et nimbé de sang. Les grésillements vibrèrent au cœur de sa tête, la rendirent folle de rage et elle s'élança vers sa mère. Son esprit percuta ceux des soldats qui se jetaient sur son chemin pour arrêter sa progression. Les cadavres s'amoncelèrent rapidement à sa suite. Elle s'écroula devant le corps d'Alinor au moment où son père faisait face également à ce monstre invincible.

— Non... J'aurais dû faire quelque chose, je suis désolée, souffla Lina en laissant les larmes ruisseler sur ses joues pendant que le visage de sa mère se tournait vers le sien.

Le sang perlait déjà à ses lèvres. Alinor semblait bien faible dorénavant. Elle posa sa main sur celle de Lina et lui accorda un maigre sourire. Elle était le portrait craché de la jeune télépathe aujourd'hui.

— Tu as survécu, dit-elle dans un dernier souffle avant de fermer ses paupières.

Lina hurla. Le chagrin manqua de la submerger au moment où son père accourait vers elle. Le regard si clair de l'homme rencontra la vision du corps inanimé de sa femme. Chargé de douleur, il coulissa ensuite sur la silhouette de Lina, à genoux au-dessus d'elle. Ils se dévisagèrent. Son père eut un mouvement de surprise avant de reprendre contenance.

— Lina, tu dois partir !

La jeune fille hébétée se redressa et prit la pierre dans sa main. Aussitôt, Epsos y posa la sienne et un portail s'ouvrit instantanément.

— Pense à ta destination ! Je t'aime Lina...

Ses derniers mots furent presque inaudibles : une hache venait de se planter dans son dos et dans un ultime effort, il poussa sa fille dans le chemin verdoyant. Il se referma sur la mort et la destruction...

*

Sylvain, Ryan et Claire, avaient fouillé le moindre recoin du palais en s'apercevant que Lina était introuvable. Aïto puis Ren, s'étaient inquiétés de son absence mais les adolescents avaient prétexté quelques excuses hasardeuses pour protéger la désertion de leur amie.

— Nous aurions dû dire la vérité à Aïto. Si ça se trouve, elle a encore des problèmes ! lança Sylvain en faisant les cent pas.

— Ou sinon elle fait encore sa bêcheuse avec ce Chris machin. Je l'entends le soir quand elle part de votre chambre. Elle n'est pas très douée, convint Ryan.

Le regard bouillant de Claire le fit taire. Elle commençait à s'inquiéter pour son amie. Cela ne ressemblait pas à Lina de disparaître sans donner de nouvelles.

— Ce n'est pas parce que tu es jaloux, Ryan, qu'elle est forcément partie le voir !

— Arrêtez de vous chamailler tous les deux, je…

Sylvain n'eut pas le temps de finir sa phrase qu'une fente verte apparut au creux du mur. Lina fut projetée sur le sol et le portail se referma. Face aux trois gardiens, elle ne put contenir sa détresse.

Claire fut la première à réagir et la prit aussitôt dans ses bras avant que la télépathe ne fonde en larmes…

28.

Il avait fallu plus d'une heure à Lina pour se calmer et accepter de raconter cette brève aventure qui avait su retourner son assurance. Elle s'était retrouvée au cœur d'une véritable guerre et entrevoyait enfin l'étendue de ce qui l'attendait. Elle était effrayée mais une nouvelle conviction était née de cette épopée : elle voulait détruire ce Mage, tuer cet homme qui avait brisé le bonheur de sa famille et elle voulait plus que tout terminer sa formation pour atteindre cet ultime but. Lina dressa son visage qui avait cessé de faire ruisseler le chagrin, face à Enndra, Aïto et Ren.

Les trois gardiens avaient réagi instinctivement et l'avait emmenée dans la dépendance du roi. La télépathe avait mis ce qui semblait une éternité pour se calmer et n'avait pu que progressivement, raconter ce qui lui était arrivé.

— Je suis désolé Lina, j'aurais dû ressentir que tu étais en danger. J'ai fait une grave erreur en tentant de ne pas interférer avec ta télépathie, souligna Ren, le ton dur et froid pour seule marque de culpabilité.

— Ce n'est pas ta faute, souffla sa jeune recrue pendant qu'elle détournait son attention vers Enndra.

L'homme avait revêtu des gants de soie et tenait précautionneusement la pierre de Lina entre ses doigts. Son regard gris-bleu s'était obscurci et jonglait entre divers sentiments : la peur, l'incompréhension, le soulagement.

Le roi fixa finalement la jeune femme. Sa couronne était déposée sur sa chevelure parsemée de mèches grisonnantes. Elle le trouvait d'un charisme à faire pâlir les acteurs hollywoodiens.

Lina avait peur du jugement. Elle passa ses doigts le long de ses grains de beauté tout en fronçant les sourcils. Les voix ne s'étaient pas tues à son retour. Au contraire, elles s'amplifiaient dans un charabia désagréable.

— J'aurais dû me douter que cette pierre avait pu atteindre les Terres Exilées. Nous les avions cru perdues pendant longtemps. Seule celle de Rhurnes, la pierre qui vous a testés, est restée en sécurité, expliqua le roi.

– Je suis le seul à ne rien comprendre ? souffla rageusement Ryan entre ses dents serrées.

– La surprise est grande mais je vais essayer d'être bref. Comme vous le savez notre monde a été conçu par les quatre éléments. Souhaitant ne jamais être séparés les uns des autres, ils décidèrent de placer chacun une partie de leur âme au coeur d'une gemme de la taille d'un oeil de dragon, qui fut ensuite entreposée au centre de Glène, à Edene, la capitale. Cette pierre-mère n'a jamais pu être utilisée que par Lix ou par les rois et reines designés. Contrairement aux autres pierres, elle reste muette aux mains des autres. La déesse, garante de l'équilibre entre les quatre éléments et de l'harmonie à Glène, a extrait alors quatre pierres de ce joyau. Possédant toutes, les mêmes pouvoirs incommensurables de la pierre originelle, elle les distribua aux quatre familles royales de chaque lieu, désignées pour leur sagesse, leur noblesse ainsi que leur bienveillance. C'est donc à vous, gardiens et descendants directs de ces familles, que les pierres reviennent de plein droit, expliqua-t-il en faisant osciller son regard de l'un à l'autre des adolescents présents. Hélas, l'histoire ne s'arrête pas là. Un Mulhan, disciple des Mages, réussit à s'emparer de la pierre-mère avec pour intention d'extraire à son tour de nouvelles pierres, copies de celles offertes aux familles royales. Elles sont donc de pouvoirs moindres. Il avait pour intention de les offrir aux Mages noirs afin qu'ils obtiennent la faculté de prendre le dessus sur les rois et reines. En effet, il connaissait une particularité que beaucoup ignorent encore aujourd'hui : les pierres originelles données par Lix ainsi que leurs copies ne peuvent pas interagir négativement les unes envers les autres.

— Vous êtes en train de me dire que si un Mage détient une pierre, il serait impossible d'utiliser la nôtre ? demanda Ryan.

— Effectivement, de ce que nous savons, elles ne peuvent combattre le pouvoir de leurs sœurs. Néanmoins il est peu probable qu'ils les détiennent toutes auquel cas, ils auraient pu depuis bien longtemps envahir les Terres Exilées en ouvrant des portails. Il faut également savoir que chacune des pierres interagit avec son hôte. Elles ont toutes des dons insoupçonnés, des forces liées au porteur. C'est ce qui fait leur unicité.

— Mais si les quatre pierres ont disparu, comment se fait-il que Lina en possède une et que nous ayons été testés par une autre gemme à Rhurnes ?

— Parce que ce voleur a réussi à finaliser ses desseins. Il requit de force un artisan compétent pour effectuer cette extraction. Cependant l'ouvrier, absorbé par le pouvoir des gemmes et l'opportunité pécuniaire qu'une vente lui rapporterait, se révolta contre le disciple noir et disparut avec les nouvelles pierres fraichement créées. Face à cet échec humiliant pour celui qui pensait prouver sa valeur, le Mulhan rapporta la pierre-mère à Edène lorsque la capitale tomba aux mains des Mages noirs. Depuis ce jour, seule une première copie nous est revenue à la suite du naufrage d'un navire aux abords des côtes de Rhurnes. Nous n'avons pas d'informations quant aux autres imitations, il se pourrait qu'elles aient été séparées et aient appartenu à divers porteurs.

– Vous voulez dire que la pierre de Lina est une… pâle représentation de celles que nous devrons chercher dans les Quatre Lieux ? s'enquit Claire en arquant un sourcil.

– C'est exactement ce que je crois. J'en suis même convaincu. La pierre de Rhurnes ressent les dons et la puissance des pouvoirs. Elle a toujours servi pour tester les nouveaux élémentalistes et déterminer leur don hors du commun en leur simple présence. La tienne Lina, te permet de traverser le temps et l'espace.

Les regards se tournèrent vers la jeune femme dont les sourcils se froncèrent. L'écho des sons qui perturbaient ses sens ne l'empêchait pas néanmoins de résoudre une énigme : Lix détenait la troisième copie d'une pierre originelle. Lina laissa courir son appréhension, ses doutes et ses questions, au fond de sa tête. Elle se demandait pourquoi la déesse ne lui avait rien révélé ni pourquoi elle ne s'était pas adressée aux gardiens mais elle lui accordait sa pleine confiance. La télépathie de Lina résultait des dons des quatre anciens éléments et donc, de Lix en personne. Il était inconcevable de trahir ses secrets. Tout au moins, pour l'instant…

— Vous n'allez donc pas me la prendre ? demanda-t-elle enfin.

— Non Lina. Cette pierre t'appartient dorénavant. Elle pourra vous servir plus que vous ne le pensez. C'est un atout que nous pensions perdu et je ne crois pas aux coïncidences, releva Aïto.

— Néanmoins, il va falloir te montrer prudente et ne l'utiliser qu'en cas d'ultime recours ou accompagnée, précisa Ren.

— Je ne comprends pas comment la pierre a pu agir contre ma volonté.

— Elle n'a fait que suivre ton désir le plus intime. Tu as dû penser à tes parents, rêver d'eux, imaginer pouvoir les retrouver. Elle a obéi à tes attentes…

La jeune télépathe hocha la tête tandis qu'Enndra s'approchait dans son habit de cérémonie ambré. Il déposa le bijou dans sa paume et elle le fit coulisser autour de son cou, caché de nouveau sous son tee-shirt.

— Mes parents ont parlé d'un traître. Quelqu'un qui aurait aidé les Mulhans et qui leur était proche…

— Nous n'avons pas d'informations concernant la destruction de ton royaume, Lina. Quand Edène a été terrassée, les Quatre Lieux sont tombés rapidement, avec ou sans traître dans nos rangs, formula difficilement Enndra.

— Lina est arrivée à Thélia. Ses parents venaient de là-bas. Mais… et nous ? Je veux dire… il m'a été tellement compliqué d'appréhender ce monde et notre histoire qu'il me semble que nous en avons oublié le plus important, souligna Claire.

— Tu as raison. Vous le savez maintenant : Thélia est la terre de Lina et de ses ancêtres et c'est pourquoi la télépathie résulte essentiellement de la connexion entre êtres vivants ainsi que des flux d'énergie dont elle se sert pour ressentir son environnement sans avoir besoin de le voir. Sylvain, si tu sembles plus à l'aise dans l'eau que sur la terre, sache que le don de cloneur provient de l'eau contenue dans le corps humain. Ryan…

— Ne craint pas le feu, souffla Lina.

— Et utilise la chaleur pour créer des mirages. Il était évident que tu venais de Fénur.

— Et Claire, les airs, ses activités, la télékinésie… elle vient d'Argan, conclut l'homme au crâne dégarni et à la peau étrangement lisse.

Les pièces du puzzle de leur passé volé se mettaient enfin en position et formaient un dessin invraisemblable qui leur ouvrait un champ de possibles infinis…

29.

La tour de guet du palais était démesurée. Elle surplombait la cour Nord de ce dernier et offrait une vue sans égale sur un horizon inconnu menant aux Quatre Lieux. De loin, seule une plaine rocailleuse était visible, là où le soleil semblait ne jamais cesser de vibrer.

Lina se tenait à quelques mètres au-dessus du sol, les mains à peine retenues par deux encoches quand ses pieds dérapaient déjà sur les pierres polies. En plein entraînement d'escalade elle releva son menton vers Ren et sa vertigineuse avancée au-dessus d'elle. Elle se coula contre le mur, se hissa vers une énième entaille, glissa et sauta vers une autre encoche. Depuis leurs premiers entraînements, son corps s'était habitué à l'effort. La course avait affiné ses muscles, le combat avait dédoublé ses sens puis ses réflexes et l'escalade avait développé les muscles de ses bras et de ses jambes. La peur du vide, de la douleur et de l'hésitation, avait laissé place à une nouvelle assurance.

La colère la nourrissait. Elle ne cessait de revoir le visage de ses parents, l'amour dans leurs regards. Elle revoyait les traits de sa mère, les mêmes que les siens. Prisonnière des souvenirs, Lina ne voulait vivre dans le futur que pour détruire l'homme qui lui avait tout pris et rétablir la paix d'un monde qui lui avait semblé si beau mais totalement inconnu.

Ren l'avait compris également. À peine posa-t-il le pied au sommet de la tour bordée d'un bastion crénelé, qu'il porta son attention sur son apprentie. Il avait ressenti un vif changement. Lina n'avait jamais semblé ni reculer ni hésiter et il ressentait sa détresse cachée derrière une épaisse couche de fierté et de rage. Il savait qu'elle pouvait à tout moment perdre le contrôle, une finalité que de trop nombreux élémentalistes avaient atteint pour se protéger de leurs sombres pensées.

La jeune fille atteignit enfin les remparts. Son regard bordé d'épais cils bruns se détourna aussitôt sur la ville. Au loin, le spectacle de lumières était plus grandiose encore. Artelia était piégée entre les montagnes Saline. Elle était également une étape obligatoire vers les contrées désertiques du Nord. Les apparitions qui jaillissaient au gré des maisons, des tourelles et des remparts, offraient l'impression subtile qu'un cœur coloré pompait au centre des rochers, cloisons qui empêchaient la citadelle d'être happée par des forces obscures.

– Tu t'es très bien débrouillée Lina.

– J'ai un compte à régler avec un Mage.

– Ne laisse pas la colère te dominer. Ni l'individualisme.

Son maître d'armes l'avait cernée depuis leur toute première rencontre. En entrant dans sa tête, il avait lu en elle comme dans un livre ouvert. Elle se montrait forte, sans faille, riait pour se donner contenance, était loyale, droite mais impulsive, en colère, souvent bornée et farouche, emportée plus par ses émotions que par la raison. Lina l'avait toujours su. C'était pourquoi elle se renfermait régulièrement sur elle-même, gardait des secrets enfouis afin de ne pas se révéler, être ouverte, cœur à vif jeté en pâture et qui ne pourrait être préservé. Lina avait peur du jugement.

Tandis que l'homme faisait siffler son épée dans les airs, elle eut un geste de recul. Sa main plaquée contre sa tempe, elle grimaça. Son crâne était de nouveau en proie aux attaques répétées des nuisibles. Elle les entendait cafouiller dans son esprit, démons de fumée qui empoisonnaient son être jour après jour.

– Lina, ça ne va pas ? demanda Ren en fronçant les sourcils.

– Tout va bien. Juste une migraine.

Lina ne désirait pas se montrer faible. Elle voulait progresser et partir à la conquête des territoires du Nord, la presqu'île maudite où ses parents l'avaient vue naître et étaient morts pour sa survie.

Ren n'attendit pas qu'elle se reprenne. Il attaqua de côté et Lina redressa son épée dans son dos. Les fers s'entrechoquèrent et la télépathe tourna sur elle-même pour faire jaillir une nouvelle fois l'acier dans les airs. Il para, la repoussa mais elle était prête. Sa lame frappa contre sa hanche droite et avant même qu'il ne contre, elle pencha la pointe de son épée vers le sol, remonta la poignée incrustée de pierres dans son dos et la fit voltiger vers son autre main pour atteindre Ren à gauche.

L'esprit de son maître empêcha le moindre mouvement supplémentaire. L'arme s'arrêta à quelques centimètres de la chair. Le combat se poursuivit mentalement. La morsure de la télépathie disparut et il reprit avec plus de force encore, attaquant de tous côtés, jouant de son pouvoir et de ses dons d'escrimeur pour anéantir la défense de la jeune femme.

Lina tentait de prendre le rythme, joutait et jetait son esprit une fois puis deux jusqu'à ce que l'épée de Ren vienne faire voler la sienne contre les dalles de la tourelle. Il redressa son arme mais Lina était prête. Son mental fusa aussitôt dans le sien. Avec une violence insoupçonnée, sans aucune rigueur. La télépathie fut propulsée tel un animal dont on aurait ouvert la cage. Fureur dévastatrice, impossible à canaliser ni à freiner. Elle s'aventura loin, trop, pour que Ren ne puisse contenir une telle faculté.

Ce fut soudain le noir, l'abyssal domaine des souvenirs, un maelstrom de couleurs, de planètes et d'astres, d'étoiles scintillantes, de cases à dévaliser. La télépathie s'engouffra vers une lumière, de manière instinctive, se détacha même du lien qui l'unissait à Lina telle une bête indépendante qui prenait soin de prendre le contrôle durant un temps. Tout comme le souvenir que la gardienne avait capté chez Sylvain, une image s'ouvrit devant ses yeux.

Lina était au-dessus d'une ville, sur une tour d'un palais qui planait dans les airs. En bas, le monde brûlait. La végétation se contorsionnait dans les flammes et des animaux semblables aux énormes mammouths qui prospéraient dans la forêt d'Artelia, faisaient trembler le sol de leur charge apeurée. Une immense bataille attira son attention. Des milliers de soldats étaient repoussés par une armée d'hommes en noirs. Elle eut un mouvement de recul mais à l'instant même elle se retrouva en bas, sur la terre calcinée, consommée par des centaines de pas. Ses pieds eux, s'enfoncèrent dans la boue. Au centre des combats elle entendait les cris et lamentations des guerriers touchés. Le sang giclait aux quatre coins de l'épouvantable scène de guerre et les hommes poussaient des râles bruyants. De toutes parts, le métal des épées se confrontait tandis qu'elle sentait peu à peu une odeur de mort rance et amère, lui conférer un étrange goût dans la bouche.

C'est à cet instant précis qu'elle sentit la température s'élever anormalement. Des explosions survinrent dans son paysage sonore et ses cheveux se dressèrent au-dessus de sa tête. Le spectacle sanglant se colora de rouge et charbon et son attention se focalisa aussitôt vers le camp qui avait l'air d'être également le sien.

Là, l'air venait de se charger d'électricité comme si l'atmosphère était composée de gaz. L'oxygène s'embrasa aussitôt. Un mur de flammes et d'éclairs s'éleva et dévora le champ de bataille consumant alliés comme ennemis. La vague de feu s'abattit bien trop vite sur Lina pour qu'elle ait le temps de courir. Elle n'eut que la force de hurler...

Ses paupières se soulevèrent subitement et son regard accrocha celui de Ren à quelques centimètres du sien. Elle voulut ouvrir la bouche, comprendre, s'excuser… rien ne vint.

— Le cours est terminé Lina.

La voix de Ren avait été dure, glaciale, détestablement sereine. Aucune marque de colère ne se dessinait sur son visage sculptural. Ses prunelles noires étaient absentes comme si Lina avait soudain affaire à un étranger. Sans un mot, il fila à l'intérieur de la tourelle et disparut dans l'escalier de colimaçon.

La jeune femme décontenancée savait avoir trahi la confiance de son maître. Mais au fond d'elle, la télépathie avait de nouveau repris sa place, presque fière d'avoir soulevé l'image devant ses yeux. Lina était pratiquement sûre que l'immense amas de flammes avait été créé par un être au centre du combat. Elle était également persuadée d'avoir vu Ren près de l'homme qui avait tué tout le monde…

30.

Claire et Lina étaient assises au-dessus de la vallée où orkievs et étranges herbivores paradaient dans une symbiose sublime. La télékinésiste fit tournoyer une mèche d'or le long de son doigt, braqua son regard azur sur le visage de son amie, le dévia vers le spectacle d'une sérénité incomparable sans pour autant qu'il n'arrive à restreindre son énergie indomptable.

– Lina, parle-moi. Je te jure que je vais finir par exploser si tu tires la gueule encore un seul jour !

La jeune télépathe repoussa sa queue de cheval dans son dos pour accorder un sourire tendre à son amie.

– Désolée. Entre la mort de mes parents, les voix qui ont fait de nouveau surface dans ma tête et... Ren qui ne me parle plus, j'ai l'impression qu'il y a vraiment quelque chose qui cloche chez moi.

Claire eut une moue dubitative avant de pousser un long soupir.

– Franchement, pourquoi je m'évertue à te demander en fait. Tu es déprimante !

Lina rit, la première fois depuis bien longtemps. Elle repoussa Claire d'une main et la jeune blonde redressa la sienne dans une ultime menace d'utiliser son don.

– Ren sait que nous ne sommes que novices. D'après ce que tu nous as dit sur ce souvenir, il semblait plutôt intime et surtout bien protégé. Il t'en parlera le moment venu. Il ne s'attendait sûrement pas à ce que tu arrives aussi facilement à te l'approprier... Ce qui est une bonne chose si on tourne le problème autrement...

– Tu trouves vraiment que l'insolence de ma télépathie est une bonne chose toi ?

– Arrête de parler de ton don comme d'un animal de compagnie. Je te jure que ça me fout les j'tons. Tu vas finir schizophrène à parler ainsi !

– Tu as très bien compris ce que je voulais dire Claire...

– Oui et moi je trouve plutôt qu'il devrait comprendre que tu n'as pas encore totalement le contrôle. Ta faculté a progressé Lina et plus encore, il devrait être le premier à savoir que deux esprits similaires peuvent des fois… déraper.

Les doigts de Lina se promenèrent instinctivement sur les quelques grains de beauté qui recouvraient son cou. Elle suivit le dessin d'un geste absent. Claire avait raison. Depuis leur tout premier exercice elle avait compris que Ren et elle étaient similaires, bien plus qu'il ne le montrait et n'osait sûrement l'accepter. Elle avait entrevu des traits de caractère qu'il cachait derrière une maturité accordée par dix années de plus. Mais elle était persuadée qu'à dix-sept ans, Ren avait été la reproduction exacte de ce qu'elle était aujourd'hui…

— Et si les voix continuent, il faudra que tu lui en parles. Sinon ce sera moi, lança Ryan dans leur dos.

Les deux jeunes femmes se retournèrent précipitamment tandis que le garçon s'avançait vers elles d'un pas assuré.

— Où est Sylvain ? demanda Claire.

— Dans la bibliothèque. Il cherche désespérément des informations sur Eline.

— Et il a raison. Je ferais mieux de lui donner un coup de main, s'exclama la jeune femme en sautant sur ses pieds.

D'une démarche chaloupée, elle fila au travers des grands pins.

— Arrête de ressasser Lina, on dirait la vieille peau de mon dernier quartier d'adoption.

— La vieille peau peut encore te botter les fesses ! Et en plus de ça, je ne savais pas que tu étais du genre à écouter aux portes !

— J'ai l'ouïe fine. Utile quand il faut surveiller quelqu'un comme toi et lui éviter de se retrouver dans de sales draps.

— Dis donc, t'es clairement doué pour ça.

— J'ai dit que je pouvais t'éviter, pas que je le voulais !

Ryan eut un rire pendant que Lina se levait avec l'envie irrépressible de faire taire l'arrogance du jeune homme. Pourtant, elle ne put s'empêcher de suivre son exemple.

— Tu as eu de la chance de rencontrer tes parents, reprit-il la mine sombre.

— Tu les imagines souvent les tiens ?

— Disons que j'ai une vague idée de comment mon père a pu séduire une femme telle que ma mère. Parce qu'il faut savoir qu'elle était réputée pour sa beauté remarquable quand mon père était plus un bourreau de travail, barbu et aigri.

— Et comment le sais-tu ?

— Il n'y a pas que Sylvain qui accorde un peu de respect aux livres de la bibliothèque jeune fille.

— Et comment penses-tu qu'il a conquis son cœur ? demanda Lina en arquant un sourcil curieux.

— Très simple, répondit-il en s'avançant vers elle.

Il enlaça sa taille d'un bras pendant que l'autre remontait vers la main de Lina. Ses doigts se mêlèrent aux siens.

— Il la fit danser toute une nuit. Les apparences sont trompeuses, il n'y a eu qu'elle pour le comprendre aussi vite, conta-t-il en faisant tournoyer la télépathe avant de la serrer de nouveau contre lui.

— Je ne savais pas que tu étais un romantique.

Lina huma le parfum du garçon et sentit un frisson courir le long de son échine. Le lien qui les unissait était fort, insubmersible et provenait sûrement de leurs origines communes. Ses joues rosirent. Elle était effrayée par les rapprochements possibles entre Ryan et elle. Plus encore lorsqu'il ne montrait aucune hésitation, aucun doute, aucune faille. Il la déstabilisait complètement.

— Je ne le suis pas. Je suis juste bon en danse, souffla-t-il au creux de son oreille avant de la renverser en arrière.

Il la redressa lentement telle une poupée de chiffon entre ses mains, un machiniste hors pair qui savait comment manipuler chaque ficelle entre ses doigts. Lorsque le visage de Lina se retrouva à quelques centimètres du sien, il sembla qu'une lueur nouvelle s'éveillait dans ses grands yeux verts. Il avait l'impression de la connaître depuis toujours… Il s'approcha plus encore, éveillé soudain par une envie brutale, désespérée. Lina ne recula pas. Si elle s'était montrée un instant, terrifiée, son cœur était sur le point d'exploser. Son rythme cardiaque s'accéléra et ses paupières se fermèrent…

Ce fut le cri déchirant de Claire qui les sépara brutalement d'un rêve inachevé…

31.

Ryan tourna les talons et dévala la pente aride de la falaise, suivi de près par Lina. Ils avaient ressenti la même peur : celle de Claire, à quelques centaines de mètres en contrebas.

La télékinésiste était à terre, au centre d'un amoncellement de végétaux qui la recouvraient entièrement. Elle repoussa les branches et les feuilles, secoua sa longue crinière blonde et lorsque son visage se tourna vers ses amis, ils y lurent la peur.

— Claire, qu'est-ce qui s'est passé ?! Est-ce que tu vas bien ? s'exclama Lina.

— Vos épées ! hurla Ryan.

La terre trembla tandis qu'au loin une épaisse vague de fumée noire s'engouffrait entre les troncs et dévalait aux quatre coins de leur environnement pour s'abattre sur eux. Ils se retrouvèrent dans le noir le plus complet, une chimère indétectable. Les sons de la forêt s'évanouirent aussitôt et seules les voix qui traumatisaient l'esprit de Lina furent encore audibles.

Claire hurla de nouveau. Lina eut à peine le temps de tourner sa tête vers elle que son amie fut enserrée par un bras squelettique et tirée en arrière. Elle disparut dans le brouillard.

Ryan fonça aussitôt dans sa direction et disparut également. Avant même que Lina ne suive son exemple, une horde d'animaux menaçants s'avança vers elle. Les bêtes avaient le même corps que celui des loups. Cependant leurs poils noirs et rouges étaient hérissés autour de pics menaçants. Des prolongations de leur squelette crevaient la mince couche de peau sur leur dos. Deux grandes dents sortaient de leurs gueules affamées et leurs yeux reflétaient la même couleur que celle du sang… Les bêtes étaient nombreuses et avançaient en grondant, laissant couler de leurs babines des filets de bave dont l'acidité brûlait les feuilles à leurs pattes.

Elles rugirent et chargèrent vers Lina. Celle-ci ne réfléchit pas. Son esprit se jeta en dehors de sa cage de neurones. Elle le propulsa dans le crâne de la première bête puis dans celui de la seconde, les heurtant de plein fouet, brisant ainsi les cerveaux.

D'autres avancèrent et la gardienne répéta ses attaques mais sur sa droite une ombre surgit. Elle dressa ses bras pour se protéger de l'assaut mais au moment où l'animal arrivait sur elle, le médaillon autour de son cou vibra et un large dôme lumineux se souleva dans les airs. Le loup squelettique rebondit sur la surface éclatante et la protection de lumière disparut aussi vite qu'elle était apparue.

Lina reportait son attention sur les créatures qui surgissaient de l'ombre lorsqu'une multitude de silhouettes se découpèrent au centre des monstres. Sylvain venait de faire apparaître une dizaine de clones et les loups bondirent sur les doublures pour déchirer les membres et crever la chair de leur large gueule sertie de poignards nacrés.

— Lina, ça va ?!

Le véritable Sylvain déposa une main sur son épaule.

— Oui je crois, je… le médaillon, il m'a protégée !

— On verra ça plus tard, où sont Claire et Ryan ?

— Je… je ne sais pas…

Lina tourna son regard vers l'endroit où leurs deux amis avaient disparu et ils fuirent aussitôt les bêtes, toujours désireuses de briser les clones avant de rattraper leurs futurs repas.

Ils n'eurent que quelques mètres à faire pour rejoindre les deux gardiens, encerclés par une armée de squelettes dont les capes noires étaient trouées à divers endroits. Ryan, son épée en main, repoussait les assaillants. Claire propulsait les cadavres dans les airs mais les rangs se restructuraient sans interruption.

Lina projeta son esprit dans celui d'un premier mort-vivant mais rien ne se produisit. Il n'y avait aucun cerveau, aucun point d'impact. Elle comprit pourquoi Ryan ne pouvait pas non plus les repousser grâce aux illusions. Démunie, elle fit surgir son épée de son dos et trancha un premier crâne. Elle la leva de nouveau mais au même moment une main attrapa son poignet. Un froid terrible la saisit mais elle se retourna et fit jaillir son poing contre la mâchoire désarticulée. Elle se rapprocha rapidement de Ryan et Claire.

Sylvain lui, s'était multiplié une dixième fois. Malgré ça, les squelettes étaient de plus en plus nombreux. Ils les prenaient à partie afin de les séparer. Au fur et à mesure de leur combat qui ne semblait se finir, les gardiens se rendaient compte que les êtres démembrés faisaient tout pour qu'ils ne combattent pas ensemble.

Les loups en profitèrent pour faire leur entrée. Ils se jetèrent sur les nombreux Sylvain. Soudain, les clones disparurent l'un après l'autre. Lina brisa un plexus et se retourna. Sylvain était à genoux, contre Ryan. Lui était à terre. Le sang dégoulinait abondamment sur son torse.

– Claire, protège-les ! hurla Lina dont les trémolos dans la voix l'empêchaient de garder courage.

Elle fondit sur la masse d'êtres squelettiques qui approchaient de ses compagnons et glissa sur le sol pour atteindre Ryan. Sylvain se redressa et fit apparaître de nouveaux clones. Malheureusement, il était dans un tel état de choc que les mirages disparaissaient trop vite, n'étaient plus coordonnés, s'évanouissaient avant même un dernier coup fatal.

— Je… je ne sens rien Lina…

— Tais-toi je t'en supplie, tais-toi on va s'en sortir, Enndra va arriver, les gardes et…

— Va les aider, souffla Ryan en grimaçant.

Soudain, les loups sautèrent d'un commun accord sur Claire et l'ensevelirent sous leur corps. Les squelettes encerclèrent Sylvain, résolus à tuer le gardien.

Lina était perdue. Des larmes effrayées roulèrent sur ses joues et elle ferma les yeux. Aussitôt elle ressentit tout : leur peur, la douleur, leur détresse, la défaite qui se profilait et qui anéantirait tous les espoirs de Glène. La colère gronda, se souleva dans sa cage thoracique et son pouvoir s'élança hors du temps. Pendant quelques secondes rien ne se produisit mais l'instant d'après la terre trembla. Dans son dos, les mammouths et orkievs émergèrent sur la terre sèche et dans les airs, pour répondre à l'appel de détresse que Lina avait propagé en une fraction de seconde. Les monstres de plusieurs mètres de hauteur et dont la toison épaisse semblait renforcer une chair-carapace, écrasèrent sur leur passage les squelettes. Les loups firent demi-tour mais les orkievs les attrapèrent de leurs serres pour les projeter contre les arbres.

Lina avança, incapable de faire face au corps de Claire quelques mètres plus loin, tout comme celui de Ryan en train de se vider de son sang.

Son esprit se profila dans l'esprit de Ryan et elle capta son don. Elle le fit jaillir. Une mer de feu irréelle illumina l'espace et les derniers assaillants fuirent. La colère la rendait plus forte. Elle ne ressentait plus aucune limite.

La fournaise disparut aussi vite qu'elle était apparue. Le soleil creva l'atmosphère d'ombre et, tremblante, la télépathe s'agenouilla. Ce qu'elle vit ne fut pas un homme sur le point de mourir ni son amie déchiquetée par les loups.

Ce fut leurs maîtres d'armes Aïto et Enndra, droits sur leurs jambes, la désapprobation marquée sur leurs visages…

32.

– Vous n'êtes pas prêts, loin de là ! C'est un désastre monumental, rugit Enndra.

Les quatre gardiens se tenaient perplexes face au roi. Sur le chemin les conduisant à son bureau, ils avaient eu le temps de comprendre qu'ils s'étaient laissés duper par le maître illusionniste pour leur faire passer un véritable test hors du commun. Rien n'avait été réel. Seul Ryan avait compris le subterfuge de son mentor lorsqu'il n'avait pas ressenti la violente douleur du coup qu'on lui avait porté. Il avait préféré se taire pour ne pas perturber l'essai. Ce qui n'empêchait pas qu'ils étaient tous révoltés.

— Vous nous avez fait croire que nous étions attaqués pour nous tester ?! gronda Claire hors d'elle.

— Et vous avez failli à la tâche !

— Vous vous foutez de moi ?! Nous avons fait ce que nous pouvions, nous n'étions pas préparés, nous…

— Pas préparés ?! Pensez-vous réellement que lorsque les Mages et les Mulhans ont décidé d'envahir les Quatre Lieux nous étions prêts ?! Vous avez agi comme des imbéciles !

— Enndra calme-toi, lui conseilla Aïto.

Le roi se tint droit. Son menton s'affaissa et il porta sa main à son front.

— Je suis désolé de m'emporter ainsi, je… vous êtes notre seule chance…

— Vous n'avez pas su travailler ensemble, fit observer Aïto navré.

— Vous vous êtes laissés séparer à chaque fois. Lina tu aurais dû protéger Ryan tout comme Sylvain vis à vis de Claire mais vous n'avez pas compris l'importance d'une équipe. Ainsi Ryan et Claire se sont fait tuer par manque de solidarité et d'organisation. Heureusement que la pierre de Lina a révélé un fabuleux don de protection sans lequel, elle aurait fini dans le même état, s'emporta Enndra.

— Vous avez un potentiel hors normes mais séparés, vos faiblesses et votre manque d'expérience ressortent bien plus qu'en travaillant ensemble. Vous auriez dû depuis longtemps comprendre le lien qui vous unissait, convint Ren sans consentir à regarder Lina.

La jeune télépathe serra la mâchoire. Elle avait toujours eu horreur des réprimandes.

— Alors faites-nous recommencer, avec de l'entraînement nous pourrions… débuta Lina avant d'être coupée par Enndra.

— Malheureusement nous ne pouvons pas attendre. Un message nous est parvenu. Des Mulhans se regroupent partout en Terres Exilées. Vous n'êtes pas prêts mais restez notre seul espoir. Dans quelques jours vous devrez partir.

Lina frémit. Elle repensait aux dernières mises en garde de Lix.

— Dans quelques jours ?! Mais…

— Vous feriez mieux d'aller vous reposer. Vos prochains cours risquent d'être plus intenses encore, la coupa Aïto.

Aucun des quatre gardiens n'eut rien à redire. Ryan gronda et c'est suivi de Sylvain, Claire et Lina, qu'il franchit la porte du bureau d'un air renfrogné.

Enndra se tourna vers Ren.

— Y a-t-il un problème avec Lina ?

— Elle est… indomptable. Têtue. Elle n'écoute pas mes recommandations et fait des erreurs qui n'ont pas lieu d'être, elle…

— Elle était comme toi lorsque tu étais plus jeune. C'est tout le problème. Mets de la distance Ren. Je connais moins bien que toi la caste des télépathes mais je sais également que vous êtes les seuls à pouvoir vous comprendre et… vous induire en erreur.

Ren examina le visage d'Enndra. Plus jeune, il lui avait confié que la seule présence d'un vrai télépathe avait éveillé chez lui un attachement disproportionné, un besoin de s'y accrocher comme si leurs esprits connectés formaient un pont qu'aucune autre personne de leur entourage ne pouvait traverser. Il avait souvent mis de la distance avec son apprentie mais savait qu'elle était allée trop loin jusqu'à déposer son empreinte dans sa tête. Un endroit où rien ne disparaissait jamais véritablement.

— Elle a réussi à me dérober un souvenir. Celui de Jacob et moi lors de notre combat sur les terres d'Argan.

— Et je pense que pour faire cesser le test, elle a laissé sa colère contrôler son don plutôt que la raison. Il va falloir être plus attentif avec elle qu'avec n'importe quel autre gardien. Tu sais très bien que la prophétie se réalisera qu'on le veuille ou non. Il est donc nécessaire de retarder l'inévitable, poursuivit Aïto.

— Je le sais bien. Mais il y a peut-être une solution, une alternative que je ne veux envisager mais qui peut être utilisée en cas d'ultime recours s'il s'avérait qu'elle… se consume.

— Espérons alors que tu sauras la protéger assez pour que l'inévitable ne se produise pas.

Ren aquiesça. Ils avaient tous peur de l'avenir. Plus encore pour celui de la télépathe…

33.

Les voix hurlèrent dans son esprit et les paupières de Lina, malgré un lourd sommeil, s'ouvrirent aussitôt. À ses côtés Claire dormait encore, éreintée par le test passé. Ryan et Sylvain étaient également présents dans la pièce. Honteux, anéantis, ils avaient préféré rester ensemble cette nuit.

Lina grimaça. La douleur n'avait jamais été aussi vive. Les grésillements s'avivèrent, ravagèrent les couloirs obscurs de son esprit, mordirent dans les vaisseaux sanguins, rompirent le contact entre cerveau et oxygène. Elles obscurcirent son mental et les rêves hasardeux qui avaient pullulé un temps dans sa mémoire. Elles s'élevèrent plus encore dans les filaments des souvenirs et du contrôle physique.

L'âme hurla pour s'en sortir. Elle vibra sous la pression. La brûlure des attaques brava sa température interne habituelle et stimula des contractions invisibles. Le combat mental était bruyant, destructeur. Lina comprit que les voix provenaient de l'extérieur depuis tout ce temps, que quelque chose ou quelqu'un tentait de la contrôler et de réduire son système nerveux à un simple automate prêt à agir sous une dictature inconnue.

Lina se redressa, le regard empli d'une conviction ardente, mortelle, terriblement hypnotique. Elle souffrait intérieurement mais savait qu'elle devait fuir, partir loin de ses amis à qui elle pouvait inconsciemment faire du mal. Sa télépathie combattait mais si elle perdait le contrôle, elle ne savait pas quels dégâts elle pouvait causer. Sans un bruit, elle se leva dans l'obscurité de sa chambre, se dirigea vers le parc et courut vers la forêt encerclée par les montagnes Saline. Des éclairs furieux roulèrent sous ses paupières closes, les barrières de son mental anesthésiées. Les voix tentaient de la faire obéir afin que son instinct animal soit le seul rescapé de cette longue agonie.

Les intrus hurlèrent soudain et elle ressentit comme des dizaines de crocs mordre ses neurones. Elle poussa un cri et s'affaissa à genoux. Lina sentait l'appel que les voix opéraient dans son cerveau sans pouvoir les en empêcher. Son corps se crispa puis se contracta entièrement. Ses mains se plaquèrent contre son crâne sur le point d'imploser.

— Lina, j'ai entendu tes appels à l'aide, qu'est-ce qu'il y a ?! Laisse-moi entrer, s'exclama Ren qui venait d'arriver en courant.

— Non, ce n'est pas moi c'est…

Un nouveau râle de douleur la fit taire. Ren fit un pas vers elle, son visage transformé par la peur mais Lina dressa une main pour l'empêcher d'avancer.

— C'est à toi qu'elles en veulent, je ne vais pas réussir à les contenir, sauve-toi…

Ren fit pourtant une terrible erreur. Son esprit filtra au travers de ses défenses et se rendit dans le cerveau de son apprentie. Ce fut le dernier geste qui empêcha la jeune femme de contenir son pouvoir, prisonnier d'une machination externe. Elle hurla et soudain Ren fut propulsé contre un arbre. Lina supplia tandis que les larmes ruisselaient sur ses joues. Tout à coup des flammes surgirent et traversèrent l'espace qui les séparait pour atteindre l'homme. Ren eut juste le temps de sauter sur le côté. Une vague de feu déferla sur l'arbre derrière lui et le consuma aussitôt. Ren, sans attendre, lança de nouveau son esprit à l'assaut.

Lina fut propulsée au sol. Claire accourait et, devant la difficulté du maître d'armes, avait agi aussi rapidement que possible.

— Je la tiens Ren, fais vite !

L'homme s'élança vers sa protégée. Il se positionna au-dessus d'elle et agrippa son visage entre ses mains.

— Ça va aller Lina…

Lentement mais sûrement, elle ressentit son don surgir en elle. L'impression fut bien différente des précédentes fois où ils avaient travaillé ensemble. Il s'ouvrit entièrement. Sa télépathie courut dans son être pour en faire sortir les voix, balayer les démons, détruire ce qui s'accrochait telles des sangsues le long des connexions mentales. Il n'y avait plus aucune barrière, plus aucun secret, elle entrevoyait tout de lui. Et le souvenir réapparut…

Lina se trouvait de nouveau sur le champ de bataille qu'elle avait quitté lors de sa dernière incursion dans les souvenirs de Ren. Au coeur des combats, les cadavres coulaient dans la boue. Les cuirasses tordues et brisées formaient des colonnes d'aciers entre les rangs des deux camps. Ren tenait fermement les bras d'un homme dont les membres étaient incandescents. Une douce lumière blanchâtre s'élevait le long de son buste pour remonter vers son visage.

— Tiens bon je t'en supplie, je peux t'aider, je, haleta le maître d'armes.

— C'est trop tard Ren.

L'homme chétif à la chevelure rousse retint un cri de douleur avant de reprendre difficilement :

— Ils sont trop nombreux, je ne vais pas pouvoir contenir tous ces…

— Tu n'as pas le droit d'abandonner, la prophétie sur les télépathes n'est qu'une légende, elle…

— Je suis désolé Ren, j'ai essayé.

L'homme ouvrit la bouche et un hurlement de détresse s'échappa de ses lèvres grandes ouvertes. La lumière blanche imprégna son corps. Il ne restait plus de l'homme qu'une immense émanation de lumière à la forme humanoïde. Ren se redressa et se détourna, le visage maculé de sang, de douleur, d'horreur.

— Repliez-vous ! hurla-t-il tandis qu'il courait en contre-sens.

Lina connaissait la suite : le mur de feu, les éclairs zébrant le ciel, la mort partout.

Ses paupières s'ouvrirent. Ren était là, au-dessus d'elle ainsi que Claire.

— Pourquoi tu ne m'as rien dit ? réussit-elle à articuler.

Ren avait l'air anéanti. La fatigue était insurmontable et son apprentie sombra aussitôt dans un lourd coma.

34.

Lina baignait de sueur et jeta des regards frénétiques autour d'elle. Elle reconnut l'infirmerie par la vétusté de la pièce, les murs recouverts de blanc et les ouvertures contre le mur, en forme de hublots. C'est Ryan qu'elle vit le premier, penché vers elle, lui et ses grands yeux verts. Ses lèvres tremblèrent légèrement au moment où il la prit dans ses bras. Elle respira lentement cette odeur si familière qui lui rappelait une amitié chargée de souvenirs anéantis par les récents évènements. Face aux trois adolescents présents, elle sentit la honte se peindre sur chaque parcelle de son visage. Elle remonta ses genoux contre son corps et y appuya son menton dans une dernière attitude d'auto-défense.

Etrangement, elle remarqua qu'elle se sentait plus légère. Les voix avaient entièrement disparu.

– J'aurais dû parler des voix à Ren, dit Ryan d'une voix chargée de culpabilité.

– Nous aurions tous dû le faire, lui accorda Sylvain en posant sa main sur la paume de Lina.

– Racontez-moi, demanda la télépathe alors que Claire remettait une de ses mèches brunes derrière son oreille d'un geste tendre et affectueux.

– Enndra attendait que tu te réveilles pour ça.

Lina imaginait ses souvenirs résorbés, des fractions de mémoires rafistolées qui auraient pu l'aider à se reconstruire. Mais ici, on ne soignait que les maux physiques. Rien dans l'état mental ne semblait assez important pour exécuter une performance inouïe.

La poignée de la porte tourna doucement. Lina put apercevoir Ren l'espace d'une seconde, le visage sombre, en pleine discussion avec Aïto.

Elle avait envie de courir vers lui mais elle n'en avait pas la force. À la place, elle suivit du regard Enndra qui s'assit sur une chaise en face d'elle. Un silence pesant envahit l'atmosphère puis il ouvrit la bouche, calme comme à son habitude.

– Je suis désolé Lina. Je me répands en excuses bien trop souvent avec vous mais il clair que je n'ai pas su voir plus loin que le bout de mon nez. J'ai été si concentré sur votre entraînement et votre départ que j'ai oublié que vous étiez totalement étrangers à ce monde et à ses dangers. J'ai voulu mettre de la distance pour vous préserver et peut-être en faire de même pour moi. Je n'aurais pas dû. Dorénavant, je serai plus présent pour chacun d'entre vous.

Lina fut surprise par le ton d'Enndra, par la capacité d'un homme d'une telle prestance mais à l'autorité indétrônable, à rester humble et d'une honnêteté à toute épreuve.

Il y eut une seconde de flottement puis il reprit :

– Ce que tu as vécu, tout le monde aurait pu le vivre. Tu as sûrement été en contact avec un Mulhan. Certains d'entre eux, les plus proches des Mages, ont de terribles pouvoirs. Comme celui de contrôler des personnes grâce à des sectes. Séparés, ses membres ne sont pas dangereux. Ensemble, ils sont de véritables parasites dont la persistance est leur plus grand atout.

– J'ai été possédée ? demanda Lina les yeux ronds.

– C'est cela… Ton pouvoir est certes puissant mais répond aux instructions de l'esprit. Les Mulhans l'ont bien compris et utilisent leur chant pour contrôler cet espace proche du libre arbitre.

– Je m'en veux tellement… J'aurais dû contrer les voix mais je m'en suis sentie incapable. J'aurais pu tuer encore d'autres personnes. Claire et les autres ainsi que Ren…

– Malheureusement j'en doute. Tu es tombée au mauvais endroit au mauvais moment ! Il faut que tu comprennes que les voix ont dû travailler sur ton esprit depuis un long moment. Contrôler la pensée et de plus, celle d'une télépathe, relève d'un véritable défi. Ils ont essayé de t'affaiblir par tous les moyens pour réussir leurs sombres desseins. Sache qu'il leur sera extrêmement difficile voire impossible de recommencer car ce simple exercice d'affaiblissement de l'esprit d'un hôte peut bien leur coûter la vie. S'ils ont tenté de t'affaiblir c'est qu'ils savent sûrement que tu vas leur causer beaucoup d'ennuis…

– Depuis des jours je sens des grésillements qui paralysent mon cerveau. Au début ils étaient légers. À la fin, ils étaient si présents que j'avais dû mal à réfléchir. Aujourd'hui, ils ont totalement disparu…

– Ren a su refermer la brèche qu'ils avaient lentement ouverte dans ton esprit. Lorsque les Mulhans pénètrent l'esprit d'une personne, ils créent comme une fissure. Grâce à cet interstice, ils peuvent continuer leur sale besogne. C'est ainsi que chaque jour, ils ont tenté d'affaiblir tes pensées pour se frayer un chemin. Mais tu aurais dû nous en parler. Il faut savoir tout de même que ton entraînement avec Ren devrait te permettre d'avoir d'excellentes protections mentales.

– Ce qui signifie qu'ils ont compris qui j'étais. Ce n'est pas un hasard n'est-ce pas ?

– Malheureusement non. Ils ont senti ton pouvoir, ils savent qui tu es. Ils ont pu t'approcher n'importe où que ce soit à Rhurnes ou Artelia et déposer leur marque. Ils ont dû profiter d'un instant de faiblesse pour commencer à creuser.

– Sache Lina, que ça aurait pu arriver à n'importe lequel d'entre nous. La seule différence c'est qu'il semblerait que ton don pouvait tous nous tuer dans notre sommeil, souligna Ryan.

– Mais j'entendais des voix bien avant d'arriver à Glène, souligna Lina.

– Je doute que nous parlions des mêmes. Je pense plutôt que celles qui envahissaient ton esprit à l'époque n'étaient que ta télépathie qui tentait de ressurgir, élucida Enndra.

La jeune fille hocha la tête. Si avant les voix ne faisaient qu'un avec elle, celles-ci étaient plus violentes, noires, imprévisibles et trop douloureuses pour réussir à vivre avec.

– Et j'imagine qu'il y a aussi une explication sur le comment Lina a pu produire des flammes ?! jeta Ryan en haussant un sourcil.

– Il est vrai que normalement, les dons capturés ne peuvent être utilisés que pendant une très courte période. Peut-être que les voix ont tellement détraqué le tien, qu'il a pu emmagasiner ce pouvoir précieux inconsciemment de ta volonté. Tu as forcément dû être en contact avec un pyromane. Ton esprit à l'époque, se jouait de ton contrôle. Il est fort probable qu'il ait capté le don, l'ai gardé en lui et… l'ai utilisé aujourd'hui avec l'aide des voix…

– Fort probable ? articula Lina.

– Je te l'ait dit, je suis loin d'être spécialiste en télépathie. Ren est d'une grande aide mais n'est pas comme toi. Les dons rares ont des secrets que peu ont su dévoiler.

La jeune fille resta coite un instant. Elle n'imaginait pas les surprises que pouvaient lui révéler sa télépathie.

— Ren va bien ? demanda Lina.

— Il est parti vers le lac et t'attend. Je pense que vous devriez tous les deux avoir une discussion.

Enndra se tut mais Lina avait su lire les insinuations dans sa voix. Plus que l'attaque qu'il avait subie, Ren lui avait probablement parlé de ce qui s'était produit en entrant dans sa tête. Elle frémit d'appréhension…

— Pourquoi se sont-elles attaquées à lui ? Il était clairement visé.

— Parce qu'elles ont compris que Ren est un atout majeur dans ta formation. Et que deux télépathes peuvent leur causer beaucoup de dégâts…

Claire fronça les sourcils au moment même où Sylvain braquait son regard vers le sien. Ryan ressentait également leurs soupçons. Si Enndra avait été franc jusque-là, ils avaient tous les quatre compris en un instant que ses dernières paroles étaient loin de la vérité…

35.

— Ren !

À sa vue, Lina courut aussitôt dans ses bras. Elle sentait leurs esprits parfaitement connectés. L'ouverture de leurs deux êtres avait créé une brèche, un lien immuable. Il se recula et prit son visage entre ses deux mains. Il avait rasé sa barbe. Ses cheveux noirs répondaient à la couleur de ses pupilles dilatées qui ne cessaient de la scruter.

— Il faut qu'on parle Lina.

— Je vais mourir n'est-ce pas ?

Ren tint bon devant son visage résolu. Lina n'avait pas eu le temps d'absorber l'information ni d'y faire face. Elle n'avait tout simplement rien compris. Elle savait juste qu'une terrible prophétie sur les siens existait et qu'elle avait un à un détruit ses semblables.

— Non Lina. Pas si nous travaillons pour que ça n'arrive pas. Je n'ai pas été honnête avec toi. J'essaie tant bien que mal de t'exercer au contrôle de ton don, de t'obliger à le manier avec intelligence, non pas avec tes sentiments. Peu ont réussi. Ils se sont laissés submerger par leur pouvoir, par la violence de leur colère, de leur haine mais tu es différente. Tu es l'héritière d'un élément, de Lix, des anciens rois et reines de Thélia. Tu nous as : Sylvain, Claire, Ryan et moi.

— Mais la prophétie n'a jamais été contrée jusqu'à présent, souffla la jeune femme terrassée par la nouvelle.

— Non, répondit Ren d'un ton macabre.

— Donc il va falloir travailler plus encore. Partir plus rapidement. Sauver les Quatre Lieux avant qu'une tragédie n'arrive. Et ne pas en parler à Sylvain, Claire et Ryan.

Lina semblait résolue et n'avait aucune envie d'affronter la nouvelle. Elle ne voulait pas y songer ni se décourager. Alors qu'une violente douleur pouvait terrasser les gens, Lina elle, cachait tout dans une boîte au fond de ses pensées, enfouissait tout ce qui pouvait lui faire du mal ou la rendre faible. Elle savait plus encore que si elle tombait, c'était le château de cartes tout entier qui s'écroulerait.

— Tu peux prendre ton temps Lina, te reposer et…

— Non Ren ! Mes parents sont morts pour leur terre, le monde souffre, mes amis ont besoin d'avancer ! Ne me parle plus de cette foutue prophétie, entraîne-moi c'est tout, gronda la jeune femme, les larmes montant progressivement au travers de ses épais cils bruns.

Ren hocha la tête. Il comprenait mieux que quiconque. Il fit demi-tour et partit vers la forêt.

Ils arrivèrent derrière le pic rocheux et elle jeta un coup d'œil autour d'elle.

— Vas-y avance…

D'une voix calme, il tenta d'apaiser sa curiosité. Elle prit une longue gorgée d'air et se tint sur ses gardes, l'épée serrée au creux de sa paume. Il ne fallut pas longtemps pour que la créature se dévoile. Homme-reptile à la peau rougeoyante, sa queue écailleuse brassait l'air d'une force édifiante. Son corps ressemblait à celui d'un caméléon. Deux billes noires saisissantes crevaient un visage hérissé d'une carapace étrange. Les écailles titanesques semblaient avoir été disposées par un enfant de cinq ans à qui on aurait laissé un tube de colle.

Lorsqu'il aperçut la jeune fille, il se mit sur ses quatre pattes et fonça droit sur elle à une vitesse fulgurante. Lina abaissa son épée qui traça une plaie sur sa queue. La bête tourna vers elle des yeux emplis d'un noir bouillonnant et reprit son attaque. De sa queue il percuta la jeune fille au ventre et la fit valser contre un arbre. Elle lâcha son arme et se releva rapidement pour envoyer son esprit dans celui de la créature mais… impossible d'y pénétrer ! Son cerveau était comme une énorme masse visqueuse…

Intriguée, elle se ressaisit rapidement mais la bête s'était fondue dans le décor qui les entourait. Lina récupéra lentement son épée et se mit en garde, ses yeux cisaillant son environnement.

Elle lança son esprit aux quatre coins de l'espace et les sons se précisèrent. Elle perçut rapidement le coup qu'allait lui assener la bête derrière elle et se baissa pour l'éviter. Elle balança son pied vers la mâchoire de l'animal et sa lame virevolta, essayant de toucher le monstre qui la para irrémédiablement. Elle tourna sur elle-même pour éviter une attaque et alors qu'elle balançait son pied en avant, elle glissa sur le sol humide. Le caméléon se positionna au-dessus d'elle et de ses griffes lui entailla l'épaule. Elle retint un cri de douleur. Un liquide chaud se répandit sur ses vêtements. Elle empoigna à la hâte son épée et transperça le ventre du monstre qui allait lui assener un nouveau coup au visage. Le reptile recula. Son sang vert se répandit au sol et avec un cri inhumain, il disparut une dernière fois.

Lina posa une main sur son épaule et se mit à genoux. Ren courut vers elle. Là, au point de contact, trois sillons en forme de griffe luisaient, sanguinolentes.

— On va soigner ça ne t'inquiète pas… Tu t'es très bien débrouillée…

— Comment se fait-il que je n'aie pas pu utiliser mon pouvoir sur cet animal ? C'était quoi en plus ce truc ?

— C'est un camalius, un cousin de la race des caméléons. La télépathie est inutile face à un esprit fait de pierres. D'autres personnes, rarissimes dans notre monde, ont également le pouvoir d'annihiler les dons des autres.

— Ce qui signifie que certains Mulhans pourraient se protéger de la télépathie ?

— Exactement. Ils détruisent la majorité des pouvoirs qui peuvent pénétrer l'esprit. La télépathie est généralement leur première motivation pour utiliser leur don.

Lina fronça les sourcils et se redressa en grimaçant.

— Je fais une piètre gardienne.

— Tu es bien plus que je n'aurais jamais pu l'imaginer Lina. Vous comprendrez au fur et à mesure de votre parcours l'étendue de vos pouvoirs et du lien qui vous unit.

À peine avait-il parlé qu'il se tut, absent. Lina attendit plusieurs secondes face à lui. Un message provenant de centaines de mètres plus loin venait de lui être délivré.

— C'est Enndra. Il a reçu de mauvaises nouvelles. Vous partirez dès demain.

Lina se concentra pour ne pas se laisser submerger par tout ce qui lui était arrivé dernièrement. Si elle laissait ces évènements la consumer, elle perdrait pied instantanément. L'annonce du départ était ce qui devait compter plus que tout.

— Merci Ren. D'être toujours présent malgré…

— Malgré tes bourdes exceptionnelles ?

— Tu m'as comprise !

— Plus que n'importe qui jeune fille, dit-il tandis qu'un sourire sarcastique se dessinait sur ses lèvres. Va arranger ton épaule, profite de tes derniers instants à Artelia, ceci était notre dernier cours…

Si l'annonce de leur départ aurait dû la tétaniser de peur, Lina sentit le frisson de l'excitation l'enivrer subitement. L'épée de Damoclès qu'elle portait au-dessus de la tête n'allait pas ternir ses ambitions et c'est en courant qu'elle rejoignit le palais pour annoncer la nouvelle aux autres gardiens…

36.

Une heure après avoir annoncé la grande nouvelle, Lina courut vers l'allée de hêtres qui faisait la liaison avec le centre-ville. Au travers des ruelles pavées, Lina chercha Chris. Il n'était pas chez lui et elle avait consenti à utiliser son don pour le localiser.

Echouée au milieu des tavernes traditionnelles, une carcasse d'avion éventrée laissait filtrer des rires et éclats de voix par dizaine. Bouche bée, l'héritière de Thélia se laissa entraîner dans l'antre de la carlingue pour apercevoir son ami présent sur une banquette accessoirisée de dessins colorés, un verre en main. Des bougies faisaient danser leur lueur sur l'éventail de symboles qui représentaient des instructions sécuritaires. Elle s'assit aussitôt face à lui et le coupa avant même qu'il ne puisse ouvrir la bouche.

– Chris, je suis contente de te voir.

– Comment m'as-tu trouvé ici ? demanda-t-il surpris par la vision de la jeune femme face à lui.

– Là n'est pas la question. Il faut… il faut que je parte Chris.

– Mais tu viens juste d'arriver !

– Non, tu ne comprends pas… Je veux dire que je vais partir d'Artelia.

– Tu retournes à Rhurnes ? Je viens avec toi ! s'exclama le jeune homme.

– Non Chris je… c'est une longue histoire, je ne peux pas t'en dire plus, je suis désolée. Je voulais te dire au revoir… Je n'aurais pas dû venir mais je trouvais ça mieux que de disparaître sans te donner d'explications.

– Parce que tu trouves que ce sont des explications ?

– Je suis désolée, dit-elle d'une voix à peine audible.

Lina n'avait jamais aimé les au revoir. Elle en avait trop subi entre son père puis Jeremy, son frère. Mais Chris ne serait pas non plus le dernier sur la liste.

Le jeune homme était affligé et elle se sentit lâche. Elle tourna les talons. La vision peinée de son ami lui rendait la tâche trop difficile. Elle fila vers la sortie, dévora les quelques marches pour se retrouver dans la rue illuminée par de grosses lanternes mais ne put avancer davantage. Elle sentait la présence de Chris dans son dos.

— Tu n'as pas le droit de me laisser ainsi sans explication Lina ! Tu sais très bien que je pourrais t'aider. Je peux me téléporter, tu as oublié ?!

— Je ne crois pas qu'un élémentaliste serait vu d'un bon œil là où je vais.

— Donc c'est ça. Toi aussi tu t'y mets ? À faire la guerre aux élémentalistes ? À leur reprocher la guerre qui a éclaté à Glène, c'est ça ?! Je te croyais plus intelligente.

Lina fronça les sourcils, peu sûre de comprendre. Pourtant, elle imaginait facilement que les querelles politiques de son ancien monde pouvaient être transposées dans celui-ci au détail près, que les guerres de genre étaient ici, entre élémentalistes et non-élémentalistes.

— Absolument pas Chris. Mais j'ai besoin de me débrouiller seule.

Le visage du jeune homme se mua dans le silence. Elle s'approcha de lui et sans un mot, le prit dans ses bras. Malgré l'annonce de son départ et les secrets enfouis, il accepta son étreinte tel un dernier adieu déchirant…

*

La culpabilité rongeait l'esprit de Lina. C'était trop. Elle avait tout encaissé sans dire un mot, avait cru pouvoir faire face à tous les évènements qui avaient suivi son arrivée à Artelia mais elle se sentait plus seule que jamais. Elle poussa la porte de sa chambre, les larmes aux yeux et aperçut Ryan. Face à la fenêtre, le jeune homme détourna ses larges épaules face à elle. Son regard d'un vert intense suivit les contours de ses traits et c'est sans un mot qu'il s'avança vers elle pour la prendre dans ses bras.

Lina s'y blottit aussitôt. Elle s'y sentait en sécurité. Ryan s'était ouvert progressivement aux trois gardiens mais pour elle, c'était bien le contraire. Les lourds secrets s'accumulaient et la dévoraient de l'intérieur. Elle repensait à la prophétie injuste, celle qui allait probablement lui retirer tout ce qu'elle avait toujours désiré. Les larmes glissèrent sur ses joues tandis qu'il attendait sans un mot.

Lui n'avait jamais eu l'habitude des effusions sentimentales ni des amitiés sincères. Il concevait enfin qu'il avait trouvé une véritable famille mais plus encore, il ressentait le besoin de protéger la télépathe d'elle-même.

– Je suis désolée Ryan…

– Ne t'excuse pas. Aucun de nous n'a eu à subir de telles épreuves jusqu'à présent. Et puis ça m'arrange presque de savoir que pour une fois, je ne suis pas le vilain petit canard de l'histoire.

– Tu m'aides beaucoup là, souligna-t-elle en souriant malgré tout.

Il la serra contre lui, passa ses mains le long de sa crinière brune et après quelques secondes, fit quelques pas pour se séparer de cette étreinte étrange mais nécessaire.

— Ils nous attendent tous dans la grande salle. Enndra aimerait nous présenter Miranda, sa femme.

— Sa femme ? s'étonna Lina tandis qu'elle séchait les larmes qui creusaient ses joues.

— Tu ne pensais tout de même pas qu'un homme comme lui régnait seul.

Lina lui accorda une façade d'une naïveté enfantine. Il avait probablement raison. Il tourna les talons pour sortir de la pièce et elle le suivit. Il hésita en passant le cadre de la porte et se tourna une dernière fois vers la jeune femme.

— Sois forte Lina. Nous avons tous besoin de toi. Il est hors de question que je me coltine tout le sale travail, admit-il, récupérant instantanément son ton nonchalant pour parfaire le masque défensif qu'il avait toujours porté.

Lina eut un sourire tandis qu'il filait vers les couloirs.

37.

Ils se retrouvèrent quelques minutes plus tard au sein du réfectoire. Une immense tablée avait été dressée pour le dernier repas. Des mets fumants laissaient jaillir des odeurs délicieuses. Les maîtres ainsi que les gardiens étaient présents. Ren et Aïto siégeaient en amont de la table tandis qu'un homme dont les hivers passés n'étaient plus à compter, s'entretenait avec eux.

Une femme à la beauté incandescente quitta sa place aux côtés d'Enndra pour les accueillir. Sa tunique était recouverte de pierres violettes. Elle devait avoir une trentaine d'années. Métissée, elle avait des yeux pigmentés de taches noires et vertes. Ses longs cheveux blonds étaient attachés en une natte nouée depuis le haut de sa tête. Elle offrait un visage rond et tendre mais plus que tout, elle rayonnait littéralement.

– Vous devez être Lina et Ryan, je suis enchantée, susurra-t-elle d'une voix douce et chaleureuse.

Lina ne sut quoi répondre. Les yeux de chat de la reine la fixaient. La télépathe était effarée par sa beauté.

– Je suis désolée de ne pas avoir pu vous rencontrer plus tôt. Je suis la directrice de l'école d'Artelia. Mon travail me prend beaucoup de temps mais j'espérais faire votre connaissance avant votre départ. J'ai pensé qu'un dernier festin ne vous ferait pas de mal, reprit la reine en lui faisant un clin d'œil.

– C'est plus que nous n'aurions espéré, répondit Ryan dans son dos.

– Je vous remercie pour votre hospitalité. Artelia est une ville sublime. Il va nous être difficile de lui dire au revoir, répondit enfin Lina.

Miranda sembla apprécier le compliment puisqu'elle lui accorda un sourire éclatant. Elle les invita à prendre place tandis qu'elle rejoignait Enndra. Tous les regards étaient obnubilés par la présence du couple royal. Un charme opérait entre eux, une complicité que seul un aveugle n'aurait pu remarquer.

– Je vous présente Arthur, l'un de nos plus anciens soigneurs et… débuta Enndra avant que l'homme ne tousse dans sa mince barbe blanche.

Enndra lui accorda un sourire amusé et reprit :

– L'un de nos soigneurs les plus talentueux. Arthur nous accompagnera vers le Mur.

– Je suis… heureux de vous rencontrer gardiens. J'espère être à la hauteur de vos attentes.

L'homme semblait peu à l'aise face à une large assemblée. Ses cheveux coupés ras étaient fins et gris. Des sourcils blancs jouxtaient deux billes bleues semblables à celles d'Aïto. Il avait un petit nez étroit et des lèvres minces. Son visage parsemé de rides se plissa pour leur accorder un sourire ému. Lina se sentit aussitôt en confiance à ses côtés.

Tandis qu'ils soulevaient les cloches d'acier et débutaient leur repas, Claire tourna son visage vers Enndra puis Miranda.

– Vous avez parlé d'un mur, d'une frontière entre les Terres Exilées et les Quatre Lieux. À quoi sert-il ?

Enndra se tourna vers sa femme. La reine sembla apprécier l'idée d'agrémenter la conversation de ses connaissances.

– Ce n'est pas juste un mur. C'est le Mur des élémentalistes, votre prochaine halte avant de continuer vers Fénur, le royaume du feu. Il pourrait vous apporter des renforts inespérés. Il se trouve derrière le lac Brigua qu'il vous faudra traverser. Ensuite, le Mur est l'ultime barrière avant la presqu'île entourée des montagnes Saline. Il était donc nécessaire de passer par cette structure pour se rendre d'un point à l'autre. Passer par les montagnes est beaucoup plus long et bien plus dangereux puisqu'elles sont habitées par les loups et des hordes de camalius.

Miranda se tourna ensuite vers Aïto comme pour lui offrir l'opportunité d'étoffer ses explications. Ce que l'homme au crâne dégarni s'empressa de faire.

– C'est une école, celle des élémentalistes, là où tous les enfants possédant des dons se rendaient pour parfaire leur éducation. Malheureusement, nous ne savons pas si elle a été prise. Depuis que les Quatre Lieux et plus précisément le royaume entier a été possédé, nous n'avons plus aucune nouvelle de ses habitants…

– Mais si nous y arrivons alors que le Mur a été pris par les Mulhans, c'est comme foncer dans la gueule du loup ! s'exclama Sylvain.

– Nous serons vite avertis s'il y reste des élèves et le corps enseignant une fois le Brigua traversé, répondit Ren.

Les adolescents turent leur besoin d'en savoir davantage tandis que tous s'élançaient dans une vive discussion.

L'ambiance était délicieuse, entraînante. Ils étaient bien loin de l'atmosphère surchargée d'appréhension qui régnait jusqu'alors dans le cœur de tous. Miranda se révéla posséder une culture impressionnante tandis qu'Arthur semblait avoir vécu mille vies. Tous deux leur offrirent un éventail d'histoires qui les tinrent en haleine jusqu'au dessert.

— Si je mange encore, il faudra bien plus que le pouvoir de Claire pour m'emmener dans ma chambre, émit Sylvain en riant.

— Lix m'est apparue. C'est la louve noire, lança rapidement Lina en interrompant toutes les discussions.

Elle reçut à la suite de ses paroles toute l'attention de la tablée. Son interruption avait fait l'effet d'une bombe mais elle ne pouvait plus garder ce secret pour elle. En les voyant tous là réunis, elle s'était sentie honteuse et idiote. Malgré sa confiance pour Lix, elle ne se voyait pas partir d'Artelia avec un poids supplémentaire sur les épaules. Et surtout ils méritaient tous de connaître la vérité.

— Pardon ?! s'exclama Enndra.

— Elle m'a clairement fait comprendre que je ne devais pas parler de ses apparitions mais je pense qu'aujourd'hui, le moment est venu. C'est elle qui nous a suivi de Rhurnes jusqu'à Artelia et… elle possède une pierre. Une semblable à celle que je détiens.

— Ce qui signifie… débuta Aïto.

— Ce qui signifie que nous avons trois de ces gemmes en notre possession, conclut Sylvain avec un grand sourire.

— Je suis désolée de ne rien vous avoir dit jusqu'à présent. Il me paraissait judicieux de taire les secrets d'une déesse mais j'ai confiance en chacun de vous. Je ne pouvais plus vous cacher ces informations. Vous êtes en droit de connaître la vérité.

— Merci Lina. Tu n'imagines pas à quel point je suis heureux de savoir que pendant tout ce temps, Lix veillait sur vous, concéda Enndra.

Lina lui accorda un sourire. Elle se sentait libérée et lorsqu'elle comprit que personne ne lui en voulait, elle se sentit plus légère, délestée des vérités impossibles à émettre ni formuler.

— Si c'est la soirée des révélations alors il vaudrait mieux que nous annoncions chacun que nous ne prendrons pas part à la suite de vos aventures, dit Ren pour chaque maître présent.

Lina reçut comme un coup de poing en plein estomac. Ses pupilles noisette se posèrent sur son maître et lorsqu'elle comprit qu'elle était la seule de ses amis à ne pas connaître la nouvelle, la colère gronda plus encore.

— C'est maintenant que tu m'en parles ?! Je t'ai fait peur c'est ça ?!

Lina repoussa sa chaise sur le sol marbré.

— Merci pour le repas. Je suis vraiment ravie de vous avoir rencontrée, s'adressa-t-elle face à Miranda.

Sans un regard pour le reste des invités, elle fila d'un pas colérique vers les couloirs. Elle se sentait trahie, abandonnée. Si elle avait trouvé de véritables piliers en la présence des gardiens, seul Ren détenait une puissante connexion avec elle. Il l'aidait, l'apaisait, elle ne se sentait pas capable de voler de ses propres ailes sans lui.

— Lina, attend !

— Non, je n'attendrai pas ! Je veux bien tout accepter mais là, c'est de la connerie pure ! Tu sais très bien que j'ai besoin de toi alors pourquoi ?! Donne-moi juste une bonne raison ! hurla-t-elle tandis qu'il l'arrêtait, un bras ferme posé sur le sien.

— Parce qu'Artelia a besoin de nous pour tenir bon. Vous aurez Aïto à vos côtés. Je serai toujours là Lina et vous rejoindrai probablement plus tard. Mais je ne peux abandonner Enndra dans un tel moment. La guerre gronde aux portes des Terres Exilées et ils auront besoin de toutes les forces disponibles pour les aider.

— Mais pourquoi toi ? Tu sais très bien ce qui m'attend, tu me l'as dit alors pourquoi tu me laisses gérer ça toute seule ?!

— Parce que…

Ren s'interrompit. Il détestait son annonce. Bien plus encore le visage de la jeune femme. Elle était démunie, attristée, dévastée. Il aurait voulu tout lui dire aujourd'hui, lui raconter ce qui l'empêchait de rester à ses côtés chaque jour. Au lieu de ça, il attrapa son visage entre ses mains et l'embrassa.

Le baiser ne dura qu'une brève seconde mais ses traits se brisèrent soudain devant l'erreur qu'il venait de commettre.

— Voilà pourquoi Lina. Deux télépathes ensemble, c'est comme une drogue, quelque chose impossible à contenir. Il est hors de question que j'influe sur tes actes.

Lina resta interdite. Immobile, elle n'osait plus parler. Elle était incapable de comprendre le geste de Ren. Il semblait vouloir lui parler sans pour autant concéder à lui ouvrir la porte de ses plus grands secrets. Ren soupira, passa une main dans ses cheveux impeccablement coiffés et fit demi-tour pour retourner dans le réfectoire sans un mot supplémentaire.

La télépathe resta de marbre pendant plusieurs minutes qui semblèrent durer des heures. Ses doigts remontèrent lentement vers ses lèvres. Chancelante, elle était incapable de savoir si ce moment avait véritablement eu lieu.

Elle voulut faire demi-tour. À présent, elle se sentait idiote d'avoir quitté la salle. Ses émotions prenaient le dessus. Fragile enfant têtue, elle détourna son visage après qu'un grognement ait percé le silence. La louve noire à la stature imposante se tenait derrière elle.

— Lix… j'ai tellement de choses à vous dire, confia-t-elle.

— *On remettra à plus tard tes appréhensions Lina. Artelia est attaquée, vous devez partir !*

La louve courut et disparut au travers d'un couloir adjacent. Lina fit demi-tour et se précipita vers le réfectoire, le cœur battant à tout rompre, les yeux écarquillés par la terreur. Sa gorge se contracta. Elle n'eut pas le temps d'arriver aux portes que le son des tambours résonna dans toute la bâtisse, omniprésent, lourd de sens. Les Mulhans étaient déjà à leurs portes…

38.

– Miranda, tu sais ce qu'il faut faire. Mets les Arteliens à l'abri ! ordonna Enndra en déposant une main sur l'épaule de sa femme.

La reine hocha la tête sans qu'aucune peur n'ait cisaillé ses yeux de chat. Elle fila à l'extérieur du réfectoire tandis qu'Enndra et Aïto couraient vers la porte sud pour rejoindre l'armée d'Artelia déjà en place pour défendre la ville et le palais royal.

– Rentrez dans vos appartements, n'en sortez que si je vous envoie un message, commanda Ren aux gardiens tandis qu'ils se joignaient aux maîtres encore présents.

Les adolescents obéirent à la hâte. Pourtant une fois dans leur chambre, chacun s'empara de son arme.

— Il est hors de question que je reste comme un froussard planqué alors que la guerre fait rage là dehors, rugit Ryan.

— Ren nous a dit de rester là, hésita Lina, tiraillée entre son envie d'obéir et celle de livrer combat.

— Je vous suis peu importe votre décision, dit Claire.

— Très bien, voilà ce qu'on va faire. C'est pour nous qu'ils sont là. Il ne faut pas que nous nous mêlions de trop près à la bataille à moins que nous y soyons vraiment obligés ! Vous allez vous poster de cette manière : Lina, tu grimpes sur le balcon et tu utilises ton pouvoir pour repousser ceux qui réussiraient à percer les lignes de nos défenses. Claire tu restes dans la cour. Lina au-dessus de toi, pourra utiliser ton pouvoir en cas de besoin. Je vais créer des clones pour aider l'armée. Ryan..., ordonna Sylvain en maître du jeu.

— Ils ne franchiront pas le seuil du château tant que j'aurais mon épée en main, répondit le garçon.

Ils se levèrent tous, leurs armes parsemées de pierres à la main.

— Soyez prudent, leur demanda Lina.

En hauteur, Lina faisait face à une bataille en train de tourner au carnage. La plaine rocailleuse qui s'élevait entre Rhurnes et Artelia avait été conquise par des rangs ennemis. L'horizon était envahi de silhouettes noires qui galopaient déjà sur leurs destriers à peine vivants. Les squelettes étaient visibles à travers les peaux fines des animaux comme s'ils souffraient de malnutrition. Leurs yeux pâles rayonnaient dans l'obscurité. Des canassons entre la vie et la mort.

Le ciel grondait et des gerbes d'eau rendaient la défense d'Artelia difficile. Le sol devint boueux et une brume dense s'éleva dans les airs.

Les premières lignes se livraient à un combat sans merci. L'enceinte délimitant le palais avait été ébréchée et les ennemis s'y faufilaient, envahissaient la cour, passaient par la forêt cerclant l'est du palais pour prendre l'armée d'Artelia à revers. Déjà les corps s'empilaient sur l'herbe du parc.

Les soldats étaient de vraies murailles et Lina se concentra sur cette scène apocalyptique. Tel un reptile, son esprit fila au gré des rangs ennemis. Il percuta les Mulhans et mordit férocement les nerfs mentaux pour les laisser l'instant d'après, agoniser dans d'atroces souffrances internes.

Face aux hurlements d'effroi, les guerriers d'Artelia reprirent le dessus. Sous le balcon crénelé, Claire faisait voltiger le moindre ennemi qui tentait de s'infiltrer dans l'enceinte du palais.

Lina ne put en voir davantage car le balcon explosa soudain et elle fut projetée dans les airs. Elle crut sa dernière heure arrivée mais alors qu'elle allait s'écraser sur le sol, Claire poussa son pouvoir vers elle et l'arrêta au-dessus du vide. Elle posa délicatement ses pieds sur la terre trempée et lui accorda un signe de tête reconnaissant.

Avec empressement, Lina tenta de localiser son épée mais un Mulhan d'une grande agilité survint devant elle et fouetta l'air de son pied pour la percuter en plein visage. Sans même lui laisser le temps de parer l'inévitable, il revint à la charge et lui assena un coup de poing sur la pommette droite. Il redressa sa jambe pour la jeter au sol mais elle la réceptionna entre ses mains et tourna sa cheville d'un coup sec. Un affreux craquement se fit entendre. L'homme hurla et elle s'immergea dans son esprit. Elle effaça la moindre parcelle de souvenirs aussi rapidement qu'un claquement de doigt.

Lina courut vers son épée et la saisit au moment même où un homme abattait son arme sur elle. La télépathe roula sur le côté pour éviter le sabre qui avait failli trancher son échine. Elle planta d'un coup sec sa lame dans son ventre. L'adolescente se dégagea vite et se retourna, l'acier de son épée ensanglantée. Son cœur battait la chamade, elle n'avait pas été préparée à l'envergure d'une véritable guerre.

Un peu plus loin, elle aperçut Aïto. Il apparaissait et disparaissait au gré de ses estocades, ses attaques, impossibles à anticiper. Miranda elle, virevoltait, insaisissable mais mortellement dangereuse.

Une puissante lumière au centre de la bataille attira son attention. Un Mulhan encerclé de soldats Arteliens, repoussait les assaillants en projetant d'immenses gerbes de flammes qui naissaient dans la paume de ses mains. Les hommes touchés se contorsionnaient sur le sol en proie à un démon de feu qui dévorait les cuirasses et faisait roussir les chairs.

Lina au pas de course, rejoignit ce carnage fumant et bondit au cœur du combat. Elle repoussa les épées qui tombaient sur elle pour se retrouver nez à nez avec le pyromane. Un sourire naquit sur les lèvres de l'ennemi en apercevant la jeune femme qui lui faisait face. Une vague incendiaire se précipita vers la gardienne et son esprit se projeta instantanément dans le sien. Elle s'empara du don avec une facilité déconcertante et rattrapa de justesse les flammes pour les renvoyer aussi vite à son expéditeur. Il s'étala au sol pour éviter ce retour insensé tandis qu'il réitérait son attaque. Ce fut cette fois-ci le pendentif qu'elle détenait autour du cou qui stoppa les projectiles en faisant apparaître un immense dôme protecteur.

Lina se redressa mais son adversaire avait disparu. Avant même de retourner dans la bataille, un objet dur s'écrasa sur sa tête. Sa vision s'obscurcit et sonnée, elle tomba au sol. Un vertige la secoua tandis qu'un liquide chaud se répandait sur sa tempe.

— Dites à vos hommes de se rassembler, on en a une… Je crois que c'est bien elle qu'il voulait…

— Comment peux-tu en être sûr ? Si tu te trompes tu sais ce qui nous attend !

— Elle a utilisé mon pouvoir contre moi ! Ça te suffit comme preuve ? On l'embarque et on lève le camp avant que leurs renforts arrivent !

Lina sentit des mains la soulever. Elle vit l'homme qu'elle avait combattu deux minutes plus tôt en face d'elle. Elle voulut alors utiliser son pouvoir sur lui mais resta sur le carreau. L'homme était à présent hors de portée tel un gros rocher qu'elle aurait essayé de pénétrer.

— Saleté de télépathe. Tu ne croyais tout de même pas que nous n'aurions aucune défense ?

— Tu mourras avant même d'avoir touché le sol ! rumina Lina.

— Essaie toujours, vociféra-t-il.

Il la jeta de nouveau à terre. L'homme la retourna sans ménagement et attacha ses mains derrière son dos. Les lianes lacérèrent la peau. Les combats résonnaient bien trop forts pour entendre le moindre appel à l'aide.

Les Mulhans se replièrent et abandonnèrent les soldats défigurés pour rejoindre les abords de la forêt et le bastion encore sur pied. Ils s'échappaient vers la montagne.

— Alors ? C'est bien la télépathe ? demanda un homme d'une grosse voix.

Mais avant qu'il n'achève sa phrase, Lina, plus par peur que par colère, fonça dans son esprit. Lui n'avait aucune protection et elle le tua sur le coup, son esprit lancé tel un laser mortel. Le chef du clan hurla et si des gestes menaçants s'empressèrent d'être émis, il les repoussa d'un geste de main.

— Non ! Il nous la faut vivante !

Il assena un coup de pied au visage de la jeune fille et tout devint noir…

Sur la zone de combat, Enndra n'avait pas encore fini de terrasser son adversaire que tous les autres Mulhans couraient vers la lisière de la forêt. Il ne chercha pas à les rattraper. Le roi trancha la gorge d'un coup sec. Les soldats encore vivants se regardaient hébétés tandis qu'Aïto courait vers Enndra, un sourire victorieux sur le visage. Beaucoup de corps jonchaient le sol et le roi gronda intérieurement. Dans un soupir de soulagement, il aperçut Claire, Ryan, Sylvain et Ren, s'élancer vers eux.

Il se figea l'instant d'après.

— Vous allez bien ? demanda Claire.

— Mais… où… débuta Ryan.

— Où est Lina ? termina Ren, ses yeux horrifiés courant le long du terrain ensanglanté.

39.

Lina ouvrit les yeux. Allongée à même un sol humide et froid, ses prunelles brunes scannèrent la cellule qui l'abritait. Une paillasse installée sur sa droite pour seul confort, elle souligna la vaste obscurité qui imprégnait les lieux d'une grimace effrayée.

De longs sillons marbraient ses poignets preuve de la volonté avec laquelle les Mulhans avaient dû jongler pour empêcher une tentative d'évasion. Elle les frotta doucement tout en s'approchant des grands barreaux qui la retenaient prisonnière. La frustration percuta son cerveau pendant qu'elle lâchait un râle amer.

Elle s'empara des barreaux. La captive poussa son pouvoir sur le mur pour essayer de le faire exploser comme elle avait fait brûler l'arbre lors de son combat contre Ren. L'air s'électrisa. La colère de Lina renforça son pouvoir et une fissure apparut. Elle s'accrocha à cette infime lueur d'espoir et percuta une nouvelle fois la paroi fragile.

Au même moment, un homme encapuchonné de noir apparut. Elle sursauta et recula de trois pas.

– Je savais que ton pouvoir était puissant mais pas à ce point… Essaie autant que tu veux, les murs tiendront ! Toi, c'est une autre affaire.

Cette voix, elle la connaissait… Seulement, elle paraissait déformée par une haine profonde…

– Vous ne me faîtes pas peur qui que vous soyez !

– Ho mais je le sais bien surtout que l'on se connaît…

Sur ces derniers mots, l'homme repoussa son capuchon et dévoila son visage.

– Ce n'est… balbutia Lina incrédule.

– Pas possible ? Quelle naïveté.

Chris se tenait devant elle. La télépathe s'approcha des barreaux tremblante et posa ses mains sur le métal glacial. Rendue muette par la trahison, elle avalait difficilement ce retournement de situation. Figée d'effroi, accrochée aux barreaux, elle analysait chaque trait de ce visage à quelques centimètres du sien comme pour déceler le moindre subterfuge.

— Libère-moi Chris, supplia-t-elle.

Ses grands yeux opalescents semblèrent rire. La vision lui souleva le cœur. Elle se sentait idiote, démunie et s'invectivait intérieurement pour sa stupide naïveté. Lina s'éloigna des grilles d'acier. Elle s'enfonça dans l'ombre de sa cellule et alors qu'elle touchait le mur du fond, Chris se téléporta face à elle, un mauvais rictus figé sur ses lèvres.

— Tu crois peut-être pouvoir te cacher ?

Lina tenta une incursion dans son esprit mais comme elle s'y s'attendait elle ne put y pénétrer… Il émit un ricanement lugubre.

— Cesse de jouer Lina ! Crois-tu que je sois venu seul ? Un bon ami m'accompagne pour que tu ne fasses pas ce genre d'erreurs.

— Combien t'ont-ils payé ? Combien t'ont-ils donné pour me vendre ? Ou étais-tu de mèche avec eux depuis le début ?

— Tu connais la réponse Lina, ne sois pas idiote. C'était un jeu d'enfant de me jouer de vous. Ton apparition à Rhurnes était plutôt bruyante. Il m'a été bien trop facile de vous repérer tous les quatre. Je n'ai eu qu'à prévenir mon maître de votre départ. Dommage que les Mulhans que je vous ai envoyés sur la route n'aient pas su vous arrêter.

— Donc je présume que les voix qui m'ont manipulée, c'était toi ? acheva Lina dans un souffle.

— Des amis à moi mais tu m'as facilité la tâche pour créer la connexion. Je savais exactement quand t'atteindre, à quel moment tu étais la plus faible.

Lina voulut lui sauter au cou mais elle ne pouvait pas bouger. Plaquée contre les briques de suie, Chris pouvait anticiper le moindre de ses mouvements.

— Tu parles de ton maître. Un Mage noir n'est-ce pas ? affirma plus que demanda l'adolescente.

— C'est cela…

Puis il s'approcha de la jeune fille et lui prit une mèche de ses cheveux entre ses doigts.

— Tu sais très bien ce que je veux…

— Dis-moi toujours j'ai peur de ne pas comprendre ! répliqua sèchement Lina, la haine déformant ses traits.

— Je veux que tu me révèles où vous allez, par quel chemin ils partiront ! Je veux tout savoir sur tes amis ! Leurs faiblesses et le moindre détail sur leur pouvoir ! J'aimerais que tu collabores avec nous gentiment… Dans ce cas nous t'épargnerons…

— Et tu crois vraiment que je vais faire tout ce que tu viens de dire ? ricana Lina.

— Oui, si tu tiens à la vie !

— Je ne changerai pas d'avis !

Chris ne se résignerait pas. Il leva sa main pour la frapper mais le pendentif qu'elle portait toujours autour du cou se remit à vibrer. Tout se déroula trop vite pour qu'elle ait le temps de stopper le mécanisme et la révélation de ses secrets. Une paroi fluide se forma devant elle et le geste du jeune homme rebondit sur le liquide. Il fut projeté en arrière comme s'il avait reçu une décharge électrique. Il se releva, le visage défiguré par la rage.

Son regard s'attarda sur le bijou avec un intérêt tout particulier.

La jeune fille y posa sa main en maigre protection. Il finirait par s'en emparer et elle était pieds et poings liés pour lui résister.

— On ne m'avait pas averti de ça ! Une si belle pierre avec de grands pouvoirs ? Je crois savoir d'où elle provient ! Je l'avais déjà remarquée sur toi mais je ne pensais pas que…

Il s'approcha encore et Lina recula jusqu'à s'écraser autant que possible contre la paroi sale de sa prison.

— Donne-la-moi !

— Tu peux toujours courir !

— Donne-la-moi ! répéta Chris furieux de la désobéissance de la jeune fille.

Il la frappa au visage et elle s'écroula au sol. Il se pencha vers elle et lui arracha la pierre sans obtenir aucune résistance.

— Si tu ne veux vraiment pas capituler, je devrai employer la manière forte !

Il repassa derrière les barreaux et s'éloigna avec un rire méconnaissable dans les couloirs obscurs.

Lina elle, se molestait de son incapacité à penser à la pierre pour s'extraire de sa prison. Maintenant il était trop tard et la seule chose qu'elle pouvait faire actuellement, c'était attendre que ses amis viennent la secourir…

40.

— Réveille-toi et mange ça !

Lina s'éveilla tandis qu'elle se rendait compte que la pénombre maculait toujours son environnement. Elle avait perdu la notion du temps au cœur de cette forteresse piégée dans une nuit interminable. Le geôlier lui lança un morceau de pain qu'elle s'empressa de manger pour reprendre des forces. Cela ne contenta pas sa faim mais ce maigre repas suffit à la rassasier.

Le gardien dont la bedaine dépassait abondamment de son tee-shirt trop petit, l'examinait toujours avec ses petits yeux de rat.

— Il t'attend, grogna-t-il d'une voix de stentor.

Lina se faufila par la porte ouverte. Ils arpentèrent un lacis de couloirs sans couleur ni harmonie. Les pierres grossièrement entassées, sentaient la poudre et l'humidité. Face à eux, une épaisse porte de chêne usée tombait en lambeaux. Alors que le geôlier l'intimait à poursuivre, elle se retrouva dans l'immensité d'une salle vide et aux courants d'air glacials. Des rideaux d'une autre époque étaient tirés sur toute la surface des murs, du sol au plafond. À quelques mètres de là Chris était vautré dans un fauteuil princier. Les pas de Lina claquèrent désagréablement sur le carrelage sale et elle s'immobilisa face à cet irrévérencieux sourire qu'il lui dédiait. À ses côtés, un homme était caché par une grande cape noire…

– Alors c'est ici que tu préparais tes plans machiavéliques ? La décoration n'est vraiment pas top ! Ça se voit que t'as pas fait le ménage depuis longtemps !

– Cesse de t'amuser Lina. Tu es douée pour faire tourner les gens en rond !

Le garçon se leva de son fauteuil pour s'approcher lentement de l'adolescente. Elle ne cilla pas.

– Commençons par cette fameuse pierre. J'ai beau chercher, beau employer toutes les techniques et moyens que je dispose, elle reste muette comme un simple caillou dépourvu du moindre intérêt…

– Mets-y un peu de cœur je suis sûre que ça marchera !

Une blessure béante déchira soudainement sa pommette sans qu'aucun coup ne lui ait été assené. Elle poussa un cri de surprise et le sang ruissela abondamment.

Elle tourna un regard estomaqué vers l'acolyte de Chris.

– Je te présente Vardock… très utile lors des interrogatoires ! Et bien plus encore, sur les champs de bataille. Comme tu peux le constater, mon ami est très doué pour torturer. Jamais personne n'a résisté bien longtemps ! expliqua Chris.

– Si tu voulais me tuer, tu l'aurais déjà fait ! gémit Lina hors d'haleine.

– Oui c'est vrai. Mais, je ne suis pas très patient, si ce n'est pas toi, ce sera Ryan ou Sylvain… ou bien cette fameuse Claire qui passera me rendre une visite et je suis sûr que je tomberai bien sur quelqu'un qui aura l'amabilité de me dire ce que je veux savoir !

– Je ne comprends pas bien. Pourquoi vouloir savoir tout ça sur nous pour ensuite nous tuer ! Je n'en vois pas l'utilité…

– Pourquoi ? Mais parce qu'en sachant tout sur vous je pourrais m'emparer de vos pouvoirs et les donner à mon maître ! C'est aussi simple que ça !

– C'est impossible…

– Impossible ? En es-tu si sûre ? Je suppose qu'Enndra ne vous a rien dit… Si l'on veut au plus profond de nous-même délaisser notre pouvoir, on le peut… C'est très douloureux mais ensuite votre pouvoir est à jamais emprisonné dans un flacon… Il existe une salle où sont réunis tous ces pouvoirs délaissés, trop lourds à porter. Nous en avons l'entière possession à Edène.

Ses paroles firent écho aux paroles du roi Meldor de Rhurnes. Il avait parlé de la disparition des dons sans jamais en évoquer la véritable raison.

– Mais votre maître s'y trouve. Ne peut-il pas s'approprier tous ces pouvoirs ?

– Hélas non… seul un gardien le peut. Lorsque vous aurez décidé de vous libérer de vos dons, je les enfermerai dans un flacon et les libérerai dans la salle des pouvoirs. Ils s'ouvriront un à un et nous en prendrons le contrôle. Mais évidemment, je sais que la partie n'est pas gagnée d'avance. Il suffit que tu me parles des gardiens, de leurs désirs, de leurs faiblesses, des personnes qui ont contribué à les aimer dans leur minable autre vie. Bien sûr, ne te réjouis pas trop vite que nous n'ayons pas mis la main sur eux. Avec ou sans leur coopération, j'obtiendrai au moins les pouvoirs provenant de Thélia grâce à toi. Mais je suis gourmand et je n'aime pas me satisfaire du minimum.

– Ce n'est donc pas vous qui nous avez confié à ces familles et arrangé leurs souvenirs ?

– Crois-tu vraiment que nous avions envie de vous savoir en vie ? Quelqu'un vous a sauvé in-extremis du massacre des familles royales et vous a cachés. Lix a disparu malgré la métamorphose. Peut-être que ses pouvoirs sont restés intacts après tout…

Tous ces idiots nous ont pensé magnanimes à vous laisser la vie sauve mais c'était stupide de croire qu'on aurait la décence de se préoccuper de votre avenir. Nous avons fait en sorte de tenir la déesse à l'écart en empêchant les bonds dans le temps après cette énorme erreur. Nous avons fermé les portails après avoir obtenu les pierres tout en espérant qu'elle resterait bloquée dans l'autre monde mais apparemment, elle a trouvé une solution pour vous ramener un par un.

— Lix nous a tous sauvés, réalisa Lina.

— Ne rêve pas, nous avons pris soin de l'enfermer dans une forme primitive qui l'empêchera toujours d'utiliser les dons des quatre anciens gardiens. Oublie également l'idée qu'elle vienne aujourd'hui à ton secours.

— Tu sais pour ma famille n'est-ce pas ? En laissant ta secte entrer dans ma tête, tu as découvert certains de mes souvenirs alors pourquoi…

— Je ne les utilise pas ? Les voix m'ont offert les visages de ta famille fictive en pénétrant dans ton esprit. Je les tuerai tous une fois que j'aurai rendu des comptes à mon maître, sois-en sûre. Il me suffit maintenant des trois autres et je pense évidemment que sous cette menace, vous obtempérerez. Commençons par Claire.

— Tu peux toujours courir ! cria Lina.

De nouveau une longue plaie se creusa sur son bras et elle poussa un râle de douleur…

— Lina je ne veux pas te faire de mal… Je t'aime beaucoup tu sais et je suis sûr que tous les deux nous pourrions faire de grandes choses ! Tes amis préféreraient probablement se savoir chez eux sans pouvoir, plutôt qu'ici avec leurs amis et familles de la Terre décimées…

— Je ne capitulerai jamais avec un traître !

Lina s'écroula lorsqu'elle sentit tout d'un coup la cicatrice qui était sur son ventre, se rouvrir. Elle se plia en deux, refusant la douleur.

— Quand apprendras-tu à te taire ? Je réitère ma question…

Il lui souleva le menton mais Lina lui cracha à la figure. Chris se releva lentement et essuya son visage avec un mouchoir avant de reprendre possession de son trône en piteux état. Il claqua des doigts et Vardock assena à la gardienne un coup de pied au ventre qui la fit se tordre sur le carrelage froid. Le sang coulait abondamment de ses blessures.

Elle voulut se relever mais une dizaine d'autres plaies lacérèrent l'intégralité de ses membres. La jeune fille hurla. La torture était intense et alors qu'il aurait pu en rester là, Vardock creusait ses plaies pour qu'elles deviennent plus profondes encore. La télépathe avait l'impression que des milliers d'ongles l'écorchaient vive. Sur un nouveau claquement de doigts de la part de Chris, Vardock frappa le visage de Lina de son talon.

Du sang ruissela de son nez et elle sombra de nouveau dans l'obscurité.

41.

— Alors ? Vous l'avez trouvée ? s'enquit Enndra sans grand espoir.

Depuis deux heures maintenant, des fouilles avaient été entreprises dans toute la ville ainsi que dans la forêt et le moindre recoin du palais. Claire était affolée et Ryan paniquait à chaque vision d'un nouveau corps inerte… Seul Sylvain restait calme, apportant de nouvelles solutions pour leurs recherches avec Enndra, Ren et Aïto.

— Ils l'ont emmenée, cela ne fait aucun doute…

Tous se turent à ces derniers mots prononcés par Aïto. Après leurs recherches qui n'avaient rien donné, ils s'étaient regroupés et devaient se rendre à l'évidence : les Mulhans avaient eu ce qu'ils voulaient.

— Mais ce n'est pas possible ! Pourquoi ?! s'apitoya Ryan en se prenant la tête dans les mains.

— J'ai un mauvais pressentiment, frissonna Claire.

— Nous l'avons tous ! acheva Ren, anéanti.

Ils rentrèrent, perdus dans leurs pensées, abattus et frigorifiés…

— Allez dormir, nous trouverons une solution demain, ordonna Enndra, las en se frottant les yeux.

— Comment ça ? Nous n'allons sûrement pas abandonner Lina alors qu'elle est peut-être en train de mourir ! s'étonna Sylvain.

— Allez dormir ! Nous ne pourrons pas faire grand-chose ce soir ! Tout le monde est fatigué et nous aurons les idées plus claires demain ! expliqua Ren.

Les adolescents en rechignant, partirent vers leur chambre. Claire ne voulut pas rester seule dans ce moment difficile et s'exila dans la chambre des garçons qui l'accueillirent sans un mot, accablés par la tournure des évènements.

Le lendemain, ils étaient déjà tous levés à l'aube. Une fois réunis dans le bureau d'Enndra, ils s'installèrent autour de la grande table centrale tout en attendant les prochaines directives.

— J'ai peut-être un plan. Ce château a été abandonné depuis maintenant deux ans. Il a toujours connu un attrait dans la région pour les histoires de fantômes qui y sont inexorablement liées.

Enndra étendit devant eux une grande carte de la région où Artelia se trouvait au centre, désignée par des volutes de lumières.

— Je ne pense pas qu'ils l'aient emmenée loin ! Je suis presque sûr qu'ils sont encore dans cette partie des Terres Exilés. Une si grande armée aurait été aperçue depuis bien longtemps par nos défenses. Ils sont venus du centre. Il n'y a que ce château qui pourrait renfermer autant de soldats. Même si nos chances sont faibles, y jeter un coup d'œil ne nous fera pas perdre notre temps…

L'homme attendait des questions mais tout le monde se taisait. Ils pensaient tous la même chose : les Mulhans auraient été bien trop bêtes de se cacher dans un endroit dont tout le monde connaissait l'existence ! Mais c'était la seule piste qu'ils avaient.

— Je partirai cet après-midi avec des soldats. Je vous enverrai un message par télépathie. Si je ne reviens pas avant la tombée de la nuit c'est que ta piste était bonne… expliqua Ren.

Il n'arrivait pas à croire qu'il avait pu être si inconscient. Il repensait à Lina et à leur dernière discussion. Il se remémorait également son regard implorant… Sa mâchoire se contracta et il sortit de la salle sur le champ. Il ne supportait pas de savoir que son élève était quelque part, enfermée, à la merci de tous…

— Vous avez d'autres suggestions ? demanda Enndra aux gardiens encore présents.

— Non mais… faîtes que votre idée soit la bonne, répliqua sèchement Ryan.

*

Lina se réveilla à nouveau dans une parfaite obscurité. Elle remua la tête. Du sang séché s'étalait sur son nez. Une bassine d'eau était posée par terre et elle entreprit de se nettoyer le visage sans grande motivation. Son corps lui faisait terriblement mal et chacun de ses gestes demandait un effort incroyable. Elle enleva son tee-shirt. Partout sur ses membres, de grandes balafres s'étendaient ci et là, à moitié rafistolées par l'un des soigneurs de Chris. Elle tenta d'apaiser ses brûlures avec l'eau mais elle ne fit qu'attiser la douleur. Elle abandonna la bassine en gémissant. Elle se rhabilla et se remit dos au mur, les yeux fermés, souffrant de ses diverses plaies.

Elle laissa son esprit vagabonder autour d'elle afin d'obtenir le moindre renseignement sur l'endroit où elle se trouvait mais malheureusement elle remarqua vite que son pouvoir était aussi petit qu'une pépite de chocolat. Cet endroit la pourrissait.

Son geôlier apparut au comble du désespoir.

— Sort de là ! Le maître veut te voir !

Lina ne fit aucun mouvement pour satisfaire sa demande. Son esprit réclamait sa liberté à grand cri.

— Tu es sourde ? Le maître t'attend ! vociféra l'homme qui fit tinter ses clés sur les barreaux.

Lina resta silencieuse. Les yeux toujours clos, elle ne se fiait qu'à son ouïe pour repérer ses gestes.

— Vermine ! Des coups ? Oui tu vas en recevoir !

Il ouvrit la porte de la cellule et avança vers Lina mais alors qu'il n'était qu'à quelques centimètres de l'adolescente, elle sauta à pieds joints et écrasa son pied contre son tibia. La gardienne fouetta ensuite l'air de son poing pour l'abattre contre son plexus entouré de graisse. Il s'écroula en arrière dans un grondement sourd. Elle le frappa au visage mais il se releva au moment où elle lui dérobait ses clés. Il lui attrapa le poignet mais déjà elle abattait la bassine de fer sur le haut de son crâne dégarni. Du sang gicla sur le sol. Elle tentait une évasion, consciente du peu de probabilités d'une victoire.

Son cerveau tournait à cent à l'heure tandis qu'elle entrapercevait son unique espoir : la salle de torture contenait une quantité importante de rideaux derrière lesquels se cachaient probablement des ouvertures vers l'extérieur.

Le plan totalement improvisé était clairement suicidaire.

Elle arpenta les couloirs, frôla les murs, se faufila dans les escaliers pour arriver enfin devant la salle du trône. Elle tendit l'oreille. Aucun bruit. C'était la seule issue possible. Elle poussa la porte et soupira devant le vide. Elle courut vers les fenêtres mais alors qu'elle allait tirer un rideau, une voix lui parvint, un écho qui s'éleva dans toute la salle, terrifiant : Chris.

— Je ne te conseille pas de faire ça !

Sans l'écouter, elle déchira un premier pan poussiéreux. Elle hurla et recula d'une dizaine de pas. Derrière les grands rideaux pourpres se dessinaient des corps. Trois corps plâtrés dans un mur sans ouverture. La jeune fille frissonna et repoussa deux autres tissus pour découvrir le même spectacle horrifiant. Son cri se perdit dans les couloirs. Des larmes de frayeurs coulèrent sur ses joues. Elle tremblait de tous ses membres.

— Tu ne peux pas nous échapper…

Chris apparut à quelques mètres de la jeune fille, accompagné de Vardock.

— Je t'avais dit d'arrêter de jouer. Je te l'avais dit, siffla Chris.

Lina courut vers la porte mais elle fut arrêtée dans sa course par une plaie saillante le long de son échine. Elle hurla de douleur et s'écroula au sol.

— Vardock… ? Que faisons-nous aux prisonniers de mauvaise volonté ?

Lina croisa horrifiée, le regard fiévreux de Vardock. Il repoussa sa capuche pour laisser apparaître un visage brûlé sur une première partie. Son nez recroquevillé, avait été découpé et ses paupières étaient quasi-inexistantes. Ses lèvres apparentes laissèrent échapper un sourire carnassier. La peur de Lina monta d'un cran supplémentaire. Une horde de griffes invisibles lui lacéra la peau. Aussitôt, elle souleva son tee-shirt et aperçut les longues lanières de chairs qui se répandaient sur son corps mutilé.

Elle gémit lorsque son dos subit le même sort et ses cris se perdirent dans la forteresse…

42.

— Vous avez entendu ?

Claire s'était réveillée en plein milieu de la nuit. Le cri de Lina avait paru résonner aux quatre coins de la pièce.

— Je l'ai entendue moi aussi.

Ryan s'était exprimé laconiquement mais des sueurs froides le parcouraient. Sylvain avait ouvert les yeux en même temps que ses deux amis et son teint était devenu cireux.

Ren était parti comme prévu au château mais n'avait fait face qu'à des ruines. À son retour, il n'avait pas émis la moindre parole et s'était terré dans une vive rancœur.

Ryan faisait les cent pas. Il se massait les tempes en proie à une vive réflexion.

— Je crois que… je crois que j'ai peut-être une solution…

Les deux adolescents restèrent silencieux et l'encouragèrent à continuer.

— Vous avez remarqué qu'elle allait voir souvent ce Chris ? Je crois tenir une piste. Il est évident que les voix dont elle nous parlait étaient liées à une personne de son entourage. Je ne crois pas que les employés aient grand-chose à voir avec ça et en pensant que la personne aurait pu approcher Lina dans la ville, comment aurait-elle pu savoir tout de suite que c'était une gardienne ? Réfléchissez ! La seule personne qu'elle ait vraiment connue à part nous était…

— Chris ! Forcément ça expliquerait tout ! acheva Claire en se levant d'un bond.

Enndra était dans son bureau, l'air profondément désorienté. De larges cernes creusaient ses yeux vitreux.

— Enndra ! On croit avoir une piste ! s'exclama Claire.

Etonné, l'homme referma aussitôt les lourdes portes derrières eux. Les gardiens se relayèrent rapidement afin de raconter les récits de Lina. Ils n'omirent aucun détail. L'excitation nourrit soudain les couleurs de son visage.

— Mais c'est cela ! Moi-même je ne pensais pas à une coïncidence sur ces voix mais n'ayant pas tous les éléments en main, j'ai mis cet accident sur le fait du hasard. Je suis presque persuadé que ce Chris est lié à ce qui arrive à Lina. Au moins, nous avons une piste ! Je vais chercher Ren et Aïto et vous allez nous emmener à l'endroit où demeure ce jeune artelien !

Une fois la nouvelle communiquée, ils prirent tous la direction de la ville. Si la matinée était déjà bien avancée, il n'y avait que très peu de passants dans les rues et Claire s'en inquiéta. Les habitants avaient peur... Les couleurs étaient également ternies et s'écoulaient difficilement sur les pavés comme si elles ressentaient le préjudice vécu par la cité.

Après s'être rapidement renseignés auprès des habitants présents, ils trouvèrent la chaumière du jeune garçon.

Ils frappèrent longtemps à la porte de la bâtisse sans obtenir de réponse. Ren enfonça le battant d'un coup de pied puissant. Il n'était pas venu ici pour reculer au moindre obstacle.

La lumière du jour pénétra dans la pièce et le couinement d'un rat surpris fut le seul accueil qu'ils reçurent. Ils s'avancèrent sur leurs gardes, au cœur de la pénombre. Aïto alluma les trois lanternes accrochées à la charpente.

— Claire, Aïto et Ryan fouillez ici ! Ren et Sylvain on part par-là ! suggéra Enndra d'un ton autoritaire.

Les adolescents obtempérèrent malgré la vétusté de l'établissement. La pièce ne comportait aucun étage et hormis quelques tables renversées et un bar poussiéreux, il n'y avait aucun endroit ou des affaires personnelles auraient pu être rassemblées. Leurs espoirs retombèrent comme un soufflé. Ren se renversa sur une chaise pendant que Claire donnait un coup de pied rageur dans le mur en soupirant.

— Mais ce n'est pas possible ! On ne la retrouvera jamais ! Comment prendra-t-elle le fait qu'on l'ait abandonnée ?

— Je retourne au château avec Aïto. Ren et vous autres, restez au cas où ce Chris reviendrait ! Ren, ajouta le roi en se tournant vers le maître d'armes, nous communiquerons par pensées s'il y a du nouveau. Je vais écrire au roi Meldor pour lui expliquer notre situation…

43.

Lina se réveilla une nouvelle fois dans sa cellule. Le corps du geôlier avait disparu mais elle pouvait toujours voir son sang étalé sur le sol. L'odeur y était irrespirable maintenant et elle se demandait bien s'il n'y avait pas quelques rats crevés dans l'obscurité de sa prison.

Elle fut soufflée en voyant qu'il ne restait plus rien des blessures de la veille. Elle savait pourtant qu'elle ne pourrait pas endurer de nouvelles tortures. Elle n'était plus assez forte. Des larmes coulèrent sur ses joues et tracèrent des sillons sur sa peau sale.

Un homme s'approcha alors de sa cage. Ses traits étaient tirés probablement par le manque de sommeil. Il tendit vers la jeune fille un visage torturé.

Sa voix était aussi dure que celle de son ancien geôlier.

— Lève-toi, tu as rendez-vous avec le maître…

Cette fois-ci la jeune fille obéit, sachant d'avance qu'elle n'avait plus aucune chance de s'en tirer. Elle avait senti la veille toutes ses forces la quitter. Elle avait été sur le point de mourir. Elle n'avait rien mangé depuis le morceau de pain que son précédent gardien lui avait lancé le jour de son arrivée et de plus elle remarquait que, loin du médaillon, ses forces s'amenuisaient.

Elle le suivit dans les couloirs et marcha comme un automate partant à la casse. Son regard était vide et jamais elle n'aurait cru endurer un tel supplice. Ses amis ne viendraient sûrement pas. Ils ne trouveraient jamais cet endroit.

Chris l'attendait comme à son habitude, dans son grand trône cuivré.

— J'espère qu'aujourd'hui, tu te montreras beaucoup plus coopérative !

Lina resta muette, impassible devant le jeu qu'il resservait à outrance.

— Très bien. Je vois que tu as appris à te taire ! Je crois qu'on va commencer par…

Mais avant qu'il continue à exprimer ses idées à haute voix, un homme se détacha de la pénombre pour s'avancer vers Chris. Celui-ci fronça les sourcils, visiblement irrité par l'interruption. Il approcha néanmoins son oreille des lèvres du

Mulhan. Après quelques paroles échangées, Chris se leva et s'éloigna. Il sortit de la pièce par une petite porte dissimulée dans le mur du fond… Seul Vardock resta debout sur la plateforme centrale pour surveiller l'adolescente.

Les rideaux qu'elle avait arrachés de leur portant lors de sa tentative d'évasion avaient été remis en place et les corps fondus dans la roche n'étaient maintenant plus visibles. Etait-ce les anciennes victimes de Vardock ? Un nouveau frisson déchira sa chair.

Puis ses yeux furent attirés par un scintillement familier. Elle aperçut sa pierre qui luisait sur un coussin de velours posé à même l'un des accoudoirs du trône. À sa vue, Lina sentit ses forces revenir peu à peu. Son pouvoir reformait cette petite boule chaude qu'elle avait l'habitude de côtoyer.

Sans une once d'hésitation, elle jeta son esprit dans la pierre. Sans que Vardock ne comprenne ce revirement de situation, elle enroba l'émeraude de son pouvoir. Elle sentit la connexion se faire tandis que le bijou créait un portail vers une destination qui lui était inconnue. Lina se concentra autant qu'elle put. Elle avait de nouveau un espoir de pouvoir s'échapper. Elle savait qu'au moindre geste menaçant, Vardock s'empresserait de la torturer. Sous protection mentale, elle ne pouvait s'en prendre à lui sans subir de nouveaux sévices.

Elle sentit très distinctement le moment où la pierre termina de créer le portail. Dans une tentative désespérée, elle y envoya deux mots, clairs et distincts.

*

Ren se redressa d'un bond. Une paroi translucide venait de faire son apparition à même le mur. Ils s'approchèrent tous.

— Aidez-moi…

La voix de Lina résonna dans la salle en provenance du portail. Ils retinrent leur souffle un instant.

— C'est Lina ! C'est elle ! C'est sa voix ! Il faut qu'on y aille ! s'époumona Ryan.

— Non jeune homme ! Je vais d'abord en informer Enndra et Aïto ! Nous ne pouvons pas nous lancer dans une tentative d'évasion sans rien d'autre que la chance ! De plus on ne sait même pas où va nous mener cette chose. C'est peut-être un piège ! les avertit Ren.

— C'est la pierre, songea Claire.

Ren, tout en gardant à l'œil les adolescents, envoya un message à Enndra.

Il ne suffit que d'une mince demi-heure pour que le roi fasse irruption dans la maisonnée accompagné d'une vingtaine de gardes. Recouvert d'une cuirasse, il était prêt à en découvre. Aïto se rassembla près des adolescents.

— Nous allons pénétrer dans le passage. Ryan, Sylvain et Claire vous restez là ! précisa l'homme.

— Quoi ? s'exclamèrent offusqués, les trois gardiens d'une même voix.

— Je ne veux pas vous faire courir plus de dangers encore ! Vous restez ici ! Vous êtes trop précieux pour qu'on vous perde ! répéta Enndra agacé par ces explications.

— J'ai vu les pouvoirs qu'ils avaient et je peux vous dire que sans nous, vous êtes tous morts ! hurla Claire en pointant un doigt accusateur sur les hommes face à elle.

Les trois protagonistes se concertèrent un instant. La gardienne n'avait pas tort et ils durent admettre que sans un peu de soutien ils seraient écrasés !

— J'ai une idée. Laissez tomber les armes, tout ce que vous avez à faire c'est rester silencieux jusqu'à ce que l'on récupère Lina.

Ryan se planta devant l'assemblée.

— À quoi penses-tu ? s'enquit Ren.

Ryan s'approcha et expliqua brièvement ce qu'il avait en tête. Une fois tous entendus sur leur rôle respectif, l'illusionniste se plaça devant le portail.

Le liquide se contorsionna au moment où ses doigts le traversèrent et après une infime hésitation, il pénétra dans la faille, suivi par le reste du groupe.

Sa respiration se déchira lorsqu'il traversa le fluide miroitant. À peine sentit-il de nouveau le souffle d'un air pur, qu'il s'écrasa face contre le sol. Avant même qu'il puisse se redresser, Claire jaillit brutalement du passage et s'écrasa sur son dos. Ils se levèrent tous deux alors que Sylvain, Ren, Aïto, Enndra et les soldats, arrivaient de la manière la plus équilibrée qui soit : pieds sur le sol, droits et immuables.

Là face à eux, une vaste plaine s'étendait, noircie par un brasier passé. L'herbe était roussie, les arbres carbonisés et la forêt qui jadis avait dû être d'une luxuriante beauté, s'effaçait en kilos de cendres dans un paysage lunaire. Au loin, deux tourelles de pierres gravissaient les hauteurs, s'étendaient à quelques mètres du sol pour livrer combat au ciel. Des créneaux ressortaient en demi-teinte du sol brûlé. Sous la terre, un château avait été emprisonné dans la boue et l'humus comme si un enfant avait piétiné sa surface, tel un jeu de construction.

– Pas étonnant qu'il ne figurait pas sur nos cartes… l'endroit est astucieusement trouvé. Dommage pour eux que nous ayons une télépathe au sein de notre clan, déclara Enndra.

Ils déployèrent leurs armes dans des chuintements d'acier synchronisés.

Ryan franchit la lisière de la forêt mais à peine avait-il fait craquer le feuillage calciné, qu'une alarme stridente retentit. Ils s'immobilisèrent à l'instant où des chevaux apparaissaient du sol pour foncer tête baissée vers les intrus.

Aussitôt, des arbres imaginaires s'élevèrent, créant un marécage presque véritable qui s'interposa entre eux et leurs ennemis. Ryan se concentra et ajouta à sa création des traces de pas qui piétinaient la terre sèche en direction de l'autre côté de la forêt. Immobiles, ils attendirent que ces illusions face effet. Les Mulhans arrivèrent face à eux et leur monture se cabrèrent pour observer ces mirages saisissants.

— Regardez-moi ça ! Les idiots !

Les hommes cagoulés galopèrent de nouveau en direction de la forêt…

Ils attendirent que la menace soit loin et hors de vue. Ils reprirent leur marche pendant que l'illusion disparaissait en nuages vaporeux. Ils traversèrent quelques mètres sur leurs gardes avant qu'une première volée de flèches vienne les accueillir. Sifflantes, ces subtiles armes s'écrasèrent de toutes parts les faisant lever leurs boucliers d'acier au-dessus de leur tête. Claire en immobilisa une dizaine et créa un mur inébranlable qui empêchait les attaques répétées de les atteindre.

— Là-haut sur le toit ! hurla Ren en poussant son pouvoir de télépathie vers les hommes postés dans les tours du château.

Ryan leva la main et un tourbillon enflammé s'élança vers les guetteurs nichés dans les créneaux apparents. Ils s'enflammèrent et hurlèrent sous la douleur irréelle. Leur cerveau semblait ne pas comprendre le maléfice et créait lui-même la supercherie. Ils n'avaient pas le temps d'analyser la réalité de l'imaginaire et cela traumatisait les Mulhans en faisant jaillir leurs peurs les plus intimes.

Les cinq soldats qui s'étaient un temps précipités vers la forêt, apparurent derrière eux dans un galop incontrôlable, machettes et haches aux poings.

— Ecoutez-moi tous ! Le portail s'est refermé alors aucune échappatoire ! Ryan, Claire et Sylvain vous… commença Enndra mais il fut coupé par Ryan.

— Claire tu vas venir avec moi dans le château ! Nous allons chercher Lina avec deux gardes !

— Mais c'est de la folie vous ne serez pas assez forts ! continua Ren, toujours concentré sur les Mulhans qui arrivaient sur eux.

— De toute manière on n'a plus le choix ! Sylvain vous aidera dix fois plus en se dédoublant ! vociféra Ryan.

Suivi de Claire et de deux soldats nommés rapidement par Aïto, Ryan fonça vers ce tombeau énigmatique. Le chemin fut plus périlleux que prévu lorsqu'une nouvelle volée de flèches s'abattit sur eux. Les deux gardiens s'en chargèrent. Claire empêchait les flèches de les toucher pendant que Ryan s'occupait des tireurs avec des illusions qui crevaient la surface de l'imaginaire.

Enfin ils s'écrasèrent sur l'une des tours tandis qu'ils cherchaient en vain une issue pour pénétrer dans la bâtisse médiévale.

Des projectiles s'abattirent de nouveau sur eux.

— Essayez de trouver une entrée ! Moi je m'occupe d'eux ! s'exclama Claire qui envoyait déjà une poignée de flèches en sens inverse pour qu'elles atteignent leurs propriétaires.

Ryan et les deux gardes se séparèrent pour trouver une quelconque entrée dérobée. Si le château était enfoui sous le sol, il était fort probable qu'il occupait l'intégralité de la plaine et détienne plusieurs entrées. Retourner dans la forêt pour dénicher une ouverture était hors de question mais ils n'observaient aucun orifice près de sa partie immergée.

Un des gardes les rejoignit à la hâte.

— Nous avons trouvé une entrée ! Nous allons passer en premier ! ordonna l'un des gardes.

— On vous suit ! hurla Ryan.

Déjà les hommes aux statures imposantes partaient en courant, le dos courbé pour faire ricocher les flèches sur leur épaisse armure. Claire quant à elle, attendit que Ryan et les deux gardes soient loin… Les deux soldats s'arrêtèrent devant un mur de lierre qui serpentait le long des blocs de pierres noircies. Une entrée se trouvait derrière l'artefact et un escalier en spirale disparaissait dans les tréfonds d'un décor infernal.

Ryan siffla et Claire se précipita à la suite des soldats dans l'obscurité vertigineuse. L'illusionniste fit apparaître une lumière irréelle du bout de ses doigts et ils progressèrent dans cet escalier abyssal.

Au bout d'une quinzaine de minutes, les marches s'ouvrirent sur un imposant couloir. Face à eux,

Ryan créa un mur de pierres qui empêcherait quiconque de les apercevoir.

Au moment où l'illusion se comblait de derniers détails, un serviteur se découpa dans l'obscurité d'un pas précipité. L'un des gardes rompit alors le mirage et se jeta sur l'homme en lui fracassant le crâne contre la paroi opposée.

Un nouveau couloir exigu prolongea le précédent.

– Sors ton épée Claire ! ordonna Ryan en la voyant désarmée.

L'adolescente s'empressa d'obtempérer et avança en fonction des signes des soldats, à quelques mètres devant eux.

*

Les nerfs à vif, Lina sentit le portail se refermer. Chris apparut à l'instant.

– Chère Lina… tu sais que je ne suis pas patient ! Je t'ai donné assez de temps pour réfléchir je crois !

– L'impatience est un vilain défaut !

Elle gémit lorsqu'une grande entaille s'étira de nouveau sur sa joue. Elle releva les yeux vers Vardock. Si elle avait pu lancer des flammes avec son regard, elle l'aurait carbonisé sur place !

– J'en ai marre de jouer ! Maintenant parle ! De toute manière si tu n'obtempères pas, j'irai voir Claire ou un des deux autres… mais je connais ton point faible… ton cher frère, déclara Chris avec un léger sourire.

Lina se leva d'un bond, les poings serrés et la mine rouge de fureur…

— Si tu ne veux pas qu'il rejoigne ceux qui tapissent les murs de cette pièce, tu ferais bien de me répondre !

— Comment veux-tu que je te dise des choses que je ne sais pas !

— Et bien très facilement… en allant dans leur tête par exemple ! suggéra Chris avec un rictus mauvais.

Lina ouvrit de grands yeux. L'effroi la saisit. Il était évident qu'elle en était capable s'il la dominait par la douleur ou avec les voix…

— Je suis un peu rouillée en ce moment !

— Ça suffit ! Tu ne veux pas parler ? Et bien qu'on en finisse ! Vardock ?! interpella Chris en gardant son regard rempli de dégoût dans celui de Lina.

— Oui mon seigneur ? sourit Vardock en se plaçant à ses côtés.

— Tue-la !

Avec un sourire facétieux, il reprit possession de son trône et Lina se prépara à l'attaque. Vardock s'approcha non sans triomphe dans ses yeux étriqués. Lorsqu'il avança son poing pour la frapper, elle puisa dans ses dernières forces pour l'esquiver. Elle le faucha de son pied si bien qu'il s'écroula sur le sol dans un grognement inhumain.

— Ne joue pas Lina ! Tu ne gagneras pas ! Ton pouvoir est inutile ici ! ricana Chris du fond de la salle.

— C'est ce qu'on va voir ! répliqua Lina alors qu'elle donnait un énorme coup de pied dans la mâchoire de Vardock.

Lina se redressa rapidement et libéra son esprit. Elle explosa contre les barrières mentales de son ennemi et tenta de se fondre dans ce marécage gluant, cette barrière impénétrable qui était liée à un autre élémentaliste présent dans les hauteurs du château. Un cadeau précieux qu'elle tentait de submerger par la force d'une volonté insoupçonnée.

Telle une vague de feu déferlant sur Vardock, elle la poussa de nouveau avec une violence inouïe. Le sol se mit à trembler tandis qu'elle frappait encore le barrage invisible. Deux flammes s'animèrent alors sur sa cape. Il sursauta et perdit toute concentration. Surprise, Lina profita de ce laps de temps afin de se précipiter vers les portes de l'entrée.

— Mais qu'est-ce que tu attends imbécile ? Tue-la ! vociféra Chris en se levant de son siège d'un air menaçant.

Une main d'acier s'accrocha à son dos et elle vacilla. Une fois plaquée au sol, Vardock l'invectiva violemment.

— Vermine de gardienne ! Tu vas me le payer cher et je vais y aller très doucement. Je voulais t'épargner la douleur mais tu m'as bien cherché ! ricana l'homme.

De longues balafres se frayèrent un chemin dans les nerfs, déchirant la chair et les veines. Le sang se répandit, engloba ses membres pour envahir le carrelage terne. Les cris s'étouffèrent dans sa gorge et sa vue se brouilla. Le chaos la souillait.

Etrangement, Chris arrêta le carnage d'un ordre intransigeant et impérieux :

– Vardock ! Viens avec moi ! Vous ! Ramenez-la dans sa cellule ! ordonna le maître en se tournant vers le geôlier.

Lina tourna ses yeux embués vers Chris. Déjà Vardock le rejoignait à grands pas frustrés. Immobilisée, elle tentait de rester consciente bien que sa vie s'évaporât aussi rapidement que son sang.

– Des intrus ont pénétré dans le château ! expliqua Chris avec rage.

– Mais… c'est impossible ! s'exclama Vardock d'une voix enraillée.

– Hélas si ! Et apparemment ils tiennent en respect tous les soldats que nous leur envoyons ! Comme s'ils étaient des centaines. Il faut que nous y allions et appelle avec toi les élémentalistes !

Les deux hommes jetèrent un coup d'œil à l'adolescente avant de disparaître vers la sortie du trône. Le geôlier lui, avait disparu et l'espoir la gagna. Elle se sentait comme un animal se battant pour sa survie et pour retarder l'inévitable. C'était le moment ou jamais de sortir sa dernière carte planquée dans sa manche. Elle rampa avec la force du désespoir jusqu'à se hisser en grimaçant abominablement jusqu'en haut des marches. Là sur l'accoudoir du trône, la pierre luisait, à quelques centimètres de sa main tendue. Dans un ultime effort, elle la saisit. Son visage était englué dans un liquide épais et chaud et elle se redressa tel un pantin de verre qui risquait de se briser sous les fissures infligées.

Elle s'écroula à nouveau au moment où la porte s'ouvrait dans un grand fracas. Le geôlier accompagné d'un serviteur, accourut, civière en mains. Ils la soulevèrent sans ménagement et la positionnèrent brutalement sur la matière désagréable.

Plus tard, ils la jetèrent sur les pierres glaciales de sa prison. Dans sa paume, la puissante pierre lui offrait un semblant d'énergie.

La crasse plaquée sur le sol se revêtait hélas, d'un pourpre horrifique.

44.

Ryan, Claire et les soldats traversèrent des centaines de mètres de couloirs. Au croisement des allées, l'un des gardes attrapa un serviteur reconnaissable à sa tenue anthracite. Il le souleva par le col et le plaqua au mur.

– Où se trouve la gardienne ?! grogna-t-il.

– Je ne sais pas, je vous assure ! balbutia l'homme en gigotant sous le poing du géant.

– Ne me force pas à faire quelque chose que je regretterai !

– Une adolescente ? Nous avons une jeune fille dans les cellules ! Mais je ne peux pas vous assurer qu'elle soit toujours en vie ! balbutia le serviteur.

— Montre-nous le chemin ! rugit Ryan en sentant la peur écraser ses cordes vocales.

Le soldat relâcha cette blême victime et la poussa devant lui. Au bout d'un temps qui leur sembla interminable, ils durent tous se plaquer contre la paroi du château lorsqu'une masse importante de Mulhans traversa les couloirs à toute vitesse. L'illusion de Ryan fit mouche et ils reprirent leur avancée.

Après plusieurs escaliers, ils touchèrent au but.

Dans un espace cloisonné de cellules, l'odeur était insoutenable. Les moindres recoins grouillaient de rats et les barreaux, avaient depuis longtemps rouillé sous l'humidité arachnéenne.

Ils atteignirent avec hâte la cellule de Lina mais le geôlier apparut au travers d'une des portes. Il n'eut pas le temps de donner l'alerte car il se fit assommer par une vieille chaise que venait de lui projeter Claire en pleine tête. Il s'affala sur le sol. Ryan courut vers la dernière des cellules et ce qu'il vit lui souleva le cœur. Il posa ses mains sur les barreaux, la bouche ouverte, écumant de rage.

Lina était allongée à même le sol, inconsciente. Ses vêtements étaient empreints de sang et son visage, parsemé de coupures et balafres. Sa peau était plus pâle que jamais et elle semblait si frêle qu'il avait peur qu'elle ne revienne plus à elle. Avec les clés du geôlier, Claire ouvrit à la hâte la porte qui coulissa dans un horrible son maladif. Elle étouffa un cri devant l'aspect atrophié de son amie.

— Ryan, murmura-t-elle en tendant son doigt vers les traces de sang qui imbibaient le sol.

Mais le garçon avait déjà couru vers l'adolescente mal en point. Il la prit dans ses bras aussi délicatement qu'il le pouvait et la serra contre lui en fulminant, tentant de calmer les soubresauts de colère qui manquaient de le dépasser.

— C'est moi Lina tu n'as rien à craindre on va te sortir de là !

Ryan souleva la télépathe dans ses bras et Claire s'approcha de l'adolescente. Elle regarda son poing fermé et en extirpa la pierre.

— C'est notre sortie de secours ! assura-t-elle, les yeux illuminés d'une profonde haine.

— En avant ! J'entends des bruits de pas qui se rapprochent ! les pressa l'un des gardes.

Le petit groupe se détourna pour rejoindre le chemin de la sortie.

Ils ne purent aller bien loin. Face à eux, Chris se téléporta entouré d'hommes de main. Un sourire victorieux détruisait les traits enfantins de son visage.

— Trop tard ! ricana-t-il en s'avançant vers les gardes qui sortaient leurs épées de leur ceinturon.

— Pas si sûr ! hurla Claire.

Celle-ci s'empressa de penser à la forêt où ils avaient atterri un peu plus tôt et un portail se créa devant elle. Lina avait expliqué le fonctionnement de sa pierre et Claire se rappelait parfaitement de ses instructions. Une fois qu'on en avait compris le mécanisme, la communication avec l'objet précieux devenait d'une fluidité enfantine ! Voilà pourquoi le roi de Rhurnes, Meldor, utilisait la sienne aussi facilement… en possession d'une bonne paire de gants.

— Vite courez !

Ryan et l'adolescente pénétrèrent aussitôt dans la brèche et les gardes les suivirent. Le portail se referma avant même que Chris n'ait pu l'atteindre. Sa colère gronda dans les couloirs mais ils étaient déjà bien loin.

À la lisière de la forêt, la bataille était désordonnée. Une quantité spectaculaire de Sylvain combattaient avec hargne tandis qu'Enndra, blessé au bras, semblait dépassé par les attaques successives de ses opposants. Ren quant à lui, tentait de venir au secours du roi en jonglant entre télépathie et arme meurtrière.

Claire s'élança et projeta la foule de Mulhans à plusieurs mètres de là. De gros rocs s'élevèrent dans l'air et elle les catapulta vers eux en touchant à chaque fois ses cibles. Leurs ennemis se replièrent tandis qu'elle s'approchait de ses amis.

— Nous avons Lina !

Ils se mirent tous à redoubler d'efforts lorsqu'ils apprirent la nouvelle. Sylvain lança tous ses doubles dans la masse pour occuper leurs adversaires. Ils abandonnèrent toute riposte et battirent en retraite.

À la lisière de la forêt, Ren rugit à la vue de Lina, inerte et meurtrie.

Claire tendit le pendentif face à son regard d'acier et un portail s'ouvrit.

45.

Tous surgirent dans la cour nord du palais. L'attelage pour leur départ était prêt et à leur arrivée les chevaux émirent des claquements de sabots apeurés sur les dalles polies. Seule Esprit, la jument au pelage noir de Lina, resta calme et tourna son regard d'un vert somptueux vers sa propriétaire dans les bras de Ryan.

— Dépose-la dans le chariot, il faut que nous allions le plus loin possible.

Le garçon, dont la mâchoire ne s'était pas détendue, obtempéra tandis que Miranda filait déjà vers eux. Enndra la rejoignit rapidement.

— Ils reviennent. Des armées de Mulhans. Ils ont de nombreux élémentalistes avec eux, nous ne pourrons pas les retenir. Artelia va tomber, Enndra…

– Alors il faut que tu partes avec les habitants vers Rhurnes le plus rapidement possible. Passez par les montagnes, elles les ralentiront.

– Tu ne viens donc pas ? s'enquit la reine en déposant une main sur le visage de son mari.

Elle tenta d'ignorer le sang qui coulait le long de son bras.

– Je me dois de les accompagner. Lina est blessée. Je dois m'assurer qu'ils seront en sécurité avant de te retrouver.

Miranda acquiesça d'un signe de tête. Si elle était inquiète de leur séparation, elle n'en montra rien et fit aussitôt demi-tour, suivie par la poignée de gardes qui les avait accompagnés pour les aider à délivrer la télépathe. Seuls deux d'entre eux restèrent à leurs côtés. Ceux qui étaient entrés dans le château auprès de Claire et Ryan.

Le premier, dont la mâchoire carrée ressortait à peine de son casque, s'avança vers le roi. De stature impressionnante, il aurait pu terrasser un bœuf à mains nues. Son acolyte était doté de la même force physique.

– Elvis et moi assureront votre protection, dit-il d'une voix grave, chargée de respect pour le roi.

Enndra hocha la tête et se tourna vers Ren. Les traits de son visage étaient sévères, preuve du tiraillement qui le persécutait à la suite de son départ d'Artelia, sa ville, celle qu'il allait laisser aux mains des Mulhans.

— Claire, ouvre un portail. S'il est dangereux de s'aventurer sur les terres lointaines sans savoir ce qui nous attend, nous ne pouvons perdre du temps sur la route. Il nous faut mettre une véritable distance entre eux et nous.

La jeune femme redressa la pierre qu'elle tenait encore dans sa main. Elle avait vite compris le mécanisme et alors qu'elle réfléchissait à sa destination, elle sentit soudain une idée s'imprégner dans sa tête. Ren lui formulait des instructions…

En une seconde à peine, un large portail s'ouvrit face au convoi et tous montèrent en selle. Ils disparurent l'un après l'autre à travers la fente verte.

Elle se referma sur leur passage au moment où les lumières d'Artelia s'éteignaient une à une…

*

Ils arrivèrent au cœur d'une forêt sombre et lugubre à bien des kilomètres de la ville lumière. Arthur se barricada au sein du chariot, là où il devait procurer au plus vite les soins envers la jeune télépathe. Les autres eux, organisèrent le camp et se scindèrent en petits groupes pour effectuer les différentes tâches attribuées.

Aïto aida Enndra à panser la plaie à son bras et une heure plus tard, ils s'installèrent tous en cercle.

Les gardes débutèrent des rondes à plusieurs mètres de là.

— Enndra, Ren, nous sommes contents que vous nous ayez suivis, débuta Claire en mastiquant la viande séchée prévue pour le repas du soir.

— Les évènements récents ont prouvé que vous aviez besoin de notre présence, souligna Ren qui n'avait pas desserré les dents depuis qu'il avait posé les yeux sur Lina.

— C'était Chris depuis le début. Si je me trouve en face de lui, je le tuerai, gronda Ryan en faisant claquer le Zippo qu'il tenait dans sa main.

— Et il a un avantage incomparable. Chris peut se téléporter. C'est comme ça qu'il a failli tous nous avoir avant que je ne créée un portail pour nous sortir de la forteresse, révéla Claire.

— Téléporteur ? Il ne doit en exister que quelques-uns dans tout Glène. Je me demande même s'il en existe un seul au Mur. C'est un don des plus rares. Je comprends comment de nombreux Mulhans ont pu entrer en Terres Exilées en si grand nombre. Je pense cependant qu'il n'était pas assez puissant pour téléporter une armée entière auquel cas, Artelia aurait été submergée depuis bien longtemps, analysa Enndra en passant une main le long de sa fine barbe.

— Je me suis montrée idiote. Comme d'habitude. Ça me perdra de foncer tête première dans les ennuis, s'exclama Lina derrière le groupe en formation concentrique.

La petite troupe se retourna aussitôt pour observer la jeune femme qui avançait vers eux. Arthur se tenait dans son dos et se tenait prêt à devoir la rattraper pour l'asseoir de force dans le chariot.

– Lina ! Comment te sens-tu ? Demanda Aïto tandis que tous, se redressaient avec de grands sourires.

– Comme si un troupeau d'éléphants m'était passé dessus. Mais Arthur est un excellent soigneur, admit Lina en se tournant vers l'homme aux petits yeux bleus pour lui accorder un sourire gratifiant.

– Mais la demoiselle ne devrait pas se lever aussi rapidement ! Elle a besoin d'une journée de repos au moins ! avertit le soigneur tel un père protecteur.

Lina le savait mieux que quiconque. Sa tête lui faisait terriblement mal et son corps se relevait d'un assaut inimaginable. Elle avança péniblement vers eux, ressentant chaque blessure et ecchymose qui avaient jusqu'à présent, jonché son corps. Les sévices étaient aussi bien mentaux que physiques. Ils marbreraient sa peau et son esprit à tout jamais.

– T'as une sale gueule, murmura Ryan en la prenant dans ses bras.

Lina lui sourit et observa la forêt. Elle n'avait pas l'impression d'y avoir un jour posé les pieds. Claire se pendit à sa nuque et Lina réprima une grimace. Ren laissa choir ses barrières personnelles pour la prendre à nouveau dans ses bras et Enndra puis Aïto lui lancèrent d'immenses sourires ravis.

— Que s'est-il passé ? demanda-t-elle au reste du groupe en s'asseyant à leurs côtés sur des rondins de bois.

Aïto tenta brièvement de lui expliquer les derniers jours passés jusqu'à leur fuite d'Artelia.

— Artelia prise ? Mais c'est affreux ! Enndra, je suis désolée…

— Ne t'en fais pas Lina. Nous devons nous concentrer sur ta guérison. Nous resterons ici demain. Nous sommes à la lisière du village du Brigua. Un jour de plus ou de moins ne changera rien pour nous mais pour toi, c'est vital. Gardez tous un œil les uns sur les autres, répondit Enndra.

— Que lui as-tu dit Lina ? s'enquit Aïto.

— Rien. Il désirait des informations sur nous afin d'obtenir nos pouvoirs pour… débuta-t-elle.

— Pour libérer vos dons d'héritiers des éléments dans la salle des pouvoirs et s'en emparer, termina Ren.

Devant les trois gardiens perdus, Lina tenta brièvement de leur expliquer l'importance de cette salle, au centre de la plus puissante capitale du royaume : Edène.

— Tu as été très forte. Peu auraient résisté, confessa Sylvain.

— La salle des pouvoirs ne doit jamais être ouverte. Si c'était le cas, nous n'aurions plus aucune chance, admit Enndra, le visage fermé.

— Ce qui m'intrigue dans cette histoire, c'est qu'il ne t'a pas emmené directement à Edène. Ils auraient pu au moins obtenir une partie des pouvoirs s'ils t'avaient fait céder, convint Aïto.

– C'est ce à quoi j'ai pensé et Chris ne m'a donné qu'une réponse peu convaincante. Je ne sais pas pourquoi il m'a… épargnée.

Epargner était un bien grand mot. Lina se sentait détruite de l'intérieur mais n'en montrerait rien. À la suite de ses paroles, un lourd silence s'installa. Le roi s'éloigna pour se concerter avec Arthur sur la guérison de la télépathe. Lina suivit Ren des yeux. Elle se sentait soulagée de sa présence. Il lui accorda un sourire avant de se diriger vers les bois pour rejoindre les gardes.

– Merci de ne pas m'avoir oubliée, dit-elle à ses trois amis.

– Jamais nous ne serions partis sans toi Lina, observa Sylvain.

– Ce n'est pourtant pas l'envie qui manquait, se permit Ryan avant que Claire ne roule des yeux au ciel et ne l'expédie plusieurs mètres plus loin.

Ils rirent au moment où les dernières braises du feu de camp s'éteignaient…

46.

Lina se réveilla au bruit des combats et rugissements qui rompaient le silence. Ses paupières se soulevèrent difficilement. Arthur se penchait déjà sur elle.

– Je savais bien que ces maudits combats t'empêcheraient de dormir ! Je leur avais dit ! Mais qui écouterait un vieux de la veille comme moi ? émit-il en levant les yeux au ciel.

Lina ne put s'empêcher de rire et posa une main sur le bras du guérisseur qui avait apaisé ses souffrances toute la nuit.

– Moi, Arthur. Vous m'avez sauvé la vie. Et je vous apprécie.

L'homme eut un sourire attendri et l'aida à se redresser afin qu'elle comprenne l'agitation qui avait brisé son sommeil réparateur.

Les deux gardes combattaient à mains nues. Ils avaient enlevé leur épaisse armure et chaque coup porté à l'autre faisait autant de bruit que s'ils avaient frappé à même le tronc d'un arbre.

– Elvis, tu te fais gras ! ricana Autis en propulsant son corps d'athlète vers son adversaire.

Si son acolyte ne répondit pas, il fila avec une souplesse peu commune pour sa corpulence, sous le bras de son ami. En une simple prise de main, il plaqua le bras d'Autis dans son dos et attendit joyeusement que le soldat daigne mettre fin au combat.

– Muet et vicieux ! J'aurais dû m'en douter, grogna l'homme tandis qu'Elvis relâchait la pression.

Autis avait l'air d'un grand enfant à qui on aurait donné des stéroïdes depuis la naissance. Ses cheveux mi-longs étaient bruns et ses petits yeux étaient nuancés par des notes noisette. Sa mâchoire prononcée était avancée et une incroyable rangée de dents apparut lorsqu'il ouvrit ses lèvres charnues. Elvis lui, semblait plus sage et son visage ne bougeait que pour laisser apparaître des petits sourires fiers. Il avait un nez en trompette et des oreilles décollées. Ses joues étaient rouges et son regard brillant, dénué de toute méchanceté. Ses cheveux châtains étaient coupés ras et une fine tresse tombait sur son cou.

— Parce que vous parlez maintenant ?! À la bonne heure ! Elle est belle la garde royale à m'ignorer toute la soirée ! lança Ryan en s'avançant sans aucune prudence face aux deux géants.

Claire s'approcha de Lina et lui accorda un sourire avant de détourner son regard vers l'illusionniste. Elle se rapprocha de son oreille, assez pour que la télépathe entende les moqueries à peine dissimulées dans ses prochaines paroles.

— Ryan a été intenable cette nuit ! Il s'ennuie à ne rien faire alors il a débuté une ronde avec eux. Puis il les a abreuvés de paroles durant des heures ! Il n'y en a pas un qui lui a répondu.

Lina retint un rire en imaginant l'égo de Ryan mis à mal devant l'impassibilité des gardes. Alors que le jeune homme tournait les talons en lâchant un râle amer, les géants se concertèrent avant d'avancer vers lui. Autis le saisit aussitôt par la taille et Elvis s'empressa d'embroussailler ses mèches rebelles. Ils le firent voler dans les airs tel un poids plume.

— Relâchez-moi tout de suite ! Je suis un gardien, vous n'avez pas le droit ! s'étouffa Ryan en s'égosillant de surprise.

Tous hurlèrent de rire tandis qu'Autis le reposait sur le sol et déposait une grosse main sur son épaule.

— Tu es peut-être un gardien mais tu es surtout, à mon avis, un vrai emmerdeur ! lâcha-t-il d'un fort accent similaire à celui d'un russe.

Les deux géants gloussèrent et Ryan jura. Sa fierté fut plus mise à mal encore lorsqu'il tourna son regard vers Sylvain, Claire et Lina, hilares.

— Enndra ! appela-t-il afin d'obtenir une aide de poids.

Il fut bien plus malchanceux encore lorsqu'il aperçut le roi offrir un clin d'œil aux soldats.

— Nous ne nous sommes pas présentés. Autis et Elvis pour vous servir, dit le premier homme en s'approchant de Lina avec un fin sourire.

— Encore plus ravie de vous rencontrer maintenant que je viens de voir Ryan en si mauvaise posture ! rit-elle.

— Tout le plaisir est pour nous. Pardonnez Elvis pour son manque de discussion mais il est muet de naissance. Néanmoins c'est un fin stratège. Je suis encore plus heureux de faire votre connaissance. J'ai vécu à Thélia pratiquement toute ma vie. Je suis fier de vous servir, reprit-il avec émotion.

— Sans vous, mes amis n'auraient pu arriver à me sauver des griffes des Mulhans. Vous avez mon respect éternel.

Autis accueillit sa remarque avec un regard bienveillant. Elvis lui, se positionna aux côtés de son ami sans ouvrir la bouche. Son sourire doux parlait pour lui…

Quelques heures plus tard, le calme avait repris possession du campement. Autis et Elvis s'étaient à nouveau aventurés dans le marécage sombre de la forêt. Aïto et Enndra s'entretenaient avec Arhur. Claire, Sylvain et Ryan s'étaient décidés à s'entraîner entre eux. Quant à Lina, elle reprenait des forces. Assise sur un rondin de bois, elle fut rejointe par Ren.

— Lina, si tu as besoin de parler, sache que je suis là. Et… je m'excuse pour ce qui s'est produit à Artelia. C'était totalement incorrect et…

— Chris a pu tenir la pierre Ren, comment est-ce possible ?

Lina n'avait aucune envie d'être jugée mais détestait ressentir l'embarras des personnes qui lui étaient chères. Elle était bien souvent de celles qui oubliaient plutôt que de surligner les erreurs des autres. De plus, remise du mal qui avait rongé son corps, elle était convaincue qu'elle devait éviter les secrets et les nouvelles énigmes. Quant à Ren, il fut si surpris de sa remarque qu'il se redressa aussitôt.

— Tu as dû mal voir Lina. Il ne peut la toucher à main nue, comme nous tous !

— Justement Ren, c'est parce que je le sais que ça m'a étonnée ! Penses-tu qu'il puisse détenir des pouvoirs particuliers ou… avoir peut-être, été en contact avec la pierre-mère à Edène ? Je commence à ne plus comprendre ce monde. Il y a bien trop d'énigmes en jeu.

— Je n'ai aucune explication Lina. C'est insensé. Seule Lix pourrait avoir la réponse. L'as-tu vue depuis la dernière fois ?

– Malheureusement non. Elle m'est apparue juste avant que les Mulhans attaquent Artelia pour nous prévenir du danger.

– Il y a forcément une explication. Chris n'est pas un gardien. C'est tout ce que je peux te dire, conclut Ren, les yeux dans le vague.

Lina le fixa longuement et laissa son regard dériver vers la troupe insolite qui formait le convoi.

– Je vais m'en remettre ne t'en fais pas. Et j'oublierai. Si c'est ce que tu veux. Actuellement tout ce que je désire, c'est poursuivre l'aventure. Avec vous tous.

Parce que si trois nouveaux personnages s'étaient raccrochés à leur équipe et que les épreuves avaient entamé la confiance de tous, elle se sentait sereine. Ren eut un sourire et passa un bras autour de son cou. Lina avait trouvé une nouvelle famille et savait qu'elle ne pourrait que se relever à leurs côtés.

47.

Enndra ordonna le départ aux premières lueurs du jour. Lina eut l'immense plaisir de remonter sur Esprit et la jument exprima le même sentiment en hennissant bruyamment.

Il ne fallut qu'une heure à la petite troupe pour atteindre le village du Brigua. Le port s'étendait en bas d'une colline. Petite ville aux bâtiments anciens, les peintures couraient sur les façades, illustrant des scènes de batailles en mer ou le visage somptueux de sirènes. Le lac lui, crevait l'horizon. D'un calme olympien, il était d'une immensité insondable et pourtant, seuls quelques kilomètres les séparaient encore des Quatre Lieux. Des enfants couraient sur le port, se jetaient sur les rafiots épées en main, dans une bataille imaginaire contre des pirates provenant des profondeurs des eaux.

Un magasin attirait l'attention et complétait l'envers d'un décor sans cesse renouvelé ci et là. Dans sa vitrine, des engins électroniques de leur monde s'étalaient en pièces détachées pour une nouvelle utilisation insensée.

Lina porta la main à sa pierre tout en lorgnant l'humidité qui rongeait les structures en bois des maisonnettes. Deux vieilles dames s'accaparaient la chaussée glissante et enserraient de leurs bras longilignes, d'énormes tonneaux d'où ressortait la gueule édentée de poissons bleus. Plus loin, les devantures des boutiques avaient été couvertes de peintures rouges et les enseignes étaient fermées depuis bien longtemps. L'endroit était lugubre ce qui lui fit se remémorer la salle de torture puis le sourire de Chris et enfin, le visage inhumain de Vardock. La tête lui tourna et elle ferma les yeux un instant pour calmer sa respiration.

— La majorité des habitants du village ont déserté vers Artelia puis Rhurnes après que les Quatre Lieux aient été bouclés. Les marins et pêcheurs ont préféré faire commerce avec les mers de Rhurnes plutôt que continuer à lutter dans ces eaux. Il semblerait que la faune ait également été piégée par la guerre. Il y a un Brochard qui sévit dans le Brigua. Un monstre qui ressemblerait à vos calamars géants. Son territoire est la terre d'Eline. Dorénavant il s'attaque aux navires qui ont l'audace de passer sur son chemin.

Espérons cependant que nous n'aurons pas affaire à lui dans les prochaines heures, expliqua Arthur aux quatre adolescents.

Sylvain s'avança sur le ponton. Des luminescences étranges s'attachaient à la coque du navire qu'ils allaient emprunter. Des petites lucioles des mers dont les yeux globuleux cernés d'antennes ressortaient de leurs orbites, se collaient à la coque du navire en piteux état. La peinture avait terni et l'élégant gris métal qui avait un jour composé le pavillon, avait coulé sur le nom du Transporteur, à peine lisible sous la rouille.

– C'est ce machin qu'on va prendre pour traverser le lac ?! s'étonna le garçon en arquant un sourcil.

– Ce machin comme tu dis, est toujours intact malgré les sévères attaques qu'il a connues dans les eaux d'Eline, le corrigea non sans fierté, le capitaine du navire dans leur dos.

L'homme portait un large chapeau gris sur sa tête. Ses longs cheveux dorés étaient reliés par un élastique et il portait un jean de leur ancien monde. Une veste de smoking comblait l'assortiment et faisait ressortir ses iris azurs. De profondes cicatrices marbraient ses pommettes saillantes attestant de la véracité de ses paroles. Il jaugea les adolescents d'un regard noir et continua à mastiquer une sorte de pâte qu'il tenait en main tout en claudiquant vers la passerelle du navire.

— Mille, mille. Si on tombe sur le Brochard, il faudra bien plus de mille pièces pour récupérer cette merveille, marmonna-t-il, bougon.

Sylvain se retourna vers ses compagnons tandis que le reste de leur troupe se rassemblait.

— Nous avons réussi à le convaincre de nous déposer à la prochaine rive. C'est un coriace, nous avons dû doubler le prix, pesta Aïto.

— Ce n'est que pour quelques heures. Nous ne devrions pas tomber sur le Brochard d'ici là, les rassura Ren devant l'inquiétude des gardiens.

Ils hochèrent la tête avant de s'avancer vers le navire. Les chevaux avaient été placés dans des boxes en sous-sol et Autis avec l'aide d'Elvis, s'était assuré de revendre le chariot à bon prix. Les appartements des marins et invités se trouvaient à l'étage inférieur. À la poupe du navire, sur le pont supérieur, se tenait la cabine de l'équipage recouverte de dessins fantaisistes.

Lina s'avança vers la proue au moment où le Transporteur mettait les voiles. Le départ fut plus violent que prévu et le navire fila sur les eaux si rapidement que le port s'éloigna à tire-d'aile jusqu'à ne plus représenter qu'un petit point de couleurs ternes. Lina se raccrocha à la coque mais une main vint empoigner sa taille, l'empêchant de lâcher prise et de dévaler les lattes cirées du pont sur les fesses.

— Je commence à comprendre pourquoi nous n'allons mettre que quelques heures pour atteindre le Mur, souleva-t-elle en se tournant vers le visage de Ryan.

— Faudrait-il encore que tu tiennes debout pour t'y rendre. Arthur m'a conseillé de t'avoir à l'oeil pendant qu'ils discutent de notre arrivée.

— M'avoir à l'oeil ? répéta Lina dont la fierté était ébranlée.

Ryan, sans même remarquer le changement de ton de la jeune femme, continua avec une voix dont le sarcasme s'entendait au travers de son timbre.

— Faut dire que tu as su te mettre dans de beaux draps depuis notre arrivée. Tu n'es pas facile à vivre.

— Et toi tu es arrogant et prétentieux. Je te remercie de m'avoir sauvée mais tu pourrais éviter le dédain avec moi, ça ne marche pas.

Le visage de Ryan jusque-là souriant, se mua dans un froid glacial. Le masque se refermait de nouveau. Ses iris pigmentés s'assombrirent et Lina vit très bien ses doigts courir sur le briquet métallique dont la forme ressortait de sa poche en jean.

— Maintenant si tu veux bien, je vais rejoindre Claire et Sylvain et demander à tous d'arrêter de me prendre pour une tarée égocentrique.

Lina n'aurait probablement pas dû s'emporter. Elle le savait mais elle réagissait avec son égo, oubliant les derniers évènements et balayant l'exactitude de ses observations. Elle se sentait bien assez mal d'avoir généré tant d'inquiétudes chez ses compagnons. Qu'on le lui reproche était le pire châtiment. Elle tourna les talons pour se diriger vers ıes escaliers menant au pont inférieur quand la poigne ferme de Ryan attrapa son bras pour qu'elle détourne à nouveau ses pas.

— T'es la fille la plus insupportable que je connaisse Lina.

— Alors ça nous fait un point commun, railla-t-elle.

Il y eu une seconde de battement pendant lequel, ils s'armaient pour défendre leurs intérêts.

Au lieu que la guerre ne reprenne le dessus sur leur amitié, l'illusionniste avança, retint sa taille de son bras et accrocha sa main à sa nuque.

Il l'embrassa sans attendre.

Le coeur de la jeune femme manqua un battement. Prise de panique, incapable de comprendre son geste, elle se dit… que oui, elle le comprenait mieux que quiconque.

Lina ne chercha pas à fuir et ses mains remontèrent le long de son torse pour s'approcher de sa nuque et de sa peau fiévreuse qui brûlait au contact de ses doigts.

Subitement elle se déroba à son étreinte, brisant en un instant ce moment unique.

— Je ne peux pas.

Ryan fit deux pas en arrière. Lui non plus, s'était-il dit alors que l'idée lui avait traversé l'esprit. Plus que l'idée, le désir ambigu, la possibilité de se raccrocher à elle, à cette dépendance extatique qu'il ressentait depuis qu'il l'avait rencontrée. Sauf qu'à la différence de Claire et Sylvain, Lina était intenable, curieusement emportée, farouche, butée. Elle l'avait séduite par son tempérament de feu bien qu'il eut dressé une distance nécessaire entre eux. Il détestait par ailleurs cette faiblesse qu'elle avait fait naître en lui à leur première rencontre.

Malheureusement il avait toujours aimé jouer avec l'un des éléments primaires. Elle lui rendait la monnaie de sa pièce en un refus encaissé comme une balle tirée à bout portant.

— Je suis désolé. Je n'aurais pas dû.

— Non ce n'est pas ça Ryan c'est… on ne peut pas. Tout est déjà trop…

— Compliqué ? J'ai compris. Oublie ça Lina.

Mais elle ne voulait pas oublier. Encore moins lorsqu'elle sentait la douleur que ses propos généraient dans le regard d'un Ryan sévèrement heurté en plein coeur. Le sien à elle ne se dénouait pas, dansait seul une macabre valse, désireux de se joindre au sien. Mais elle faisait taire ses ardeurs, cette envie indescriptible, ce bonheur permissif qu'elle laissait jaillir lorsqu'elle se trouvait avec lui. Lina savait qu'une terrible prophétie pesait sur sa vie et elle n'était pas prête à faire plus de mal à Ryan en lui offrant son organe vital en plus de sa vie. Effrayée par les mensonges et par une relation nouvelle, elle préféra se taire plutôt que de lui hurler qu'elle en avait envie, mais qu'elle allait peut-être mourir. Et surtout, elle savait qu'elle taisait les souffrances endurées. Tout ce qu'elle avait vécu jusqu'à présent lui faisait du mal. Si mal, qu'elle se demandait si

Chris n'avait pas cassé quelque chose au plus profond de son âme.

Lâche, elle préféra tourner les talons et fuir aussitôt vers le pont inférieur…

48.

Lina fut secouée dans sa couchette. Elle avait sombré dans les limbes, préférant se blottir dans des rêves noirs plutôt que dans la réalité. Lorsqu'elle ouvrit les yeux, celle-ci la rattrapa avec une vision effroyable : le regard effrayé d'Elvis au-dessus d'elle, qui la secouait. Muet, seul des sons contenus dans sa gorge lui firent comprendre que quelque chose n'allait pas. La gardienne se redressa aussitôt et calma l'homme en déposant deux mains sur ses larges épaules. Sa tresse ballottait et ses oreilles jusque-là écartées, s'étaient affaissées. Son esprit fila aussitôt vers le sien et elle lut la peur, la détresse et comprit ce qui se produisait en un instant.

— Elvis, où sont les autres ?!

Mais avant même qu'il ne puisse tourner les talons pour lui indiquer le chemin, la coque du navire se souleva à tribord si bien que la jeune télépathe fut projetée contre le mur opposé de sa chambre. Elvis retint fermement la poignée de la porte pour ne pas s'écraser sur le sol. Le navire refit une sévère embardée côté bâbord et ils volèrent dans l'autre sens. Quelques secondes plus tard et le Transporteur se redressa dans un bruit assourdissant de bois maltraité. Lina écarquilla les yeux de stupeur et un cri perçant s'étira dans les airs, s'engouffra vers les ponts inférieurs, terrorisa les chevaux et brisa les tympans.

Lina fila au travers des couloirs et lorsqu'elle eut dévoré quatre à quatre les marches qui la menaient au pont extérieur, elle se figea. Là devant elle, les marins armés d'arbalètes et de harpons bataillaient contre les larges tentacules d'un monstre marin. Il était si grand que son corps recouvrait le soleil qui pointait bas au loin. Le capitaine du navire avança d'une démarche gauche, une arme de son ancien monde à la main et tira maladroitement à bout portant contre l'immense limace visqueuse. Un calamar translucide venait de faire son apparition, toutes tentacules dehors, des jets électriques saturant des veines apparentes. Ses yeux étaient au nombre de trois et sa peau écailleuse était bleue. Ses bras s'abattaient sur les marins et les projetaient dans les airs. Claire, Sylvain et Ryan étaient déjà présents et essuyaient les assauts répétés des jets électriques en utilisant respectivement leur pouvoir pour percer les défenses de l'animal et l'effrayer afin de leur donner plus de temps pour fuir. Elvis avait libéré les chevaux qui sautaient déjà dans l'eau, apeurés par la cohue engendrée par la bête.

Le monstre abattit l'un de ses tentacules géants mais Lina lança son esprit comme une pointe acérée dans sa tête. Les nerfs se contorsionnèrent et l'animal poussa un cri strident. La télépathe courut vers ses amis mais déjà le monstre revenait à la charge. Aucun portail ne frémit à son ordre mental. Elle tâtonna son cou et se mordit la lèvre inférieure. La pierre était restée dans sa cabine !

Elle fit demi-tour pour rejoindre ses appartements mais Ryan la retint au moment où le phénomène marin disparaissait sous l'eau.

— Lina que fais-tu ? Reviens ! hurla-t-il pour couvrir le bruit que faisaient les marins affolés.

— Ne t'occupe pas de moi ! Rejoins-les et aide du mieux que tu peux ! Je vais revenir vite ! haleta-t-elle avant de lui faire lâcher prise et de dévaler les marches de l'escalier.

La télépathe pénétra dans sa cabine pour récupérer sa pierre à terre. Le navire bascula tout à coup sur le côté et elle dû se cramponner à la poignée de la porte pour se redresser. À pas maladroits, elle tenta de rejoindre l'équipage mais les murs de bois dans son dos éclatèrent devant l'intrusion d'un tentacule bleuté. L'écume transperça la coque et se propagea dans l'habitacle tel un liquide d'acier qui ravageait tout sur son passage.

Elle prit ses jambes à son cou et brandit la pierre face à elle. Elle traversa un portail au moment même où l'eau frôlait ses pieds pour l'attirer dans les profondeurs.

Elle réapparut à l'air libre où une vraie pagaille rendait la scène sens dessus-dessous. Le capitaine hurlait des ordres à ses marins tout en tirant des balles mortelles. Les harpons jaillissaient dans les airs emportés par le pouvoir de Claire. Les clones de Sylvain s'élançaient sur les longs bras mais étaient réduits en poussière à peine les ventouses atteintes. L'animal assena un violent coup à Ryan qui valsa à l'autre bout du pont.

Lina courut vers les adolescents pour livrer bataille à leurs côtés.

– Sautez vite ! Ça ne sert à rien de se battre ! Il ne veut que le bateau ! Dépêchez-vous sinon elle s'en prendra à vous ensuite ! hurla Enndra.

Ren les attendait dans la dernière barque mais le monstre balaya le pont immergé et faucha le bras de Lina. Elle lâcha le talisman qui fut projeté dans les eaux turbulentes. Ni une ni deux, elle courut et plongea dans l'eau glaciale.

Sous la nappe iodée, le bateau s'enfonçait vers le fond. Elle suivit le même chemin, tentant de rattraper son bien mais un autre tentacule la saisit au ventre et la projeta vers la surface. Elle fit un magnifique vol plané pour s'écraser à nouveau dans les flots.

– Lina ! Monte vite ! hurla Autis qui lui tendait une main pour l'aider.

La jeune fille jura et grimpa dans la barcasse alors que le Transporteur lui, finissait de sombrer. Les appendices du monstre embarquaient l'épave dans les fonds marins. Sa pierre elle, avait coulé dans les abysses. Deux autres barques contenaient les marins et le capitaine. Les chevaux nageaient difficilement pour rejoindre la terre ferme, à quelques centaines de mètres.

Des cris de joie accueillirent cette apparition divine.

– Nous avons de la chance, les chevaux n'auraient pas tenu longtemps ! dit Aïto.

Ryan jeta un coup d'œil à Lina.

– Pourquoi étais-tu partie ?

– Pour reprendre ma pierre mais hélas je l'ai laissée tomber dans l'eau…

Tous se turent à la suite. Elle culpabilisait d'avoir perdu un si bel atout qui aurait bien pu faire pencher la balance en leur faveur.

La terre se rapprocha inexorablement et ils purent poser pied sur le sable froid de la rive…

49.

— Tout le monde va bien, c'est le plus important, commenta Enndra en soupirant.

— Non mais vous rigolez ! hurla le capitaine du Transporteur.

Il s'approcha du petit groupe, laissant ses marins s'occuper des chevaux. Lina ne voulut pas assister à cette querelle et préféra marcher vers sa jument qui paraissait extrêmement fatiguée. Son corps était parcouru de soubresauts apeurés. Lina glissa son esprit vers le sien et la rassura. Elle caressait son encolure lorsque des éclats de voix provenant des hommes, la fit ciller. Le Transporteur faisait auparavant la fierté du capitaine. Voir son plus beau bien englouti au fond de l'eau devait l'avoir complètement retourné. Les voix s'éteignirent petit à petit et enfin Claire, Sylvain, Ryan et la télépathe furent mis au courant.

— Les marins et le capitaine vont partir dans un petit village proche d'ici où ils se débrouilleront seuls, déclara Enndra.

— Mais on ne va pas les aider à revenir en Terres Exilées ? s'enquit Claire.

— Non, nous avons une mission à accomplir et bien que ce ne soit pas très généreux de notre part, nous sommes obligés de nous séparer d'eux. Nous les avons payés, notre rôle s'arrête ici !

Ren continua les explications d'Enndra :

— Nous partirons dans une heure vers le Mur. Essayez de retrouver vos affaires… Beaucoup sont encore dans l'eau…

La jeune fille haussa les sourcils en soupirant.

— Bon… au travail alors ! Nos armes sont les plus importantes.

Ils se dirigèrent vers la rive afin de recouvrer leurs affaires éparpillées devant leurs yeux. À la surface du lac flottaient des épaves du Transporteur. Claire leva ses mains et tous les objets qui brillaient au loin furent aussitôt ramenés vers eux.

Lina s'enfonça dans l'eau jusqu'à la taille et serra les dents. Elle souleva des rondins de bois pour fouiller l'étendue gelée et trouva enfin son arme empêtrée dans une toile. Elle tourna un regard victorieux vers Ryan qui venait également de récupérer ses effets.

— On a de la chance !

— Ha oui ? Moi pas vraiment. Tu ne m'as toujours pas donné de raisons sur ton rejet. Je croyais que tu en avais envie, murmura Ryan pour ne pas se faire entendre.

— J'ai été claire sur ce sujet non ?

Lina sortit de l'eau en frissonnant. Il la suivit. Alors qu'elle posait les pieds sur le sable, il lui attrapa le bras pour qu'elle l'affronte à nouveau.

— J'ai besoin de réponses. Je ne peux pas me contenter de ça ! Je t'ai ouvert mon cœur et tu me rejettes sans aucune explication après m'avoir embrassé ! Comment veux-tu que je le prenne ?

— Prends-le comme tu veux je n'y peux rien !

Lina avait répondu d'une voix froide et sans appel.

— Ou... c'est peut-être quelqu'un d'autre que tu veux ?

Il se transforma en une parfaite image de Ren. Après quelques secondes, il remua à nouveau l'image pour prendre l'apparence de Chris.

La colère de la télépathe lui monta aux joues et sa mâchoire se contracta.

— Va te faire voir !

Elle s'éloigna d'un pas rageur. Il commençait à dépasser les bornes et elle n'était pas sûre de supporter plus longtemps la crise existentielle du jeune homme.

Elle s'enfonça à la lisière d'une forêt qui coulait le long de la plage et tenta d'évacuer la colère qui envahissait ses artères. Après quelques minutes, elle s'ordonna de faire demi-tour pour ne pas faire de vagues.

Mais alors qu'elle se retournait, elle sursauta et poussa un cri. Juste devant elle se tenait Chris avec un grand sourire aux lèvres. Ce n'était pas une apparition de Ryan. Cette fois-ci, il était véritablement présent. Elle le reconnut à son sourire sarcastique et ce rictus mauvais qui relevait ses babines tel un chien d'assaut dressé pour tuer. Il posa son doigt sur ses lèvres comme pour lui intimer de se taire. Son corps se crispa, incapable de réagir. Sa vision lui rappelait soudain les effroyables souffrances qu'elle avait endurées à ses côtés. Elle sentit derrière elle un portail se créer. Elle ouvrit la bouche pour hurler mais avant même qu'elle émette un son, il la poussa violemment dans le trou noir. La brèche se referma aussitôt sur son passage…

*

Elle se releva en sursaut dans son lit, dans son monde à elle. Des sueurs l'immobilisèrent, la peur contracta son souffle et sa poitrine se souleva difficilement. Lina observa l'intérieur de sa chambre dévastée, la moindre parcelle de son ancienne existence bien en place et qui attendait son retour.

Est-ce qu'elle avait pu imaginer toute cette aventure ? Ce n'était pas possible car lorsqu'elle releva le haut de son tee-shirt avec des gestes précipités, elle fut bien obligée de constater qu'une petite cicatrice s'y trouvait toujours, envoûtant son regard, laissant place à l'effroi. Un long frisson parcourut son échine. Son souffle s'accéléra soudain et elle gémit. La panique l'empêcha de hurler.

Lina était dorénavant prisonnière de son ancien monde…

Les Quatre Lieux

II. Le Mur des élémentalistes

RETROUVEZ TOUTE L'ACTUALITÉ SUR :

Instagram :
@4lieuxsouslesivres

Facebook :
Laura Bettini – auteur.

Printed by Amazon Italia Logistica S.r.l.
Torrazza Piemonte (TO), Italy

23541676R00223